# 세네카의 행복론

## 자신에 대한 예의

세네카의 행복론

-

제1판 1쇄 2024년 7월 25일

-

지은이 루키우스 안나이우스 세네카
옮긴이 천병희
펴낸이 강규순

-

펴낸곳 도서출판 숲
등록 2004년 3월 4일 제2014-000045호
주소 경기도 파주시 돌곶이길 108-14
전화 (031) 944-3139 팩스 (031) 944-3039
E-mail book_soop@naver.com

-


ISBN 979-11-93792-18-6 03890
값 17,000원

-

# 세네카의 행복론

## 자신에 대한 예의

세네카 지음 - 천병희 옮김

세네카의 행복론 ◐ 차례

## 일러두기

1 이 번역서의 대본은 L. Annaei Senecae, *dialogorum libri duodecim*, edited by L. D. Reynolds, Oxford 1977(Oxford Classical Texts)의 라틴어 텍스트를 사용했다. 현대어 번역으로는 M. Hadas(W. W. Norton & Company, 1958)와 C. D. N. Costa(Penguin Books 1997)의 영어 번역, L. Rumpel(Philipp Reclam 1953)과 H. Berthold(Insel Verlag 1984)와 M. Rosenbach(wissenschaftliche Buchgesllschaft 1999)의 독일어 번역을 참고했다. 주석은 G. D. Williams, 『인생의 짧음에 관하여』(Cambridge University Press 2003)를 참고했다.

2 그리스 이름은 그리스어로 읽었고, 라틴어 이름은 고전 라틴어 발음을 따랐다. 몇 가지만 언급하자면, 이중모음 ae는 '아이'로 예컨대 Caesar는 카이사르로 읽었다. i는 단어의 맨 앞에 있고 그 뒤에 모음이 따를 경우 또는 두 모음 사이에 있을 경우 영어의 y처럼, 예컨대 Pompeius는 폼페이유스로 읽었다. 그리고 같은 자음이 중복될 경우 둘 다 읽었다. 모음에 두 개 이상의 자음이 따를 경우 그 모음은 영어나 독일어에서는 대개 짧은 음절이 되는 것과는 달리, 그리스어와 라틴어에서는 긴 음절이 되는데, 긴 음절이 되자면 뒤따르는 자음들을 반드시 다 읽어야 하기 때문이다. 예를 들어, Gracchus는 그락쿠스로 읽었다. 같은 자음이 중복될 경우 이를 된소리 ㄲ, ㄸ, ㅃ, ㅆ로 읽는 이들이 있는데 된소리는 단자음(單子音)이다.

# De
# tranquillitate animi
# 마음의 평정에 관하여

경찰 업무와 소방 업무를 맡아보던 절친한 친구 세레누스에게
헌정한 이 글은 60년경에 쓰인 것으로 추정된다.
이 글은 스토아 철학에 대한 확신에도 불구하고 세속의 매력에
휘둘릴 때가 많은 세레누스가 정신적 동요를 치유할 수 있는
방법을 알려달라고 요청하자 세네카가 이에 답하는
형식으로 이루어져 있다.

# 01
# ;
# 마음의 병

〔세레누스[1]가 세네카에게〕 나 자신을 들여다보면, 세네카여, 어떤 결점은 손으로 잡을 수 있을 만큼 겉으로 분명히 드러나 보이고, 어떤 결점은 깊숙이 숨겨져 있네. 또 어떤 결점은 항상 거기 있는 게 아니라 종종 옮겨 다니기도 한다네. 나는 이런 결점들이 가장 성가신 것이라고 말하고 싶네. 그것들은 옮겨 다니다가 기회가 되면 기습해오는 적병과 같아서, 전시처럼 대비할 수도 없고 평화로울 때처럼 안심할 수도 없지.

그런데 나는 대체로 이런 상태에 있는 것 같네. (내가 의

1 세레누스(Serenus)는 세네카의 절친한 친구로, 경찰 업무와 소방 업무를 맡아보는 고위 관리(praefectus vigilum)였다.

사에게 말하듯이 자네에게 사실대로 말하면 안 될 까닭이 어디 있겠나?) 나는 내가 두려워하고 싫어하는 결점들에서 완전히 자유롭지 못하지만 그렇다고 그것에 예속되어 있는 것도 아니야. 그러니까 최악의 상태는 아니면서도, 짜증나고 역겨운 상태에 놓여 있는 거지. 나는 아픈 것도 아니고 건강한 것도 아니라네.

어떤 미덕이든 처음에는 허약하다가 시간이 지나면서 튼튼하고 강인해지는 법이라고 말할 필요는 없네. 체면 때문에 그럴듯해 보이려고 애쓰는 것들, 이를테면 사회적 지위나 연설술 등 무엇이든 남이 인정해주기에 달려 있는 것은 시간이 지나면서 단단해진다는 것쯤은 나도 모르는 바 아니네. 우리에게 실제로 힘을 주는 것뿐 아니라 겉으로만 그럴듯해 보이는 것들도 제 색깔이 굳어질 때까지는 오랜 세월이 필요하지. 그래서 나는 모든 것에 지속성을 만들어주는 습관이 내 결점을 더 깊이 뿌리내리게 하지 않을까 두려운 것이지. 오래 익숙해지다 보면 좋은 것도 나쁜 것도 똑같이 친근해지기 마련이니까.

양극단 사이에서 이리저리 흔들리며 옳은 쪽으로도 그른 쪽으로도 확실하게 기울지 않는 나의 이런 결점의 본성을 전체적으로 다 보여줄 수는 없어도 개별적으로는 보여줄 수 있지. 나의 징후를 들려줄 테니 자네가 내 질병의 이름을 찾아주게나.

고백하건대, 나는 아주 검소한 편이라네. 나는 사치스러운 잠자리나 궤짝에서 꺼낸 다음 광을 내기 위해 무거운 다리미로 거듭해서 다린 옷을 좋아하지 않네. 내가 좋아하는 것은 보관하거나 입을 때 조심할 필요가 없는 싸고 편한 옷이라네.

내가 좋아하는 음식은 수많은 하인이 준비하고 지켜보고 여러 날 전에 주문하고 여러 손에 의해 차려낸 음식이 아니라, 간단하고 어디서나 마련할 수 있고 공들이거나 값비싸지 않고 지갑에도 몸에도 부담스럽지 않으며 들어간 길로 도로 나오지 않을 정도의 음식이라네.

나는 우리집에서 태어난 유식하지 않은 평범한 하인의 시중에 만족하며, 시골의 아버지 집에서 쓰는 것과 같은, 장인匠人의 서명이 새겨지지 않은 묵직한 은식기에 만족한다네. 내가 원하는 식탁은 눈에 띄는 나뭇결과 고상한 주인의 이름이 잇달아 바뀜으로써 전 도시에 화제가 된 식탁이 아니라 손님의 탐욕스러운 눈길을 끌거나 시기심을 불러일으키지 않을, 쓰임새에 맞게 갖다놓은 평범한 식탁이라네.

나는 이런 것을 좋아하면서도, 시동侍童을 훈련시키기 위한 시설에 드는 비용, 행렬 때보다 더 세심하게 황금으로 수놓은 옷을 차려입은 하인들, 번쩍이는 제복을 입은 노예들, 바닥에 진귀한 돌이 깔리고 구석구석 부富가 흩어져 있으며 천장이 보석으로 장식되어 있는 집, 탕진되어가는 유산에 아부하며 따라다니는 수많은 무리에 마음이 황홀해지기도 한다네. 만찬장 주위를 휘돌아나가는 바닥까지 보이는 맑은 연못과 그런 무대장치에 어울리는 연회에 관해서는 더 말할 필요가 어디 있겠는가?

오랫동안 검소한 생활을 하다가 그런 눈부신 사치의 요란함에 둘러싸이게 되면 나는 눈앞이 조금 가물거린다네. 그러한 일에는 눈을 들어 대항하는 것보다는 마음을 들어 대항하는 편이 더 쉽기 때문일세. 나는 돌아갈 때 더 나빠지지는 않아도 더 서글픈 심정이 된다네. 보잘것없는 내 살림살이 사이로 나는 더이상 고개를 들지 못하며, 검소한 생활이 과연 더 나은 것인가 하는 회의가 슬며시 마음속으로 파고든다네. 앞서 말한 그런 것들은 어느 것도 나를 변화시키지는 못하지만 이렇듯 나를 흔들어놓긴 한다네.

나는 스승의 가르침에 따라 국가 업무에 뛰어들기로 결심했다네. 내가 관직과 그 휘장을 구하는 것은 자포紫袍와 속간束桿[2] 때문이 아니라 친구와 친지와 모든 동포와 인류에게 더 봉사하고 더 큰 도움을 주고 싶어서였지. 나는 기꺼이 〔그리고 단호하게〕 제논과 클레안테스와 크뤼십포스[3]를 따를 각오가 되어 있는데, 그분들은 아무도 관직을 맡지 않았지만 남들에게는 그렇게 하도록 권유했다네.

그러나 충격에 익숙하지 못한 내 마음을 무언가가 공격하거나, 내게 어울리지 않거나—무릇 인간의 삶에는 그러한 일이 일어나기 마련일세—또는 잘 진척되지 않는 어떤

2 속간(fasces)은 막대기 다발에 도끼를 끼운 것으로, 고위 관리들의 권위 표시였다.

3 스토아학파는 기원전 3세기 초 제논(Zenon 기원전 334~262년)이 창시한 그리스 철학의 한 파로, 준엄한 도덕주의와 엄격한 의무 준수를 주장했다. 스토아(stoa)란 신전이나 체육관 등의 건물 외벽에 붙여 지은 지붕 달린 주랑(柱廊)인데, 주로 산책하고 대화하는 데 이용되었다. 고대 아테나이의 아고라(agora '장터'라는 뜻)에는 '채색 주랑'(Stoa Poikile)이 있었는데, 제논과 그의 제자들이 그곳에서 자주 만나 토론을 한 까닭에 '스토아학파'라는 이름을 얻게 된 것이다. 클레안테스(Kleanthes 기원전 331년경~232년경)는 제논의 후계자이고, 크뤼십포스(Chrysippos 기원전 280년경~207년)는 클레안테스의 후계자이다.

일이 일어나거나, 하찮은 일이 너무 많은 시간을 요구하면, 나는 다시 은둔 생활로 향하며 지친 가축인 양 서둘러 집으로 돌아간다네. 그리고 내 인생을 도로 네 벽 안에 가두기로 결심하지. "그토록 큰 손실을 적절히 보상해줄 각오가 되어 있지 않은 사람은 내게서 단 하루도 빼앗지 마라. 내 마음은 자신에게 침잠하고, 자신을 계발하고, 외적인 일 특히 남이 인정해주기를 바라는 일을 행하지 마라. 공적인 업무나 사적인 업무에 관여하지 말고 평정을 사랑할지어다."

그러다가도 고무적인 사례를 읽게 되고 고귀한 본보기들이 내게 박차를 가하면 나는 광장으로 달려가 어떤 사람에게는 내 목소리를 빌려주고, 또 어떤 사람에게는 설령 내 노력이 헛수고가 된다 해도 그를 돕기 위해 기꺼이 힘이 되어주거나 또는 성공에 우쭐해진 사람의 교만에 재갈을 물리고 싶다네.

문학 공부에서는 주제에 주안점을 두고 그 자체를 위해 주제를 다루되 표현을 주제에 맞춤으로써 애써 손질하지 않아도 주제가 인도하는 곳으로 연설이 따라가게 하는 편이 더 낫다고 나는 생각하네. "수세기 동안 길이 남을 연설을 쓸 필요가 어디 있는가? 그것은 후세가 너에 대해 침묵하는 것을 막고 싶어 그러는 게 아닌가? 너는 죽기 위하여 태어났고, 조용한 장례식이 남에게 폐를 덜 끼치지 않는가! 그러니 의미 있는 소일거리로서 글을 쓴다면 너를 드러내기 위해서가 아니라 너 자신에게 유익한 것을 단순한 문체로 써라. 현재만을 위해 글을 쓴다면 많은 노력을 할 필요가 없으니까."

그러다가도 위대한 사상에 내 마음이 고양되면 야심을 품고 영감에 상응하는 표현을 찾다가 주제의 위엄에 어울리는 문체를 만들어낸다네. 그러면 나는 규칙과 절제의 원칙을 잊어버리고, 더이상 내 것이 아닌 목소리로 너무 높이 날게 되지.

더이상 세세한 이야기는 하지 않겠네. 나의 좋은 의도에도 불구하고 이렇듯 확고하지 못한 태도가 매사에 나를 쫓아다닌다네. 두려운 것은 내가 점점 떠내려가거나 또는 (이것이 더 염려스럽네) 당장이라도 아래로 떨어지려는 사람처럼 허공에 매달려 있다는 것과, 내가 눈으로 보는 것보다 어쩌면 사정이 더 나쁠지 모른다는 것이지. 우리는 종종 자신의 상태를 호의적으로 보는데, 호의는 언제나 판단을 흐리게 하기 때문일세.

많은 사람들이 자신은 이미 지혜를 얻었다고 믿지만 않

아도, 어떤 결점은 스스로 숨기고 다른 결점은 눈을 뜬 채 지나치지만 않아도, 지혜를 벌써 얻을 수 있었을 것이라고 나는 확신하네. 우리가 자신의 아부보다 남의 아부로 망한다는 것은 전혀 근거 없는 말이지. 어느 누가 감히 자신에게 진실을 말할 용기가 있겠는가? 칭찬하고 아부하는 자들에게 둘러싸였을 때 자신에게 가장 많이 맞장구를 치지 않을 사람이 어디 있단 말인가?

그래서 부탁인데, 이러한 마음의 동요를 멈추게 해줄 치료제가 자네에게 있다면 내가 자네 덕분에 마음의 평정을 찾을 자격이 있다고 생각해주게나. 이러한 마음의 동요가 위험한 것도 아니고 극심한 혼란을 초래하는 것도 아니라는 점은 알고 있네. 내 불평을 적절한 비유로 말한다면, 나는 폭풍이 아니라 뱃멀미에 시달리고 있네. 그러니 자네는 이 병이 어떤 것이든 거기서 나를 구해주고, 눈앞에 육지를 보면서도 괴로워하고 있는 나를 도와주게나!

## 02
;
# 분주한 생활이란

〔세네카가 세레누스에게〕 세레누스여, 나는 자네의 그러한 마음 상태를 무엇에 비유할 수 있을까 하고 오랫동안 말없이 자문해보았네. 그러다가 오랜 중병에서 회복한 뒤에도 가끔 미열과 가벼운 통증에 시달리는 환자의 상태와 가장 비슷하다는 생각을 하게 되었네. 그는 벌써 모든 후유증을 극복하고 완쾌되었는데도 마음이 놓이지 않고 미덥지 않아 의사에게 맥을 짚어보게 하고 몸에 열만 나도 괜히 의심을 하지. 세레누스여, 그는 몸이 완전히 치유되지 않은 것이 아니라 건강한 상태에 충분히 익숙하지 못한 거라네. 그것은 마치 폭풍이 지나간 뒤에도 잔잔한 바다에 너울이 이는 것과 같네.

자네에게 필요한 것은 이미 지나온 과격한 조치들이 아

니야. 예를 들면 자신에게 대항하고, 때로는 자신에게 화를 내고, 때로는 자신을 윽박지를 필요가 없네. 자네에게 무엇보다도 필요한 것은 자신감을 갖는 일이라네. 길에서 벗어나 이리저리 헤매는 자들과 바로 그 길에서 헤매고 있는 자들의 수많은 발자국에 말려들지 않고 바른길을 가고 있다는 믿음을 갖게나.

자네가 바라는 것은 위대하고 숭고하고 신적인 것이지. 동요하지 않는 것 말일세. 마음의 확고한 안정을 그라이키아인들은 에우튀미아euthymia[4]라고 부르는데 — 이에 관해 데모크리토스는 탁월한 논문을 쓴 바 있네[5] — 나는 평정tranquillitas이라고 부르겠네. 그라이키아인들의 개념을 흉내 내어 문자 그대로 번역할 필요가 어디 있겠는가! 문제의 사항에는 그라이키아어의 형태가 아니라 의미를 전달해줄 명칭으로 불리느냐가 중요하겠지.

그러니까 문제는 어떻게 해야만 마음이 늘 한결같고 유

4 '쾌활' '명랑'이라는 뜻이다.

5 H. Diels, 『소크라테스 이전 그리스 철학자들의 단편들』(*Fragmente der Vorsokratiker*) 68A 33과 68B 2c 참조.

리한 길을 갈 수 있으며, 자기 자신에게 만족하고 자신의 상태를 즐겁게 바라보되 이러한 즐거움을 지속할 수 있으며, 들뜨지도 의기소침해지지도 않고 차분한 상태에 머물 것이냐 하는 것이겠지. 마음의 평정이란 바로 그런 것일 테니까. 어떻게 해야 이런 목표에 도달할 수 있는지 일반적으로 고찰하도록 하세. 일반을 위한 치료제에서 자네가 원하는 만큼 덜어가면 될 것 아닌가.

먼저 결점이라는 결점은 모두 밖으로 끌어내야 하네. 그러면 각자 자신의 결점을 알게 될걸세. 동시에 자네는 자기 혐오에 시달리는 자신의 처지가 오히려 덜 괴롭다는 것을 알게 될걸세. 화려한 직책에 얽매이거나 높은 명성에 짓눌려, 원해서가 아니라 체면 때문에 그 역할을 계속하고 있는 사람들보다 말이야.

모든 이들의 처지가 같네. 경솔함과 권태와 끊임없는 변덕으로 고통받는 자들, 포기해버리는 것이 언제나 더 마음에 드는 자들, 무기력하고 무관심한 자들 말일세. 거기에다 불면증에 걸린 것처럼 몸을 뒤척이며 이리 누웠다 저리 누웠다 하다가 결국 지쳐서 쉬게 되는 자들을 보태게나. 그들은 끊임없이 생활방식을 바꾸다가 결국 어떤 생활방식에 머물게 되는데, 그것은 그들이 더이상 바꾸는 것을 싫어해서가 아니라 변화를 싫어하는 노년에 들어섰기 때문이지. 또 성격이 굳건해서가 아니라 나태하기 때문에 바꾸지 않는 자들도 거기에 보태게나. 그들은 원하는 대로 사는 것이 아니라 시작할 때 그대로 사는 것이네.

이 결점은 수많은 증세를 보이지만 결과는 모두 같다네. 그것은 자기불만이네. 자기불만은 정신적 불균형이나 소심한 또는 이루지 못한 소망에서 생겨나지. 그들은 원하는 것을 이룰 용기나 능력이 없어 전적으로 희망에 기대게 된다네. 그들은 언제나 불안정하고 변덕스러운데, 허공에 떠 있으니 그럴 수밖에 없네. 그들은 온갖 수단으로 목적을 이루려고 애쓰며 자신에게 수치스럽고 어려운 것을 가르치고 강요한다네. 그리고 자신의 노력에 보답이 없으면 수치스러운 짓이 무익했음을 괴로워하며, 올바르지 못한 일을 소망했던 것을 후회하는 것이 아니라 자신의 소망이 무익했던 것이어서 후회한다네.

그리하여 그들은 이미 시작한 것은 후회되고 새로 시작하자니 두렵기만 하다네. 그들은 자신의 소망에 명령할 수도 복종할 수도 없는 까닭에 마음의 출구를 찾지 못해 은근히 불안해지고, 자기 뜻대로 안 되는 탓에 삶은 정체되고, 소망이 좌절된 가운데 영혼은 마비되어 썩어간다네.

그러한 자들이 분주한 생활의 실패에 혐오감을 느끼고 은둔 생활로 도피해 개인적인 공부를 하게 되면 그 모든 것이 더 악화된다네. 공적인 업무를 좋아하고 활동적이고 본성상가만히 있지를 못하는 마음속에 위안거리가 적은 사람은 그러한 공부를 견뎌낼 수 없는 법이거든. 이어서 분주한 자가 바쁜 일상에서 느끼던 즐거움마저 빼앗기게 되면 집도 고독도 네 벽도 견디지 못하며, 자신이 자신에게 내맡겨진 것을 마주하고 싶지 않게 된다네.

여기서 권태와 자기불만, 여가가 생기면 견디지 못하고 병적으로 괴로워하며 안절부절못하는 마음의 동요가 생겨난다네. 그런 사람들이 수치심 때문에 원인을 고백하지 않고 체면 때문에 고통을 안으로 삭인다면 어떻게 될까? 궁지에 몰린 욕망들은 출구를 찾지 못하고 자기들끼리 싸우게 된다네. 여기서 우울과 무기력, 그리고 희망이 싹트면 고양되었다가 희망이 사라지면 침울해지는 마음의 수천 가지 동요가 생겨난다네. 여기서 여가를 저주하고 할 일이 없다고 불평하는 감정이 생겨나며, 남이 잘되는 것을 미워하는 극심한 시기심이 생겨난다네. 불쌍한 게으름뱅이는 질투심을 키우고 자신이 성공하지 못하는 까닭에 모두가 망하기를 바라지.

이렇듯 남의 성공을 혐오하고 자신에게 절망하는 까닭에 그들은 마음속으로 운명에 화를 내고 시대의 추세에 불평을 늘어놓으며 구석으로 물러나 자신이 벌 받은 것에 대해 되새기다가 자신을 싫어하고 역겨워하지. 사람의 마음은 천성적으로 기민하고 옮겨 다니기를 좋아하여 자극을 받거나 자신에게서 벗어날 수 있는 기회라면 무엇이든 반긴다네. 그런데 그러한 기회를 더 반기는 쪽은 분주한 활동으로 자신을 소모하기를 좋아하는 가장 고약한 성격의 소유자들이라네. 마치 어떤 종양은 건드려주고 만져주기를 바라고, 악성 옴은 긁어주기를 좋아하듯이, 그와 다르지 않게 욕망이 악성 종양처럼 터져나온 이런 마음에는 노고와 번거로움이 즐거움이 된다고 나는 말하고 싶네.

우리 몸에 고통스러운 즐거움을 주는 것도 더러 있다네. 예컨대 몸을 뒤척이다가 아직 지치지 않은 쪽으로 번갈아 돌아눕거나 다른 자세를 취하는 것 말일세. 그와 같이 아킬레우스[6]도 호메로스에서 엎드려 누웠다 바로 누웠다 하며 여러 가지 자세를 시험하고 있으며, 환자처럼 어떤 자세도

오래 견디지 못하고 자세의 변화를 치료제처럼 이용하고 있다네.[7]

그래서 사람들은 무턱대고 멀리 돌아다니고, 바닷가를 쏘다니고, 늘 현재의 것에 만족하지 못하는 자신의 변덕을 육지에서나 바다에서 시험해보는 것이네. "이번에는 캄파니아[8]로 가세." 사치스러운 생활도 금세 싫증이 난다네. "야생의 자연을 구경하며 브룻티움[9]과 루카니아[10]의 숲이 우거진 계곡을 거닐어보세." 하지만 그들은 황무지 한가운데로 지루하게 이어지는 불친절하고 거친 풍경에서 사치에 젖은 자신의 눈에 위안을 주려고 뭔가 쾌적한 것을 찾는다네. "타렌툼[11]으로 가세. 그곳은 이름난 항구로 기후가 온화한 겨울

6 아킬레우스(Achilleus)는 호메로스의 서사시 『일리아스』의 주인공이다.

7 호메로스, 『일리아스』 24권 10~11행 참조. 죽마고우였던 파트로클로스(Patroklos)가 죽자 슬픔에 빠진 아킬레우스는 잠을 이룰 수 없었다.

8 캄파니아(Campania)는 지금의 나폴리 근처에 있는 지방으로, 풍광이 아름다워 로마 귀족들은 다투어 그곳에 별장을 지었다.

9 브룻티움(Bruttium)은 이탈리아반도의 발 앞부분에 해당하는 지방이다.

10 루카니아(Lucania)는 남이탈리아에 있는 지방이다.

11 타렌툼(Tarentum)은 남이탈리아 칼라브리아(Calabria) 지방의 항구도시이다.

휴양지이며 옛날부터 많은 사람을 받을 수 있을 만큼 부유한 곳이 아니던가!" "이제는 로마로 진로를 바꾸도록 하지." 너무나 오랫동안 그들은 박수갈채와 군중의 소음을 듣지 못했거니와 사람이 피 흘리는 것도 다시 구경하고 싶었던 것이지.

여행에 여행이 이어지고, 구경거리에 구경거리가 이어진다네. 그래서 루크레티우스[12]는 말하지.

이렇게 각자는 자신에게서 쉴 새 없이 도망친다네.[13]

그렇지만 아무리 도망쳐도 자신에게서 벗어날 수 없다면 무슨 소용이 있겠는가? 각자가 자신을 뒤쫓으며 가장 성가신 동반자로 따라다니는데 말일세.

그러므로 우리에게 고통을 주는 것은 장소의 결점이 아

**12** 루크레티우스(Titus Lucretius Carus 기원전 1세기경)는 로마의 시인이자 철학자로, 현재 유일하게 남아 있는 교훈시 『사물의 본성에 관하여』(*De rerum natura*)에서 에피쿠로스가 데모크리토스에게서 받아들인 원자론(原子論)을 나름대로 재해석하고 있다.
**13** 루크레티우스, 『사물의 본성에 관하여』 3권 1068행.

니라 우리 자신의 결점이라는 것을 알아야 하네. 무엇을 견뎌내기에는 우리는 너무나 허약해서 노고도 쾌락도 자신도 남도 오래 견디지 못하네. 그러다 보니 더러는 죽음으로 내몰리지. 자주 계획을 바꾸다가 출발점으로 돌아가게 되면서 새로운 것을 위한 여지를 남겨두지 않는 것이지. 인생과 세상이 싫어지기 시작하고 향락 생활에 무기력해져 "언제까지 다람쥐 쳇바퀴 돌듯 해야 하지?"라는 의문이 생긴다네.

# 03

;

# 삶의 권태에 대한 처방

이러한 삶의 권태에 대해 어떤 처방을 써야 되느냐고 자네는 묻겠지. 아테노도로스[14]의 말처럼 최선의 방법은 활동적인 생활을 하며 공적인 업무와 시민적인 의무에 헌신하는 것이겠지. 마치 어떤 이는 햇볕에 나가 몸을 단련하고 가꾸는 일로 소일하고, 운동선수는 근력을 키우는 데 전적으로 매달려 대부분의 시간을 바치면서 그것을 가장 중요한 일로 여기듯이, 사회생활이라는 경기를 위해 마음을 단련하는 그대들에게는 늘 실습하는 것이 최선의 방법일 것이네. 누가 동포 시민과 인류에게 봉사하기로 결심했다면, 맡은 바 임

14 아테노도로스(Athenodoros)는 소아시아 타르소스(Tarsos) 출신의 유명한 스토아 철학자로, 키케로의 친구이자 아우구스투스의 스승이었다.

무 속으로 뛰어들어 공동체와 개인의 이익을 최선을 다해 보살피는 것이 곧 실습하는 것이자 발전하는 것일세.

"하지만" 하고 아테노도로스는 말한다네. "인간은 병적으로 야심이 많고, 중상모략을 일삼는 수많은 무리가 바른 것을 그른 것으로 비틀려 하고, 정직해도 별로 안전하지 못하고, 지지보다는 반대가 더 많을 것이므로 광장과 공적인 생활에서 물러나는 편이 나을 것이다. 위대한 정신의 소유자는 사생활에서도 충분히 뜻을 펼칠 수 있을 것이다. 인간은 그 힘이 철창에 의해 제어되는 사자나 여느 동물과 다르다. 인간의 가장 위대한 성취는 은거隱居할 때 이루어진다.

인간은 어디서 은밀히 여가 시간을 보내든 자신의 재능과 목소리와 조언으로 개인과 인류에게 봉사할 수 있도록 은거해야 할 것이다. 관직 후보자를 소개하고, 피고인을 변호하고, 전쟁과 평화를 결정하는 투표를 하는 사람만이 국가에 봉사하는 것은 아니다. 젊은이를 격려하고, 좋은 스승이 이토록 모자라는 상황에서 젊은이의 마음속에 미덕을 심어주고, 돈과 사치를 향해 돌진하는 자를 붙들고 제지하고 다른 방법이 없으면 지연시키기라도 하는 사람도 비록 사인私人이지만 공익을 위해 일하는 것이다.

아니면 그대는 고소인에게 배석 판사의 판결을 낭독해 줌으로써 외국인과 시민의 소송사건을 해결해주는 법정관이, 정의와 경건함과 참을성, 죽음에 대한 경멸, 신들에 관한 지식이 무엇이며 떳떳한 양심이야말로 얼마나 안전하고 비용이 들지 않는 재산인지 가르쳐주는 사람보다 더 많이 봉사한다고 생각하는가?

그대가 공적인 의무에서 빼낸 시간을 학문 연구에 바친다 해도, 그것은 탈영하는 것도 의무를 저버리는 것도 아닐 것이다. 선두 대열에 서서 우익과 좌익을 지키는 사람만 군인이 아니라, 성문을 지키며 비록 덜 위험하긴 하지만 한가하기만 한 것도 아닌 부서에서 보초를 서고 무기고를 지키는 사람도 군인이다. 이런 봉사는 비록 피를 흘리지는 않지만 역시 군복무에 속하기 때문이다.

그대가 학문 연구에 헌신한다면 삶에 대한 온갖 권태에서 벗어날 수 있을 것이며 햇빛이 싫어져 밤이 되기를 원하지도 않을 것이다. 그대 자신에게 짐이 되지도, 남에게 쓸모없는 존재가 되지도 않을 것이며, 많은 사람을 끌어들여 친구가 되게 할 것이다. 가장 좋은 사람들이 그대에게 몰려올 테니까. 미덕은 숨은 것이라도 결코 묻히지 않고 표가 나기 마련이며, 그래서 자격 있는 사람들은 그것을 찾아낼 수 있기 때문이다.

하지만 사람과의 접촉을 완전히 끊고 인류와 절교하고 혼자서 산다면 진지한 노력이 결여된 이러한 고독에는 의미 있는 활동이 수반될 수 없을 것이다. 여기서는 집을 짓는가 하면 저기서는 헐기 시작할 것이며, 바다를 막는가 하면 지세가 험한 곳을 지나 수로를 낼 것이며, 자연이 쓰라고 준 시간을 낭비하게 될 것이다.

누구는 시간을 아껴 쓰고 누구는 헤프게 쓸 것이다. 누구는 보고할 수 있도록 쓸 것이며 누구는 흔적도 남지 않도록 쓸 텐데, 이보다 더 수치스러운 일은 없다. 오래 살았다는 것을 말해줄 증거로 고령자에게 나이 말고는 아무것도 없는 경우가 종종 있다."

## 04
## ;
## 그대에게 열려 있는

하지만 사랑하는 세레누스여, 내가 보기에 아테노도로스는 시대 상황에 쉽게 항복하여 너무 일찍 물러난 것 같네. 나도 언젠가는 물러나야 한다는 것을 부인하지 않지만, 군기軍旗와 군인으로서의 명예를 지키며 천천히 발을 빼야 한다고 생각하네. 무장을 하고 협상에 임하는 자는 적군에게 더 존경받을 뿐 아니라 더 안전하기까지 하다네.

미덕은 물론이고 미덕의 추종자는 이렇게 해야 한다고 생각하네. 이를테면 운명이 더 우세하여 모든 활동 가능성을 차단한다면, 미덕의 추종자는 즉시 무기를 버리고 등을 돌려 도망치며 마치 운명이 따라오지 못할 장소라도 있는 것처럼 은신처를 찾을 것이 아니라, 공적인 일에 좀더 신중히 참가하고 국가에 봉사할 수 있는 일을 조심스럽게 골라야 할 것이네.

그가 군인이 될 수 없다면 관직을 구하게 하게나. 사인으로 살아야 한다면 변호사가 되게 하게나. 발언을 금지당했다면 무언의 지지로 동포 시민을 돕게 하게나. 광장에 나타나는 것이 위험하다면 사가私家나 극장이나 연회에서 좋은 동료나 성실한 친구나 예의 바른 손님 노릇을 시키게나. 시민으로서의 의무를 수행할 수 없는 처지라면 인간으로서의 의무를 수행하게 하게나.

그래서 우리 스토아 철학자들은 고매하게도 한 도시의 성벽 안에 갇혀 지내지 않고 전 세계와 교류하며 미덕에 더 넓은 활동 공간을 주기 위해 세계를 조국으로 선언하는 것이라네. 그대가 법정에서 배제되고 연단과 민회장民會場에 접근할 수 없다면, 그대의 등 뒤에 얼마나 넓은 땅이 펼쳐져 있으며 얼마나 많은 사람이 있는지 돌아보게나. 그대에게 열려 있는 부분보다 닫혀 있는 부분이 더 넓은 경우는 결코 없을걸세.

하지만 그 책임이 전적으로 자네에게 돌아가지 않도록 조심하게나. 자네는 콘술이나 프뤼타니스나 케뤽스나 수페스[15]로서만 나라를 다스리려 하는 듯하네. 자네가 장군이나 연대장으로서만 군복무를 하려 한다면 어찌 되겠는가? 다른 사람들은 선두 대열을 이루는데 자네는 제비뽑기에 따라 예비대에 배속된다 해도 거기서 성원聲援하고 격려하고 본보기와 기백을 보여줌으로써 군인 노릇을 해야 하네. 두 손이 잘린 사람도 버티고 서서 성원함으로써 전투에서 전우를 도울 수 있는 가능성을 발견하게 된다네.

자네는 그렇게 행동해야 할 것이네. 운명이 자네를 국가의 고위직에서 내쫓으면 자네는 그래도 버티고 서서 함성으로 돕고, 그대의 울대를 누르는 사람이 있다면 그래도 버티고 서서 침묵으로 돕도록 하게나. 선량한 시민의 노력은 결코 헛되지 않네. 그는 들리고 보임으로써, 그리고 표정과 몸짓과 말없는 고집과 걸음걸이로써 도움을 준다네.

어떤 약초는 먹거나 만지지 않아도 냄새만으로 효험이 있듯이, 미덕은 멀리서도 또는 숨어서도 도움을 준다네. 미덕은 편안하게 걸으며 자신의 권리를 행사하든, 행동의 제

**15** 콘술(consul '집정관'으로 번역된다)은 로마의, 프뤼타니스(prytanis)는 그리스의, 수페스(sufes)는 카르타고의 최고 관리이다. 케뤽스(keryx '전령'이라는 뜻)는 원래 사제직이었다고 한다.

약을 받아 돛을 걷도록 강요받든, 한가하고 말없이 좁은 곳에 갇혀 있든, 눈에 훤히 보이든 어떤 상황에서도 도움을 준다네. 어째서 자네는 물러나 도움을 주는 사람의 본보기를 별로 쓸모가 없다고 생각하는가?

우연한 방해나 나라의 사정에 따라 활동적인 생활에 지장이 생길 때면 여가를 활동과 결부시키는 것이 최선책일세. 명예로운 행동을 할 여지도 남지 않을 만큼 모든 것이 금지되는 일은 지금까지 한 번도 없었기 때문이네.

## 05

;

# 죽은 자로 사는 사람

30인 참주[16]에 의해 갈기갈기 찢길 때의 아테나이보다 더 비참한 국가를 자네는 찾을 수 있겠는가? 그들은 1300명의 시민을, 그것도 훌륭한 사람들을 죽이고도 그것으로 그치기는커녕 더욱더 포악해졌다네. 엄숙한 법정인 아레이오스 파고스[17]와 원로원과 원로원에 손색이 없는 민회가 자리 잡은 그

16 30인 참주(hoi triakonta)란 펠로폰네소스전쟁(기원전 431~404년)에서 아테나이가 패한 직후 스파르테 장군 뤼산드로스(Lysandros)의 후견 아래 아테나이의 국정을 전단(專斷)하며 민주정을 폐지하고 과두정을 세우려 했던 참주 30명을 말한다. 그들은 민주파 시민 1500명을 처형하고 재산을 몰수하는 등 공포정치를 일삼다가 과격파를 주도하던 크리티아스(Kritias)가 민주파인 트라쉬불로스(Trasyboulos)에게 패해 전사하자 엘레우시스(Eleusis)로 도망치는데, 이로써 아테나이에 민주정이 회복되었다.

도시에 사형집행인의 서글픈 무리들이 날마다 모여들었고, 가련한 원로원 건물은 참주들로 미어터졌다네. 참주가 하수인만큼이나 많은 나라가 평온할 리가 있었겠나? 자유를 회복할 희망이라고는 조금도 보이지 않았고, 그토록 강력한 악당들을 응징할 수단은 전혀 없어 보였네. 왜냐하면 비참한 국가가 어디서 하르모디오스[18] 같은 사람들을 충분히 발견할 수 있었겠는가?

하지만 그 한가운데에 소크라테스[19]가 있어 슬퍼하는 아버지들을 위로하고, 국가에 절망하는 자들을 격려하고,

17 아레이오스 파고스(Areios pagos '아레스의 언덕'이라는 뜻)는 아테나이의 아크로폴리스 서쪽에 있는 언덕으로, 그곳에 위치해 있던 고대 아테나이의 최고 법정에서는 주로 살인사건을 재판했다.

18 하르모디오스(Harmodios)는 기원전 514년 아테나이의 참주 힙파르코스(Hipparchos)를 암살한 젊은이이다.

19 소크라테스(Sokrates 기원전 469~399년)는 아테나이 출신의 그리스 철학자로, 그의 가르침과 대화 방식은 당대로부터 오늘날까지 많은 사람들에게 큰 영향을 주었다. 절대 진리를 추구하는 그의 학설은 제자인 플라톤과 크세노폰의 저서들을 통해 부분적으로 재구성될 수 있다. 그는 독특한 문답법으로 대화 상대방을 곤혹스럽게 한 탓에 적을 많이 만들어, 신을 불신하고 젊은이들을 타락시킨다는 죄목으로 사형선고를 받는다. 그의 가르침이 당시의 정치 권력과 충돌했기 때문에 배심원들은 그에게 유죄 판결을 내렸으며 그는 차분하게 독배를 마시고 죽었다..

재산을 잃을까 두려워하는 부자들의 탐욕에 대한 때늦은 후회를 질책했네. 그리고 30인의 독재자 사이로 당당하게 걸어 다님으로써 자기를 모방하려는 자들에게 훌륭한 본보기를 보여주었네.

그런데 바로 그 소크라테스를 다름 아닌 아테나이가 감옥에서 죽였네. 독재자 무리를 겁없이 조롱하는 사람의 자유를 참을 수 없었던 거지. 자네도 알아두게나. 나라가 어려울 때도 현인에게는 두각을 나타낼 기회가 주어지지만, 나라가 번창하고 행복할 때는 야만성과 시기심과 그 밖에도 수천 가지 남자답지 못한 악덕이 판을 친다네.

따라서 나라의 형편과 운명이 허용해주는 대로 우리는 활동을 늘리거나 줄이되 어떤 경우에도 움직여야지 겁에 질려 굳어져서는 안 될걸세. 사방에서 위험이 닥쳐도, 사방에서 무기와 사슬이 절거덕거려도 용기를 잃거나 숨지 않는 사람이야말로 진정한 의미의 남자일 것이네. 자신을 숨기는 것이 자신을 구하는 것은 아니니 말일세.

죽은 자로 살아가기보다는 차라리 죽는 편이 더 낫겠다는 쿠리우스 덴타투스[20]의 말이 옳은 것 같네. 죽기도 전에 산 자의 명단에서 제외된다는 것은 가장 큰 불행일 테니까 말일세. 자네가 정치 활동을 하기에 불리한 시대에 살고 있다면 여가 생활과 학문 연구에 정진해야 할 것이네. 뱃길이 위험해지면 지체 없이 항구를 찾듯이 정치가 자네를 버리기를 기다리지 말고 자네가 먼저 정치를 떠나야 할 것이네.

**20** 쿠리우스 덴타투스(Manius Curius Dentatus)는 기원전 275년 이탈리아에 침입한 에페이로스(Epeiros) 왕 퓌르로스(Pyrrhos)에게 승리를 거두고 개선 행렬에 코끼리 네 마리를 등장시켰는데, 로마인들이 코끼리를 본 것은 그때가 처음이었다고 한다.

# 06

;

# 솔직함의 발작

하지만 우리는 먼저 우리 자신을, 다음에는 우리가 시작하려는 일을, 그다음에는 우리와 함께 일할 사람과 그 수혜자를 꼼꼼히 검토해보아야 할 것이네.

무엇보다도 우리 자신을 정확히 평가할 필요가 있네. 우리는 대체로 자신의 능력을 과대평가하기 때문일세. 어떤 사람은 자신의 언변을 믿다가 실족하고, 어떤 사람은 자신의 재산에 감당할 수 있는 것 이상을 요구하고, 어떤 사람은 자신의 허약한 몸에 힘겨운 의무를 지운다네. 어떤 사람은 너무 소심하여 정치에는 맞지 않네. 정치를 하려면 뻔뻔스러워야 하네. 어떤 사람은 고집이 세어 궁정 생활에 맞지 않네. 어떤 사람은 분노를 억제할 수 없어 아무렇게나 성을 내다가 경솔한 말을 하게 된다네. 어떤 사람은 재치를 억제하지 못해 위험한 농담을 내뱉는다네. 이들 모두에게는 공적인 활동보다는 조용히 사는 것이 더 유익하다네. 격렬하고 참을성이 없는 성격은 해악을 끼칠 수 있는 솔직함의 발작을 피해야 하네.

다음에는 우리가 행하는 일을 평가하고, 우리의 능력을 우리가 시도하려는 일과 비교해보아야 하네. 일하는 사람은 자신이 하는 일보다 더 강해야 하기 때문이네. 짐이 더 크면 짐 진 자를 깔아뭉개기 마련이니까 말일세.

그 밖에도 어떤 일은 규모는 그리 크지 않지만 번거로운 일을 많이 파생시킨다네. 많은 새로운 일들을 낳는 이런 일은 피해야 하네. 그리고 자유롭게 물러설 수 없는 일은 시작하지 말아야 하네. 끝낼 수 있거나 끝낼 수 있을 것으로 기대되는 일에 착수해야 하네. 하다 보니 자꾸 늘어나거나 예상했던 대로 끝나지 않는 일은 그만두어야 하네.

## 07
## ;
## 인생의 일부를 바칠 만한가

사람들을 고를 때 특히 유의해야 할 점은, 그들이 과연 우리 인생의 일부를 바칠 만한 가치가 있느냐, 우리가 시간을 바치는 것이 그들에게 과연 도움이 되느냐 하는 것이라네. 우리의 봉사를 당연한 것으로 여기는 사람들도 더러 있으니 말일세.

아테노도로스가 말하기를, 자기가 와도 전혀 고마운 줄 모르는 사람의 집에는 식사하러 가지 않겠다고 했네. 자네도 이해하겠지만, 그는 식사 초대로 친구의 호의를 다 갚았다고 여기거나 마치 호사스러움만으로 손님에게 경의를 표할 수 있는 양 진수성찬을 명예의 선물로 여기는 자들의 초대에는 더더욱 응하려 하지 않았네. 증인도 구경꾼도 없이 혼자였다면 그러한 자들에게 진수성찬은 즐거움이 되지 않을걸세. 〔자네의 본성이 활동적인 삶에, 또는 조용하고 명상적인 학문 연구에 더 적합한지 심사숙고한 뒤 자네의 타고난 기질이 이끄는 대로 향해야 하네. 이소크라테스[21]는 에포로스[22]를 광장의 연단에서 끌고 내려왔는데, 그는 역사 기술에 더 쓸모 있다고 믿었기 때문이라네.〕

하지만 믿음직하고 상냥한 우정만큼 우리의 마음을 즐겁게 해주는 것도 없다네. 안심하고 비밀을 털어놓을 수 있고, 혼자 알고 있을 때보다 둘이 같이 알고 있어도 조금도 두렵지 않은 마음을 품는다는 것은 얼마나 축복받은 일인가? 그들과의 대화는 자네의 근심을 덜어주고, 그들의 조언은 자네의 계획을 촉진시키고, 그들의 쾌활함은 자네의 슬픔을 쫓아주고, 그들의 얼굴만 보아도 반가우니 말일세. 하지만 우리는 되도록이면 욕망에서 자유로운 사람들을 친구로 삼

21 이소크라테스(Isokrates 기원전 436~338년)는 아테나이의 웅변가인데, 그의 연설은 실제 연설이 아니라 읽히기 위해 쓰인 만큼 일종의 에세이라고 할 수 있다. 그의 정치 연설 중 대표작인 『축제 연설』(*Panegyrikos*)의 주제는 그리스의 도시국가들이 내분을 끝내고 유능한 지도자 밑에서 하나로 뭉쳐 페르시아를 정복해야 한다는 것이다.

22 기원전 4세기에 활동한 그리스 역사가로, 이소크라테스의 제자이다.

아야 하네. 악덕은 슬그머니 다가와 가장 가까이 있는 사람들에게 달려들어 감염시킴으로써 해코지를 하기 때문이지.

역병이 퍼지면, 우리는 이미 감염되어 몸이 뜨겁게 달아오른 사람들 가까이 가지 않도록 조심해야 하네. 그의 입김에 의해서도 위험을 자초할 수 있기 때문일세. 그와 마찬가지로 우리는 친구를 고를 때도 성격에 유의하여 되도록 덜 타락한 친구들을 골라야 하네. 병은 건강한 것을 병든 것과 섞는 데서 시작된다네. 현인을 추종하고 현인만 사귀라는 뜻은 아닐세. 우리가 여러 세기 동안 찾고 있는 사람을 어디서 쉽게 찾을 수 있겠는가? 가장 덜 나쁜 사람을 가장 좋은 사람이라고 부르게나.

플라톤[23]이나 크세노폰[24] 같은 사람들 아니면 그 밖에 소

23 플라톤(Platon 기원전 427~347년)은 아테나이 출신의 그리스 철학자로, 철학적 관념론의 창시자이자 고대 그리스의 뛰어난 산문작가 중 한 사람이다. 기원전 385년경 아테네 근교에 학원 아카데메이아를 개설하고 각지에서 청년들을 모아 연구와 교육 생활에 전념했다. 그는 25편 정도의 철학적 대화편과, 대화편이 아닌 법정에서의 소크라테스의 변론을 재현한 『변론』을 50년 이상의 기간을 두고 발표했는데, 오늘날 모두 남아 있다. 그 밖에도 그가 쓴 편지가 13편이나 남아 있다.

크라테스학파에 속하는 다른 사람 중에서 좋은 사람을 찾거나 또는 카토[25] 시대에서 선택한다면 자네는 아주 잘 선택하는 셈이네. 카토 시대에는 카토의 동시대인이 될 만한 자격이 있는 사람들이 많이 태어났네. (그때는 어느 시대보다 더 고약한 악당들도 태어나 끔찍한 범죄를 저질렀지. 카토가 평가받으려면 그런 두 집단이 필요했기 때문일세. 그가 인정받기 위해서는 좋은 사람들이 필요했고, 자신의 힘을 시험해보기 위해서는 악당들이 필요했으니까 말일세.) 하지만 오늘날에는 좋은 사람들이 가물에 콩 나듯 하여 까다롭

**24** 크세노폰(Xenophon 기원전 430~354년)은 소크라테스의 제자로, 아테나이의 역사가이다. 페르시아 왕위 쟁탈전에 용병으로 참가한 1만 명의 그리스 용병대를 그가 적지인 소아시아에서 서쪽으로 안전하게 후퇴시킨 과정을 그린 『페르시아 원정기』(*Kyrou Anabasis*), 페르시아 제국을 세운 대(大)퀴로스(Kyros)의 성장과정을 그린 『퀴로스의 교육』(*Kyrou paideia*), 스승 소크라테스의 인격과 학설을 논한 『회고록』(*Apomnemoneumata*) 등을 저술했다.

**25** 카토(Marcus Porcius Cato Uticensis 기원전 95~46년)는 감찰관을 지낸 대(大)카토(Cato Maior)의 증손자로, 로마의 정치가이자 철학자이다. 그는 카이사르의 독재에 맞서 로마의 공화정을 사수하려다 실패하자 북아프리카의 우티카(Utica)에서 자살했다. 스토아 철학자들은 그를 이상적인 현인으로 여겼다.

게 고를 필요도 없네.

그렇지만 늘 한탄만 하고 기회만 있으면 불평을 늘어놓는 불평꾼들은 꼭 피해야 하네. 신의와 호의가 변함없다 해도 언제나 불평을 늘어놓는 괴팍한 동반자는 마음의 평정을 위협하기 때문일세.

# 08

;

# 재물이 주는 고통

이제 화제를 바꾸어 인간 고통의 가장 큰 원천인 사유재산에 관하여 논의하기로 하세. 죽음, 질병, 공포, 욕구, 고통, 인고忍苦처럼 우리를 불안하게 하는 다른 모든 것에 견주어 돈이 가져다주는 불행이 훨씬 심각하기 때문일세.

우리는 가지지 못한 고통이 잃는 고통보다 훨씬 가볍다고 생각해야 할 것이네. 그러면 잃을 것이 더 적은 가난이 덜 괴로울 것이네. 부자가 손실을 더 의연하게 참는다고 생각한다면 그것은 착각일세. 상처에서 느끼는 고통은 몸집이 크나 작으나 매일반이니까.

머리숱이 적은 사람이나 머리숱이 많은 사람이나 머리카락이 뽑히는 아픔은 마찬가지라는 비온[26]의 발언은 적절하다 할 것이네. 부자와 가난한 자에 대해서도 같은 말을 할 수 있지. 둘 다 돈에 들러붙어 있는 탓에 통증 없이는 돈에서 떨어질 수 없으니 고통을 받을 수밖에. 그렇지만 앞서 말했듯이, 돈을 잃는 것보다는 벌지 않는 것이 더 견딜 만하고 더 수월하다네. 그래서 자네는 행운에게 버림받은 사람들보다는 행운이 거들떠보지도 않는 사람들이 더 즐거워하는 모습을 보게 될걸세.

위대한 정신의 소유자인 디오게네스[27]는 이런 점을 깨닫고서 자기한테서 아무것도 빼앗을 수 없게 만들었던 것일세. 근심에서 자유로운 이런 상태를 두고 자네가 가난, 결핍, 궁핍, 그 밖에도 샘이 나서 그 어떤 이름을 붙이든 간에, 먼저 자네가 디오게네스보다 잃을 것이 아예 없는 다른 사람을

**26** 비온(Bion)은 기원전 3세기에 활동한, 흑해 연안에 있는 보뤼스테네스(Borysthenes) 출신의 대중 철학자인데, 신랄한 기지로 유명했다.

**27** 기원전 4세기에 활동한 그리스 철학자. 안티스테네스(Antisthenes)와 더불어 무욕과 정신적 독립을 중시하는 견유학파(犬儒學派)의 창시자가 된다. 디오게네스는 개인의 자유와 독립에 이르기 위해서는 사회적인 규범과 관습에 얽매이지 않는 전통적인 의미의 염치지심을 버려야 한다고 주장함으로써 '개'(그리스어로 kyon)라는 별명이 붙었는데 거기서 견유학파라는 이름이 생겨났다. 견유학파는 단순한 삶을 추구하며, 물질적인 소유와 사회적 지위에 대한 욕망을 거부한다. 최소한의 필요성만을 충족시키고, 가난과 불편함을 감수하는 삶을 선호한다.

찾아내야만 나는 디오게네스를 행복하지 못하다고 여길 것이네. 내가 잘못 생각하는 것이 아니라면, 욕심쟁이와 사기꾼, 날강도와 도둑이 득실대는 세상에서 혼자서도 해코지를 당하지 않는다는 것은 왕의 특권이 아니고 무엇이겠는가!

디오게네스의 행복을 의심하는 자라면 불사신의 상태에 관해서도 의심할 수 있을 것이네. 그는 부동산도, 넓은 정원도, 외국인에게 소작 줄 수익 좋은 농장도, 광장에서의 큰 이자 수익도 없는데 과연 행복하게 사는 것일까 하고 말일세. 그대가 누구건 부만 보면 얼이 빠지는 자여, 그대는 부끄럽지도 않은가! 이 우주를 보라! 그대는 신들이 무일푼이며, 아무것도 가진 것이 없어도 무엇이든 다 주는 것을 보게 되리라. 그대는 우연의 선물을 모두 벗어버린 사람을 가난하다고 여기는가, 아니면 불사신과 비슷하다고 여기는가?

그대는 폼페이유스의 해방노예 데메트리우스가 폼페이유스보다 더 부자인 것을 부끄러워하지 않았다고 해서 더 행복하다고 하겠는가? 두 명의 보조 노예와 널찍한 방 한 칸 가지는 것을 부라고 생각했던 그가, 마치 장군이 군사의 수를 보고받듯 날마다 하인의 수를 보고받았다고 하지만 말일세.

하지만 디오게네스는 하나밖에 없는 노예가 도망쳤다

는 보고를 받았을 때 그를 도로 데려오는 것을 별로 보람 있는 일로 여기지 않았네. "마네스는 디오게네스 없이 살 수 있는데, 디오게네스는 마네스 없이 살 수 없다면 창피한 일이지"라고 말했네. 내가 보기에 그의 말은 이런 뜻인 듯하네. "운명이여, 네 할 일이나 하라. 너는 디오게네스에게 볼일이 없다. 내 노예가 달아났다고? 그가 달아남으로써 실제로 해방된 것은 나란 말이지."

하인들은 입혀주고 먹여주기를 요구하네. 허기진 맹수와 같은 그들의 그토록 주린 배를 채워주어야 하고, 옷을 사와야 하고, 도벽 있는 손들을 감시해야 하고, 봉사를 받으려면 비명 소리와 욕설을 들어야 하네. 자기 자신 말고는 누구에게도 뭔가를 빚지지 않은 사람은 얼마나 행복한가! 자기 자신은 거절하기가 가장 쉬우니까 말일세.

그러나 디오게네스 같은 힘이 없는 우리로서는 운명의 타격에 덜 노출되도록 우리의 재물을 줄이기라도 해야 하네. 전쟁터에서는 몸이 갑옷 밖으로 삐져나와 부상에 두루 노출되는 사람보다는 몸이 갑옷에 쏙 들어가는 사람이 더 안전한 법일세. 마찬가지로 돈도 가난으로 영락하지도 않고 가난에서 그리 멀지도 않은 정도가 가장 이상적인 금액일세.

# 09

;

# 과시용 책

우리가 절약을 먼저 몸에 익혔다면 그런 금액으로도 만족할 것이네. 절약 없이는 어떤 재물로도 충분하지 않고, 절약하면 어떤 재물로도 충분하다네. 한 가지 수단만 있다면 말일세. 검소하게 생활하면 가난 자체가 부로 변할 수 있다는 것 말일세.

우리는 과시하기를 멀리하고, 사물을 장식적 가치보다는 쓸모에 따라 평가하는 버릇을 들이도록 하세. 먹을 것은 허기를 달래게 하고, 마실 것은 갈증을 풀게 하고, 성욕은 필요한 곳으로 움직이게 해야겠지. 우리는 사지를 이용하는 법을 배우고, 옷차림과 생활방식을 최신 유행이 아니라 선조의 관습에 맞추는 법을 배워야 할 것이네. 또한 우리는 자제력을 높이고, 사치를 줄이고, 명예욕을 억제하고, 분노를 달래고, 가난을 편견 없이 바라보고, 많은 사람이 부끄러이 여기는 검약을 실천하고, 자연적 욕구를 싸게 구할 수 있는 수단으로 충족시키고, 고삐 풀린 희망과 미래만 바라보는 마음에 족쇄를 채우는 법을 배워야 할 것이네. 간단히 말해, 우리는 부를 행운에서가 아니라 오히려 자신에게서 구하도록 노력해야 할 것이네.

인생의 다양하고 음험한 재앙을 다 물리친다는 것은 불가능하며, 그래서 돛을 활짝 펴는 사람은 폭풍을 만나기 마련이라네. 운명의 화살이 빗나가게 하려면 활동 범위를 줄여야 하네. 그래서 가끔 추방과 재앙이 결과적으로 약이 되고, 작은 피해로 더 큰 피해를 막을 수 있었던 것일세. 마음이 충고에 귀를 기울이지 않고 더 부드러운 방법으로는 치료받을 수 없는 사람이라면 왜 가난과 치욕과 파산이라는 처방을 써서라도 재앙을 재앙으로 막아서는 안 되는 거지? 우리는 몰려든 손님 없이 식사하고, 몇 명 되지 않는 노예로 꾸려나가고, 본래의 목적에 맞게 옷을 짓게 하고, 더 좁게 사는 버릇을 들여야 할 것이네. 경주와 원형경기장의 경기에서뿐 아니라 인생의 주로에서도 우리는 안쪽을 따라 돌아야 하는 것이네.

학문 연구에 드는 비용도 자유민이라면 가장 투자할 만한 가치가 있기는 하지만 적정해야 하네. 셀 수 없이 많은 서책과 그 주인이 평생 동안 표제조차 다 읽을 수 없는 수많은 장서가 대체 무슨 의미가 있겠는가? 책 더미는 학생을 가르치는 게 아니라 부담감만 줄걸세. 수많은 작가 사이를 헤매는 것보다 몇몇 작가에게 자신을 맡기는 편이 더 나을 것이네.

알렉산드레이아에서는 40만 권의 장서가 불에 탔다네.[28]어떤 사람은 그 도서관을 왕이 베푼 선심의 가장 멋진 기념비라고 칭송할지도 모르지. 예컨대 티투스 리비우스[29]는 그것을 왕들의 세련된 취미와 배려의 걸작품이라고 일컬었네. 하지만 그것은 세련된 취미도 배려도 아니었네. 그것은 학문적 사치였네. 아니, 학문적 사치도 아니었네. 그들은

**28** 고대 세계의 최대 도서관이던 이집트의 알렉산드레이아(Alexandreia) 도서관은 기원전 48년 율리우스 카이사르가 프톨레마이오스(Ptolemaios) 왕가의 왕위계승 싸움에 개입함으로써 전화(戰火)로 전소되었다.

**29** 티투스 리비우스(Titus Livius 기원전 59년~기원후 17년)는 로마의 역사가이다. 그가 쓴 『로마 건국 이후의 역사』(*Ab urbe condita*)는 142권 중 35권이 남아 있는데, 여기서 언급되는 발언에 관해서는 단편 52 Weissenborn/Müler 참조.

학문 연구를 위해서가 아니라 과시용으로 책을 모았으니까. 마치 기초적인 교육도 받지 못한 많은 사람들이 책을 연구 수단이 아니라 식당의 장식품으로 쓰듯이 말일세. 책은 필요한 만큼 사되 장식용으로 사서는 안 되네.

"코린토스산産 청동이나 그림에 돈을 뿌리는 것보다는 책에 투자하는 편이 그래도 더 점잖다"고 자네는 말하겠지. 무엇이든 지나치면 나쁜 법일세. 상아를 박은 감귤나무 책장이나 탐내고 무명작가 또는 삼류작가의 책을 사모아놓고는 수천 권의 책 사이에 앉아 하품이나 하며 책의 제본과 표제를 보고는 더없이 좋아하는 사람을 어떻게 용서할 수 있단 말인가? 다름 아니라 가장 심한 게으름뱅이의 집에서 그대는 웅변가와 역사가의 전집이 천장까지 닿는 책장들 안에 들어 있는 것을 보게 될걸세. 오늘날에는 공중목욕탕과 온천에도 도서관이 필수적인 장식 품목이 되었으니까. 학문을 지나치게 사랑하여 그러한 실수를 하는 것이라면 나도 물론 용서해주겠네. 하지만 그들이 빠짐없이 초상화가 들어 있는 존경스러운 작가의 작품을 모은 것은 여봐란듯이 벽 장식으로 쓰기 위해서였네.

## 10
;
# 자연이 베푸는 호의

자네가 인생에서 어려운 처지에 놓이고, 자기도 모르게 개인적인 사정이나 공적인 사정 때문에 풀 수도 끊을 수도 없는 올가미에 걸려들었다고 가정해보세. 올가미에 걸린 사람은 처음에는 거추장스러운 올가미를 간신히 견디지만 일단 그것을 화내지 않고 받아들이기로 결심하고 나면, 필연은 용감하게 견디는 법을 가르치고 습관은 쉬이 견디는 법을 가르친다는 점을 명심하게나. 자네는 인생의 어떤 상황에서도 즐거움과 휴식과 쾌락을 발견하게 될걸세. 자네가 불쾌한 일을 대수롭지 않게 여기고, 그 때문에 괴로워하려고만 하지 않는다면 말일세.

자연은 우리가 고통을 느끼도록 태어난 줄 알고 있기에 불쾌한 일을 누그러뜨리기 위해 습관을 만들어내고는 가장 어려운 일에도 금세 친숙해지게 만들었네. 그것은 자연이 우리에게 베푼 가장 큰 호의라고 할 수 있지. 불행이 우리를 처음 가격했을 때와 같은 기세를 계속 유지한다면 견딜 사람은 아무도 없을걸세.

우리는 모두 운명에 매여 있네. 어떤 사람은 느슨한 황금 사슬로, 어떤 사람은 저급한 금속으로 만든 팽팽한 사슬로. 하지만 그렇다고 무슨 차이가 있겠는가? 우리는 모두 똑같이 포로이며, 묶은 자도 묶여 있기는 마찬가지라네. 왼손의 사슬을 더 가볍다고 여기는 정도의 차이가 있을지는 몰라도.[30] 어떤 사람은 높은 관직에 묶여 있고, 어떤 사람은 부에 묶여 있네. 어떤 사람은 고귀한 가문으로 고통받고, 어떤 사람은 미천한 출신으로 고통받는다네. 어떤 사람은 이방인의 지배에 머리를 숙이고, 어떤 사람은 자신의 지배에 머리를 숙인다네. 어떤 사람은 추방되어 한곳에 붙들려 있고, 어떤 사람은 사제가 되어 한곳에 붙들려 있다네. 인생은 모두 종살이일세.

30 당시에는 간수와 죄수를 한데 묶었는데, 간수는 왼손에, 죄수는 오른손에 사슬을 채웠다고 한다.

그러므로 사람은 자신의 처지에 익숙해지고, 되도록이면 불평을 덜하고, 거기에 유리한 점이 있으면 무엇이든 꼭 붙잡아야 하네. 담담한 마음으로 위안을 찾지 못할 만큼 괴로운 것은 아무것도 없네. 작은 땅도 기술적으로 나누면 여러 용도로 쓸 수 있고, 좁디좁은 공간도 잘 배열하면 사람이 살 수 있을 때가 비일비재하지. 어려운 일을 당하면 이성을 사용하게. 그러면 딱딱한 것이 부드러워지고, 좁은 것이 넓어지고, 무거운 것이 그것을 질 줄 아는 사람을 덜 누르지.

또한 욕망이 멀리 쏘다니게 할 것이 아니라 가까이에서 돌아다니게 해야 할 것이네. 욕망을 완전히 가둘 수는 없으니까. 이룰 수 없거나 이루기 어려운 것들은 내버려두고 가까이 있거나 이루어질 성싶은 것들을 따라다니되, 모든 것은 똑같이 하찮고 겉보기만 다를 뿐 속으로는 똑같이 허무하다는 것을 알고 있어야 할 것이네. 우리는 더 높은 자리에 있는 자를 시기하지 말아야 할 것이네. 우뚝 솟아 있는 곳이 낭떠러지일 수도 있으니까.

한편 적대적인 운명이 어정쩡한 위치에 갖다놓은 자들은 원래 교만해질 수 있는 처지에서 교만을 끌어내리고, 되도록 자신의 행운을 평균 수준에 맞춘다면 더 안전할 것이네. 사실 떨어지지 않고는 내려올 수 없는 높은 곳에 어쩔 수 없이 버티고 있어야 하는 사람도 많다네. 하지만 그들도 자신들의 가장 큰 짐은 어쩔 수 없이 남에게 짐이 되어야 하고, 높은 자리로 들어올려진 것이 아니라 그곳에 못 박혀 있는 것임을 증언해야 한다네. 그들은 정의와 온유함과 인간성과 선심을 쓰는 선의의 손으로 유리한 미래를 위하여 준비를 많이 해야 하고, 그렇게 함으로써 더 마음 편하게 떠 있을 수 있을 것이네.

하지만 우리의 출세에 한계를 설정하는 것보다 더 효과적으로 마음의 동요에서 구해줄 수 있는 방법은 아무것도 없다네. 언제 멈출 것인지를 우연에 맡길 것이 아니라, 그러기 훨씬 전에 우리는 스스로 멈춰 서야 할 것이네. 그래야만 어떤 욕망이 마음을 자극한다 해도 한계를 넘어 무한대로, 불확실한 것 속으로 우리를 인도하지 않을걸세.

# 11
# ;
# 운명과 말다툼하지 말 것

다음 논의는 현인이 아니라 불완전한 자와 평범한 자 그리고 건전하지 못한 자에게 해당되네. 현인은 소심하게 한 걸음 한 걸음 옮겨놓을 필요가 없네. 현인은 자신감이 넘쳐 운명에 다가가기를 망설이지도 않으며 결코 운명 앞에서 물러서지도 않을걸세. 그는 운명을 조금도 두려워하지 않네. 그는 하인과 재산과 관직뿐 아니라 자신의 몸과 눈과 손 그리고 인생을 소중한 것으로 만들어주는 것, 나아가 자신의 인격까지 무상無常한 것으로 간주하며 마치 모든 것을 자신이 빌려서 사는 것처럼 살다가 돌려달라면 불평 없이 모두 기꺼이 돌려줄 각오가 되어 있네.

하지만 자신이 자신의 것이 아님을 알고 있다고 해서 그는 자신을 가치 없는 존재로 여기지 않으며, 마치 신심이 강한 양심적인 사람이 자기에게 맡겨진 것들을 돌보듯이 자신의 모든 의무를 꼼꼼하고 세심하게 수행한다네.

언제 돌려달라는 통보를 받건 그는 운명과 말다툼하지 않고 "내가 소유하고 향유했던 것에 대해 고맙다는 인사를 하고 싶습니다. 나는 높은 임대료를 주고 그대의 재산을 돌봐왔지만 그대가 그렇게 명령하니 돌려주고 감사하는 마음으로 기꺼이 물러가겠습니다. 내가 계속해서 그대의 재산 가운데 어떤 것을 가지기를 그대가 바란다면 나는 그것을 돌볼 것입니다. 하지만 그대의 생각이 다르다면 나는 은식기와 은화와 집과 하인들을 돌려주고 그대의 처분에 맡길 것이오"라고 말할 것이네. 자연이 이전에 우리에게 주었던 것을 돌려주기를 요구한다면 이때도 우리는 "그대가 주었을 때보다 더 나아진 영혼을 돌려받으시오! 나는 도망치지 않을 것이고 주춤거리지 않을 것입니다. 나는 그대가 준 것을 흔쾌히 돌려줄 각오가 되어 있습니다. 자, 가져가시오!"라고 말할 것이네.

자네가 왔던 곳으로 돌아가는 것이 뭐가 그리 어려운가? 잘 죽을 줄 모르는 사람은 잘못 살게 될걸세. 죽음을 가지고 호들갑을 떨 것이 아니라 목숨을 싸구려 물건처럼 여겨야 할 것이네. 키케로가 말하기를,[31] 검투사들이 수단과 방법을 가리지 않고 살고자 하면 우리는 그를 미워하게 되고, 죽음을 경멸한다는 것을 보여주면 좋아하게 된다고 했네. 우리도 마찬가지라는 것을 알아야 하네. 때로는 죽음에 대한 공포가 죽음의 원인이 되기도 하기 때문일세.

우리를 갖고 장난치는 운명의 여신은 "왜 내가 너같이 비열하고 겁 많은 짐승을 살려두지?"라고 말한다네. "너는 목을 내밀 줄 모르기 때문에 더 얻어맞고 찔리게 될 것이다. 하지만 목을 뒤로 빼거나 손을 들어 막지도 않고 용감하게 칼을 받는 너는 더 오래 살고 더 편안히 죽게 되리라."

죽음을 두려워하는 자는 결코 산 사람 노릇을 못할걸세. 그러나 잉태되는 순간 그러한 운명을 타고났다는 것을 아는 사람은 그러한 조건에 맞게 살아가며, 한결같은 정신력으로 자신에게 일어나는 어떤 일도 불시에 일어나지 않게 하는 경지에 이를 것이네. 그는 미래에 일어날 일들을 임박한 것으로 가정함으로써 재앙의 충격을 완화한다네. 재앙은 이미 각오하고 대기하고 있는 자에게는 별로 놀라운 것이 못 되

**31** 키케로, 『밀로를 위한 변론』(*Pro Milone*) 92절 참조.

지만, 만사가 잘되겠지 하며 안심하고 있는 자에게는 무겁게 닥친다네.

어떤 것도 불시에 일어나지는 않네. 질병도 투옥도 파괴도 화재도. 자연이 어떤 격동기 안에 나를 가두었는지 나는 잘 알고 있네. 내 이웃에서는 자주 곡소리가 들렸고, 비명횡사한 사람의 관이 횃불과 촛불을 앞세우고[32] 내 집 앞을 자주 지나갔다네. 가끔 근처에 있는 건물이 무너지며 천둥소리를 냈다네. 광장과 원로원과 대화로 나와 결속되었던 많은 사람을 죽음의 밤이 앗아갔으며 서로 우정의 악수를 나눈 손들을 떼어놓았네. 늘 주위를 떠돌던 위험이 어느 날 내게 닥친다 해서 내가 놀라겠는가?

많은 사람은 항해하려고 할 때 폭풍을 생각하지 않네. 시행만 적절하다면 나는 나쁜 작가라도 인용하기를 주저하지 않는다네. 푸블리우스[33]는 무언극의 익살과 싸구려 좌석을 찾는 관객을 노린 재담만 버린다면 비극작가나 희극작가

32 고대 로마에서는 아이가 죽으면 횃불과 촛불을 밝히고 밤에 매장했다.

33 푸블리우스 쉬루스(Publius Syrus)는 기원전 1세기의 로마 무언극 작가이다.

보다 더 천재성을 보여주었을걸세. 그는 희극뿐 아니라 비극 시행보다 더 내용 있는 말을 많이 했는데, 그 가운데 이런 말이 있다네.

> 누군가에게 일어날 수 있는 일은 누구에게나 일어날 수 있다.[34]

이 점을 명심하고 날마다 수없이 일어나는 다른 사람들의 불행은 모두 자기에게도 자유로이 다가올 수 있는 것으로 보는 사람은 공격당하기 훨씬 전에 자신을 무장할 것이네. 일단 위험이 닥친 뒤에는 위험을 견뎌내려고 무장해도 이미 너무 늦는다네.

"이런 일이 일어날 줄 몰랐다." 또는 "너는 이런 일이 일어날 줄 알았니?" 그런데 왜 안 일어난단 말인가? 궁핍, 굶주림, 걸식이 바싹 뒤따르지 않는 부가 어디 있단 말인가? 자포紫袍와 사제의 지팡이와 사치스러운 신발에 불결함, 치욕의 낙인, 수천 가지 오점과 극심한 경멸이 따라다니지 않는 명

34 푸블리우스 쉬루스, 무언극 단편 119번 Ribbeck.

망이 어디 있단 말인가? 파괴와 전복, 참주와 사형집행인을 맞게 되어 있지 않은 왕국이 어디 있단 말인가? 이런 것은 서로 멀리 떨어져 있는 것이 아닐세. 옥좌에 앉느냐 옥좌 아래 부복하느냐는 간발의 차이에 불과하다네.

모든 상황은 바뀔 수 있으며, 누군가에게 일어난 일은 자네에게도 일어날 수 있다는 것을 알아두게나! 자네가 부자라면 폼페이우스[35]보다도 더 부자이겠는가? 그러나 오랜 인척이자 새 주인인 가이유스[36]가 그의 집을 폐쇄하고 카이사르의 집을 그에게 열어주었을 때 그는 마실 물과 먹을 빵도 없었다네. 그에게는 영지에서 솟아나 그 위로 흐르는 수많은 강이 있었건만 이제는 몇 모금의 물을 구걸해야만 했지. 그는 인척의 궁전에서 배가 고프고 목이 말라 죽어갔다네. 그리고 그가 굶고 있는 동안 그의 상속인은 공적인 장례식을 준비하고 있었다네.

자네는 최고의 관직에 취임했는가? 그렇다면 세이야누

35 여기서 가이유스란 로마의 폭군 칼리굴라를 말한다.

36 여기에 나오는 폼페이우스는 대(大)폼페이우스의 손자인 것 같다.

스[37]만큼이나 높고 포괄적인 위치인가? 원로원이 그를 집으로 호송해주던 바로 그날 백성이 그를 갈기갈기 찢어버렸네. 신과 인간은 그에게 가능한 모든 명예를 쌓아올렸건만 그에게는 사형집행인이 끌고 갈 것조차 남지 않았다네.

자네가 왕이라고? 나는 자네더러 아직도 살아 있는 동안 화장용 장작더미가 불붙었다가 꺼지는 것을 보았고 자신의 왕국뿐 아니라 자신의 죽음보다 더 오래 살았던 크로이소스[38]를 찾아가보라고 하진 않겠네. 두려움에 떨던 로마 국민에게 일 년 안에 전시될 유구르타[39]를 찾아가보라고도 하

37 세이야누스(Lucius Aelius Seianus)는 로마의 기사로, 티베리우스 황제 때 요직에 올랐다가 티베리우스의 미움을 사게 되어 처형당했다.

38 크로이소스(Kroisos)는 기원전 560년경~546년 소아시아 서부 뤼디아(Lydia)의 마지막 왕으로 전설적인 거부(巨富)였다. 그는 "그대가 할뤼스(Halys)강을 건너면 큰 왕국을 멸하게 되리라"라는 델포이(Delphoi)의 신탁에 고무되어 할뤼스강을 건너 페르시아 제국으로 진격하다가 페르시아 왕 퀴로스에게 참패하여 그토록 강성하던 나라를 잃고 포로가 된다. 그는 화형을 선고받고 화장용 장작더미에 올려졌으나 전에 델포이에 값진 선물들을 바친 덕분에 아폴론에 의해 구출되었다고 한다. 또 일설에 따르면 인생무상에 관해 솔론(Solon)이 경고했던 말을 그가 되뇌는 것을 듣고는 퀴로스가 살려주었다고도 한다.

39 유구르타(Iugurtha)는 북아프리카 누미디아 왕으로, 로마인들에게 집요하게 저항하다가 기원전 104년 사로잡혀 처형당했다.

지 않겠네. 아프리카 왕 프톨레마이오스[40]와 아르메니아 왕 미트리다테스[41]를 우리는 가이유스[42]의 호위병들 사이에서 보았네. 그중 한 명은 추방당했고, 다른 한 명은 안전하게 호송해준다는 조건으로 석방해주기를 간청했네. 이러한 인생의 영고성쇠 속에서 가능한 모든 일에 대비하지 않는다면, 자네는 자신을 불행의 힘에 맡기는 것이며 그 힘은 먼저 알아차려야 꺾을 수 있네.

40 여기서 프톨레마이오스(Ptolemaios)는 마우레타니아 왕 유바(Iuba) 2세(기원전 25년~기원후 23년)의 아들로, 인척인 칼리굴라에 의해 제거되었다.

41 아르메니아 왕 미트리다테스(Mithridates)는 칼리굴라에 의해 투옥되었으나, 나중에 클라우디우스가 석방해주었다.

42 칼리굴라.

## 12
## ;
## 분주한 게으름

다음으로 우리가 지켜야 할 것은 쓸데없이 또는 쓸데없는 일에 노력을 기울이지 말아야 한다는 것이네. 우리는 이룰 수 없는 것을 이루려 하거나 지나치게 많은 수고가 들어가는 일을 일단 이루고 난 뒤 너무 늦게야 우리 욕망의 무익함을 깨달아서는 안 된다는 것이네. 달리 말해 우리의 노력은 헛되거나 결과가 없어서는 안 되고, 그 결과 또한 노력할 가치가 없는 것이어서는 안 된다는 뜻이지. 성공하지 못하거나 성공이 낯부끄러운 것일 때는 대개 마음이 개운치 않기 때문일세.

우리는 분주히 돌아다니는 것을 멈춰야 하네. 많은 사람들이 집과 극장과 광장을 돌아다니며 남의 일에 개입하고 늘 바쁜 듯한 인상을 준다네. 그중 한 명이 외출하는데 "어디

가시오? 무슨 용건으로 가시오?" 하고 자네가 묻는다면 그는 "나도 모르겠습니다. 그러나 만나볼 사람들이 있고 볼일이 좀 있소"라고 대답할 것이네.

그들은 할 일을 찾아 정처 없이 돌아다니고, 의도한 일이 아니라 닥치는 대로 아무 일이나 한다네. 그들은 무턱대고 일 없이 돌아다니니, 숲 속을 기어다니다가 나무줄기를 타고 정처 없이 우듬지로 올라갔다가 도로 맨 아래로 내려오는 개미 떼와 다를 바 없지. 사람들은 대부분 개미 같은 삶을 살고 있고, 누가 그러한 삶을 분주한 게으름이라고 불러도 틀렸다고 할 수 없을걸세.

그들 가운데 더러는 불속으로 뛰어드는 사람들처럼 안쓰러워 보이네. 그들은 가끔 마주 오던 다른 사람을 들이받아 자신도 넘어지고 남도 넘어뜨린다네. 그들이 이렇게 바쁘게 돌아다니는 것은 인사를 해도 알은체도 않을 사람에게 아침 문후를 드리기 위해서이거나, 알지도 못하는 사람의 장례식이나 어떤 송사꾼의 송사나 여러 번 결혼한 여인의 약혼식에 참석하기 위해서이거나, 또는 어떤 사람의 가마를 뒤따라가며 어떤 곳에서는 그들을 거들어주기 위해서라네. 그러고 나서 쓸데없는 일 때문에 지쳐 집으로 돌아오면 그들은 자신이 왜 외출했으며 어디 있다 오는지 모르겠다고 말하지만, 이튿날이면 또 어김없이 똑같은 경로를 따라 돌아다닐 것이네.

모든 노력에는 목표가 있고 목적이 있어야 하네. 이들 정신 나간 사람들을 몰아붙이는 것은 부지런함이 아니라 현실에 대한 착각이라네. 그들도 전혀 기대하는 바가 없다면 움직이지 않을 테니까 말일세. 어떤 사물의 외관이 그들을 자극하지만, 그들의 현혹된 마음은 그것의 무가치함을 꿰뚫어보지 못하는 것이라네.

그리하여 외출함으로써 군중의 수만 늘리는 자들은 저마다 무의미하고 하찮은 이유에서 시내를 돌아다닌다네. 사실상 볼일이 전혀 없는데도 그들은 해가 뜨자마자 외출하여 수많은 문을 두드리지만 허탕을 치고 말지. 또한 그들은 수위들에게나 제 이름을 알려줄 수 있을 뿐이지만 대부분의 경우에는 퇴짜를 맞는다네. 하지만 정작 그가 집에서 가장 만나보기 어려운 것은 다름 아닌 자기 자신이라네.

바로 이러한 재앙으로부터 공적인 비밀과 사적인 비밀을 엿듣고 엿보며, 위험을 각오하지 않고서는 말할 수도 들을 수도 없는 수많은 정보를 수집하는 가장 가증스러운 악덕이 비롯된다네.

## 13
## ;
## 운명은 신뢰할 만한가

생각건대 데모크리토스도 이 점을 염두에 두고 이렇게 말한 것 같네. "조용히 살기를 원하는 사람은 사적으로나 공적으로나 많은 일에 개입하지 말지어다."[43] 그는 물론 불필요한 일을 염두에 두었을걸세. 필요한 일은 사적으로나 공적으로나 헤아릴 수 없을 만큼 많기 때문이지. 하지만 신성한 의무가 부르지 않는다면 우리는 행동하기를 삼가야 하네.

많은 일을 하는 사람은 종종 자신을 운명의 힘에 맡기는 셈이 되네. 가장 안전한 방법은 운명을 드물게 시험하되 늘 운명을 염두에 두며 거기에 그 어떤 신뢰도 부여하지 않는 것일세. "무슨 일이 일어나지 않는다면 나는 배를 타고 갈 것

43 단편 3 Diels/Kranz 참조.

이다." 또는 "방해만 없다면 나는 법정관이 될 것이다." 또는 "무언가가 끼어들지만 않는다면 이 일은 내가 기대한 대로 이루어질 것이다."

이런 이유에서 현인에게는 자신의 뜻에 어긋나게 일어나는 일이 없다고 말하는 것이라네. 그러니까 현인은 인간의 운명에서 벗어나 있는 것이 아니라 인간의 실수에서 벗어나 있는 것일세. 그에게도 모든 것이 뜻대로 이루어지는 것은 아니지만 생각했던 대로는 이루어진다네. 그가 맨 먼저 생각한 것은 자신의 계획에 방해가 생길 수 있다는 것이네. 자신의 성공을 확신하지 않았을 경우에는 소원이 이루어지지 않더라도 필연적으로 마음의 고통을 견뎌내기가 훨씬 수월할걸세.

## 14
## ;
## 폭풍 한가운데

또한 우리는 융통성이 있어야 하네. 그래야만 정해진 계획에 너무 집착하지 않고, 운명이 이끄는 대로 상황에 적응하고, 계획이나 처지가 바뀌는 것을 두려워하지 않게 될 테니까. 다만 평정에 가장 적대적인 악덕인 변덕에 사로잡히는 일은 없어야 하네. 사실 운명이 가끔 고집으로부터 무엇인가를 빼앗아가기 때문에 고집도 필연적으로 불안하고 불행하게 만들기는 하지만, 변덕은 어디서도 자제하지 않는 까닭에 훨씬 고약하다네. 아무것도 바꿀 수 없는 것과 아무것도 참을 수 없는 것은 모두 마음의 평정에 해가 된다네.

우리의 마음은 모든 외적인 것에서 벗어나 자신에게 집중해야 하네. 우리의 마음은 자신을 신뢰하고, 자신을 좋아하고, 자기 것을 존중하고, 남의 것을 되도록 멀리하고, 자신에게 헌신적이어야 하네. 또한 우리의 마음은 피해를 심각하게 느끼지 않고 역경을 선의로 해석해야 하네.

배가 난파당해 자신의 전 재산이 침몰했다는 말을 들었을 때 우리 학파의 창시자인 제논은 "운명이 나더러 덜 방해받으며 철학에 몰두하라고 명령하는구나"라고 말했다네. 참주[44]가 위협하며 죽인 뒤 매장도 못하게 하겠다고 했을 때 철학자 테오도로스[45]는 이렇게 대답했네. "그대는 마음대로 할 수 있겠지만, 그대의 처분에 달려 있는 내 피는 고작 몇 방울이 채 안 될 거요. 하지만 땅 위에서 썩느냐 땅 아래에서 썩느냐 하는 것이 내게 중요하다고 생각한다면 그대는 어리석은 사람입니다."

율리우스 카누스[46]는 비록 우리 시대에 태어났지만 찬탄을 금할 수 없는 매우 탁월한 인물이라네. 그가 칼리굴라 황제와 한참 동안 격론을 벌이다가 떠날 때, 이 제2의 팔라

44 그리스 북쪽에 있는 트라케의 왕 뤼시마코스(Lysimachos)를 말한다.
45 Theodoros. 기원전 4세기에 활동한 북아프리카 퀴레네(Kyrene) 출신의 그리스 철학자로, '무신론자'라는 별명을 갖고 있었다.
46 율리우스 카누스(Iulius Canus)는 세네카와 동시대인으로, 세네카의 저술을 통해서만 알려져 있다.

리스[47]가 그에게 말했네. "그대가 허튼 희망을 품지 않도록 내가 이미 그대를 처형하라는 명령을 내려두었네." 그러자 그는 "감사합니다, 가장 훌륭하신 제일인자시여!"라고 대답했네.

그가 무슨 뜻으로 그런 말을 했는지 나로서는 확실히 알 길이 없네. 여러 가지 생각이 떠오르니 말일세. 죽음이 그에게 자선이 될 만큼 칼리굴라의 지나친 잔학성을 빈정대며 알려주려 한 것일까? 아니면 그의 일상적인 광란을 나무랐던 것일까? 자식이 살해당하고 재산이 몰수된 사람도 그에게 고마워해야 했으니 말일세. 아니면 자신의 자유를 기꺼이 감사하는 마음으로 받아들인 것일까? 무슨 뜻이든 간에 그것은 위대한 대답이었네.

나중에 칼리굴라가 카누스를 살려두라고 명령할 수도 있었을 것이라고 이의를 제기하는 사람도 있을 수 있겠지. 카누스는 그 점은 의심하지 않았네. 칼리굴라의 그러한 명령은 충실히 이행되는 것으로 알려져 있었으니까. 카누스가

47 팔라리스(Phalaris)는 기원전 570년경 시칠리아 아크라가스(Akragas) 시의 참주였는데, 잔인하기로 악명이 높았다.

처형당할 때까지 열흘 동안 아무 걱정 없이 편안하게 지냈다면 자네는 믿겠는가? 그의 언행과 침착한 태도는 사실 믿어지지 않을 정도라네.

사형수 무리를 형장으로 이끌던 백인대장이 카누스에게 나와서 합류하라고 명령했을 때 그는 바둑을 두고 있었네. 그는 자기 이름이 호명되자 집을 세고 나서 바둑 상대에게 "내가 죽은 뒤 자네가 이겼다고 거짓말하지 말게!"라고 말했네. 그러고 나서 그는 머리를 끄덕이며 백인대장에게 "그대가 내 증인입니다. 내가 한 집 이겼소"라고 말했다네. 자네는 카누스가 바둑을 둔 것이라고 생각하는가? 그는 조롱했던 것이라네.

그러한 인물을 잃을 생각을 하니 친구들은 마음이 슬펐네. "왜 그대들은 슬퍼하는가?"라고 그는 말했네. "그대들은 영혼이 불멸하는지 의문을 품고 있는데 나는 곧 그것을 알게 된다네." 그는 죽기 직전까지도 진리 탐구를 멈추지 않았으며, 자신의 죽음마저 탐구의 대상으로 삼았다네.

우리의 신神인 카이사르께 날마다 제물을 바치는 언덕이 가까워졌을 때, 동행하던 그의 철학 선생이 물었네. "카누스여, 자네 지금 무슨 생각을 하고 있는가? 기분은 어떤가?"

그러자 카누스는 "저 가장 빠른 찰나[48]에 자신이 육신에서 떠나고 있다는 것을 영혼이 느끼는지를 지켜볼 참입니다"라고 말하고는, 뭔가를 알아내면 친구들을 찾아 돌아다니며 영혼의 상태가 어떻다는 것을 알려주겠다고 약속했다네.

보라, 폭풍 한가운데에서의 평정을! 영생을 누릴 가치가 있으며, 진리를 증명하기 위해 자신의 운명을 이용하고, 마지막 순간에도 떠나가는 영혼에게 물어보고, 죽는 순간까지만 배우는 것이 아니라 죽음 자체에서도 배우는 마음을! 그보다 더 오래 철학에 전념한 사람은 아무도 없다네. 그토록 위대한 인물을 우리는 금세 잊어버릴 것이 아니라 존경하는 마음으로 언급해야 할 것이네. 칼리굴라가 자행한 폭정의 최대 피해자인 고귀한 자여, 우리는 그대를 두고두고 기억할 것입니다.

48 영혼이 육신을 떠나는 순간을 말한다.

## 15
## ;
## 우는 것보다 웃는 것이 인간답다

그러나 사생활에서 슬픔의 원인을 제거하는 것만으로는 아무 도움이 되지 않는다네. 우리는 가끔 인류에 대한 증오심에 사로잡히기 때문이지. 순박함은 드물 뿐 아니라 어느 누구도 알아주지 않으며, 성실함은 이익이 되는 경우 외에는 너무도 희귀하며, 성공한 범죄가 얼마나 많으며, 방탕한 생활의 가증스러운 이익과 손실은 또 얼마나 많으며, 야망은 적당한 한계에 만족하지 않고 야바위를 동원해서라도 빛을 발한다는 점을 생각하면 마음은 점점 더 밤으로 빠져들며, 마치 미덕들이 지닌 가치가 전도되어 더이상 갖기를 바랄 수도 없고 또 가져봐야 도움이 안 될 것처럼 어둠에 휩싸인다네.

우리는 대중의 모든 악덕을 가증스러운 것이 아니라 가소로운 것으로 보도록, 그리고 헤라클레이토스[49]보다는 데모크리토스를 모방하도록 자신을 훈련해야 하네. 헤라클레이토스는 군중 사이로 들어갔을 때 울었으나 데모크리토스는 웃었기 때문일세. 전자에게는 우리의 모든 활동이 재앙으로 보였으나 후자에게는 어리석은 짓으로 보였던 것이라네. 따라서 우리는 모든 것을 가볍게 받아들이고 가벼운 마음으로 참고 견뎌야 하네. 인생을 한탄스러워하는 것보다는 웃는 것이 더 인간답기 때문일세.

게다가 웃는 사람이 우는 사람보다 인류에게 더 많이 기여한다네. 웃는 사람은 개선의 여지라도 남겨두지만, 우는 사람은 어리석게도 개선의 가망성을 찾지 못하여 울기 때문이지. 대체로 웃음을 참지 못하는 사람이 울음을 참지 못하는 사람보다 세련된 편이네. 웃음은 가장 경미한 마음의 동요를 뜻하고 인생살이에서 어떤 것도 위대하게, 진지하게, 불행하게 여기지 않는다네.

자신을 즐겁게 하거나 슬프게 하는 것들을 각자 하나하나 눈앞에 떠올려보면, 인간의 모든 활동은 인간이 처음 시

**49** 헤라클레이토스는 "만물은 유전(流轉)한다"고 주장한 소아시아 에페소스(Ephesos) 출신의 그리스 철학자이다.

작되었을 때와 너무나 같고, 인간의 삶은 인간의 수태受胎보다 더 고귀하거나 진지하지도 않으며, 인간은 무無에서 태어난다는 〔그리고 무로 돌아간다는〕 비온[50]의 말이 진실임을 알게 될걸세.

그러나 더 나은 방법은 대중의 도덕성과 인간의 결점을 담담하게 받아들이고, 웃음도 울음도 터뜨리지 않는 것이라네. 남의 불행에 괴로워하다가는 재앙이 계속될 것이고, 남의 불행을 기뻐하는 것은 비인간적인 쾌락이기 때문이지.

마찬가지로 누가 아들을 매장하고 있다고 해서 울면서 슬픈 표정을 짓는 것은 쓸데없이 인정을 베푸는 것이네. 자신의 불행에도 습관이 아니라 자연이 요구하는 만큼만 슬퍼하는 것이 적절한 처신일세. 많은 사람은 보이기 위해 눈물을 흘리며 보는 사람이 없으면 눈에 눈물이 말라 있는데, 그것은 다들 우는데 자기만 울지 않는 것을 적절치 못하다고 여기기 때문이네. 남의 눈치나 보는 이런 폐단이 너무 깊이 뿌리내려 애도와 같은 가장 기본적인 감정조차도 위선의 대상이 되고 말았다네.

**50** 주 26 참조.

## 16

## ;

## 용감할수록 행복하다

이제, 언제나 우리를 슬프고 괴롭게 만들 수밖에 없는 주제로 이어질 것이네. 착한 사람이 비참한 종말을 맞는다면, 소크라테스가 감옥에서 죽도록 강요당하고, 루틸리우스[51]가 추방 생활을 하도록 강요당하고, 폼페이우스와 키케로가 자신의 예민에게 목을 내밀어야 하고,[52] 미덕의 살아 있는 화신

51 루틸리우스(Publius Rutilius Rufus)는 기원전 105년 집정관을 지낸 로마의 정치가이자 장군으로, 청렴했던 까닭에 오히려 소아시아 지방 징세청부인들의 모함을 받아 기원전 92년 횡령죄로 추방당한다.

52 폼페이우스는 그리스 파르살로스(Pharsalos)에서 카이사르에게 패하고 약 7주 뒤 자신이 후원한 이집트의 프톨레마이오스(Ptolemaios) 13세의 도움을 얻기 위해 알렉산드레이아 항에 접근하던 중, 프톨레마이오스가 보낸 군사에게 살해됐다. 키케로는 전에 자신의 예민이었던 가이유스 포필리우스 라이나스(Gaius Popilius Laenas)에게 살해당한다.

이었던 카토[53]가 자신과 공화정이 끝장났음을 세상에 보여 주기 위하여 자신의 칼 위에 엎어져야 한다면, 운명이 그토록 불공정한 보답을 하는 것에 우리는 괴로워하지 않을 수 없네. 가장 훌륭한 사람이 가장 비참한 운명을 당하는 것을 보며 우리는 자신을 위해 무슨 희망을 품을 수 있겠는가?

대체 어떻게 해야 하는가? 저들이 자신의 운명을 어떻게 참고 견뎠는지 살펴보게나. 저들이 용감하게 참고 견뎠다면 그들처럼 기백 있는 사람이 되려고 노력할 일이며, 저들이 여자처럼 비겁하게 죽었다면 그들이 죽었다고 해서 우리가 잃은 것은 아무것도 없다네. 그들은 용감했기 때문에 자네의 찬탄을 받을 가치가 있거나, 아니면 비겁했기 때문에 아쉬워할 가치도 없다네. 가장 위대한 사람들의 용감한 죽음이 다른 사람들을 겁쟁이로 만드는 것보다 더 수치스러운 일이 어디 있겠는가?

우리는 칭찬받아 마땅한 사람에게는 되풀이해서 이런 말로 칭찬을 하도록 하세. "용감할수록 더 행복하도다! 그대는 모든 고난과 시기와 질병에서 벗어났소. 그대는 감옥에

53 주 25 참조.

서 풀려난 것입니다. 신의 뜻은, 그대가 불행을 당하는 것이 아니라 운명이 그대에게 더이상 해코지하지 못하게 하는 것이었습니다." 하지만 슬슬 꽁무니를 빼며 죽는 순간에도 삶에 연연하는 자들을 운명은 붙들어야 할걸세.

나는 흔쾌히 죽는 사람을 위해서도, 울면서 죽는 사람을 위해서도 눈물을 흘리지 않을걸세. 전자는 손수 내 눈물을 닦아주었고, 후자는 내 눈물을 받을 만한 가치가 없다는 것을 자신의 눈물로 입증했기 때문이라네. 헤라클레스[54]가 산 채로 화장되었다고 해서, 레굴루스[55]가 그토록 많은 못이 몸에 박혔다고 해서, 또는 카토가 자신의 몸에 치명상을 입혔다고 해서 내가 그들을 위하여 눈물을 흘려야 하는가? 그들은 모두 얼마 안 되는 순간을 포기함으로써 영원한 존재가

**54** 헤라클레스(Herakles)는 이른바 '12가지 고역'을 완수한 그리스의 대표적인 영웅이다. 그는 휘드라의 독이 묻어 있던 옷이 살 속으로 타들어가자 고통을 견디다 못해 자신을 산 채로 화장하게 한다.

**55** 레굴루스(Marcus Atilius Regulus)는 기원전 267년과 256년에 집정관을 지냈으며, 제1차 포이니전쟁 때 카르타고군의 포로가 되었다. 카르타고인들은 포로교환과 평화협정을 성사시키도록 그를 로마로 보냈으나, 그는 원로원에서 이를 거부하라는 연설을 한 뒤 약속대로 카르타고로 돌아가 온몸에 못이 박혀 고문사당한다.

되는 길을 발견했고, 죽음을 통해 불사의 존재가 되었던 것일세.

# 17
# ;
# 평정에 이르는 길

우리를 불안하게 하는 또 하나의 무시할 수 없는 원인은 소심하게 자기 연출을 하며 누구에게도 자신의 본래 모습을 드러내지 못하는 것이라네. 많은 사람의 삶이 남에게 보여주기 위한 허구라네. 가면을 벗은 평상시의 모습이 남의 눈에 띌까 두려워서 자신을 끊임없이 살피는 것은 괴로운 일일세. 관찰될 때마다 평가를 받는다고 생각하면 우리는 계속 속을 태울 수밖에 없지. 우리 의도와 상관없이 우리 가면은 자주 벗겨지고, 그래서 자신에 대한 이러한 주의注意가 성공적이라 해도 늘 가면을 쓰고 사는 사람의 삶은 즐겁거나 안전하지 못하기에 하는 말일세.

그와는 달리 자신의 품성을 가리지 않는 꾸밈없는 자연 그대로의 순박함에는 얼마나 많은 즐거움이 들어 있는가!

그렇지만 이런 생활방식도 모든 사람에게 노출되면 멸시당할 위험이 있네. 가까워진 것이면 무엇이든 멸시하는 사람들이 있기 때문일세. 하지만 미덕은 가까이에서 관찰되어도 멸시당할 위험이 없으며, 지속적인 가식 때문에 괴로워하기보다는 순박하기 때문에 멸시당하는 편이 더 낫다네. 그렇지만 여기서도 중용은 지켜야 하네. 순박하게 사는 것과 아무렇게나 사는 것 사이에는 큰 차이가 있지 않겠는가?

가끔은 자기 자신 속으로 물러나야 하네. 부류가 다른 사람들과의 교류는 잘 정돈된 것을 흐트러뜨리고, 격정을 다시 깨우고, 아직 완치되지 못한 정신의 상처를 더 악화시키기 때문일세. 하지만 고독과 교제는 서로 혼합되고 번갈아 이루어져야 하네. 고독은 우리로 하여금 사람을 그리워하게 만들고, 교제는 우리 자신을 그리워하게 만드네. 이것들은 서로 치료제가 되어준다네. 군중에 대한 증오심은 고독이 치유해주고, 고독에 대한 염증은 군중이 치유해주니까 말일세.

우리는 마음을 한결같이 긴장 상태로 유지해서는 안 되고, 때로는 기분 전환도 시켜주어야 한다네. 소크라테스는 소년들과 놀기를 부끄러워하지 않았고, 카토는 국사를 돌보느라 지친 마음을 술로 달랬네. 그리고 스키피오[56]는 무도곡의 율동에 맞춰 전사답게 개선장군답게 몸을 흔들었네. 하지만 걸음걸이만 봐도 여자보다 더 간드러진 자들에게서 오늘날 흔히 볼 수 있듯이 부드럽게 몸을 구부리는 것이 아니라, 옛날의 영웅들이 적의 눈에도 위엄을 잃지 않고 경기 때나 축제 때 사내답게 춤을 추던 방식으로 그렇게 했다네.

우리의 마음도 휴식을 취해야 하네. 휴식을 취하고 나서 일어서면 마음은 더 강하고 더 날카로워질 것일세. 비옥한 들판을 무리해서 경작해서는 안 되듯이 —휴경기가 없으면 들판의 지력은 곧 고갈되고 말 것이네 — 쉴 새 없는 노력은 마음의 활력을 빼앗는다네. 잠깐의 긴장 이완과 휴식은 우리의 기운을 회복시키지만, 지속적인 노력은 마음을 무디고 나태하게 한다네.

놀이와 오락에 자연스러운 즐거움이 내포되어 있지 않다면, 사람들이 그것들을 그토록 바라지는 않을걸세. 하지

56 스키피오(Publius Cornelius Scipio Africanus Maior 기원전 235~183년)는 기원전 211년 약관의 나이에 카르타고인들을 공격하도록 에스파냐로 파견되었고, 기원전 202년에는 북아프리카의 자마(Zama)에서 한니발에게 결정적인 승리를 거둔다.

만 그것들을 지나치게 즐기면 마음은 진지함과 힘을 모두 잃게 될걸세. 잠도 휴식에는 필수적이네. 하지만 잠이 밤낮으로 계속되면 그것은 죽음일걸세. 느슨하게 하는 것과 풀어버리는 것 사이에는 큰 차이가 있네.

입법자가 축제일을 정한 것은 사람들이 즐기도록 공적으로 강제하기 위해서인데, 노동과 노동 사이에 틈틈이 휴식을 끼워넣을 필요가 있다고 생각했던 것이지. 그리고 판단력이 뛰어난 사람들 가운데 더러는 매달 정해진 날에 휴식을 취했고, 더러는 하루를 여가 시간과 업무 시간으로 나누었다네. 우리가 기억하기로는, 위대한 웅변가 아시니우스 폴리오[57]는 어떤 일에도 매달리지 않는 시간을 정해놓았다네. 그 시간이 되면 그는 새로운 걱정거리가 생기지 못하도록 편지도 읽지 않고 두 시간 동안 하루의 피로를 풀었다네. 어떤 사람은 정오에 휴식을 취하고 덜 급한 일은 오후로 미룬다네. 우리 선조들은 정해진 시간이 넘으면 원로원에서 새 의안을 발의하지 못하게 했다네. 군인들은 번갈아 파수

57 아시니우스 폴리오(Asinius Pollio 기원전 76년~기원후 4년)는 기원전 40년에 집정관을 지낸 로마의 저명한 정치가이자 웅변가·저술가이다.

를 보고, 이제 막 출정에서 돌아온 자는 불침번에서 면제되었다네.

마음을 너그럽게 대하고 가끔은 휴식을 취하게 해주어야 하네. 휴식은 마음의 양식이자 힘이기 때문일세. 우리는 집밖에 나가 거닐어야 하네. 탁 트인 하늘 아래서 신선한 공기를 들이마셔 마음이 기운을 차리고 고양될 수 있도록 말일세. 때로는 산책과 여행과 장소의 변화와 사교와 좀 세다 싶은 음주가 기운을 되찾게 해줄걸세. 가끔은 취하도록 마셔도 좋다네. 술에 잠식되기 위해서가 아니라 반쯤 떠 있도록 말일세. 음주는 근심을 쫓아주고, 마음을 밑바닥에서부터 움직이며, 여느 질병이 치유되는 것처럼 슬픔도 치유해주지. 포도주의 발명자[58]에게 리베르[59]라는 별명이 붙은 까닭은 그가 혀를 자유롭게 해주기 때문이 아니라, 마음을 근심의 예속에서 풀어주고 해방시켜주고 고무해주어 무엇이든 할 수 있도록 대담하게 만들어주기 때문일세.

58 주신 박코스(Bakchos).

59 리베르(Liber '해방자'라는 뜻)는 고대 이탈리아의 풍요의 신이었으나 나중에는 그리스의 주신 디오뉘소스(Dionysos), 일명 박코스와 동일시되었다.

하지만 자유와 마찬가지로 음주에도 건전한 중용이 있네. 솔론과 아르케실라오스[60]는 술을 좋아했던 것으로 알려져 있으며, 카토도 만취로 인해 비난을 들었네. 하지만 그러한 비난은 카토를 욕되게 하기보다는 그의 결점을 명예스러운 것으로 만들기가 더 쉬울걸세. 마음에 나쁜 습관이 들지 않도록 자주 그렇게 해서는 안 되지만, 가끔은 거리낌 없이 마음껏 즐기며 잠시 우울한 각성 상태에서 벗어날 필요가 있네.

"가끔은 미쳐야 즐겁다"는 그라이키아의 시인[61]의 말에 동의하든, 또는 "제정신인 사람은 시문학의 문을 두드려도 헛일이다"[62]라는 플라톤의 말에 동의하든, 또는 "광기가 섞이지 않은 위대한 재능은 없다"[63]는 아리스토텔레스의 말에 동의하든 간에, 마음은 흥이 나야만 남을 능가하는 위대한 것을 말할 수 있다네.

60 아르케실라오스(Arkesilaos)는 기원전 3세기 중엽 아카데메이아학파의 수장이었다.

61 서정시인 아나크레온(Anakreon)을 가리키는 것으로 추정된다.

62 『파이드로스』(*Phaidros*) 245a.

63 아리스토텔레스, 『문제들』(*Problemata*) 954a.

통속적이고 일상적인 것을 무시하고 신성한 영감의 날개를 타고 높이 비상할 때에만 마음은 비로소 인간의 입으로 말할 수 있는 것보다 더 위대한 것을 노래할 수 있다네. 자신의 지배를 받는 한 마음은 숭고한 것에, 가파른 정상에 있는 것에 이를 수 없네. 마음은 익숙한 주로에서 벗어나 달리되, 자신의 마부를 혼자서는 감히 오를 엄두도 못 내던 높은 곳으로 고삐를 잡고 휩쓸어가야 하네.

친애하는 세레누스여, 이것이 마음의 평정을 유지하고 회복하는 방법들이며, 악덕이 파고들 때 대항할 수 있는 방법들이라네. 하지만 마음이 비틀거리지 않도록 계속해서 헌신적으로 보살피지 않으면, 그 가운데 어느 것도 그토록 허약한 존재를 보호할 수 있을 만큼 충분히 강하지 못하다는 점도 명심해두게나.

# De providentia
# 섭리에 관하여

섭리가 있다면 왜 선한 사람들에게
불행이 자주 닥치는가

루킬리우스라는 벗에게 헌정한 이 글은 언제 쓰였는지 알려져 있지 않다. 이 글의 부제가 제기하는 물음에 세네카는 세계는 가장 잘 다스려지고 있는 만큼 고통은 틀림없이 좋은 목적에 이바지할 것이며, 무엇보다도 고통과 시련을 통해 인간은 더 강해진다고 대답하고 있다.

# 01

## ;

## 신을 위한 변론

루킬리우스여, 섭리가 세상을 지배한다면 어째서 선한 사람들에게 이토록 많은 불행이 닥치느냐고 그대는 내게 물었습니다. 이 문제는 섭리가 만물을 지배하고 신은 우리의 행복에 관심이 있다는 것을 증명할 수 있는 포괄적인 저술에서 논하는 편이 더 나을 것입니다. 하지만 전체에서 한 부분을 떼어내 다른 쟁점은 건드리지 않고 개별 문제를 해결하는 것이 그대의 마음에 든다니, 이번에는 한번 그렇게 해보겠습니다. 그것은 어려운 일이 아닙니다. 나는 신을 위해 변론하게 될 테니 말입니다.

우리의 당면 목적을 위해 굳이 말할 필요는 없겠지만, 이토록 한없이 큰 구조물은 감독관 없이는 존속할 수 없습니다. 별들이 모이고 흩어지는 것은 우발적인 충동의 결과가 아닙니다. 우연히 움직이는 것은 방향도 없고 서로 충돌할 가능성이 많지만, 영원한 법칙에 따른 운행은 빠르고 반칙도 하지 않으며 지상과 바다의 수많은 사물들과, 정해진 법칙에 따라 찬란히 빛나는 더없이 밝은 별들을 함께 실어 나릅니다. 제멋대로 움직이는 질료는 그렇게 질서정연할 수 없습니다. 맹목적으로 모인 것들은, 무거운 대지가 요지부동인 채 천체가 주위에서 재빨리 돌고, 바닷물이 대지의 깊은 곳으로 흘러들어 땅을 적셔주되 강물로 불어나는 것을 느끼지 못하며, 작디작은 씨앗에서 거대한 것이 자라나는 것을 구경할 수 있을 만큼 교묘하게 떠 있을 수 없습니다.

무질서하고 뒤죽박죽인 것처럼 보이는 현상도, 이를테면 비, 구름, 부서지는 벼락의 섬광, 찢어진 산정에서 흘러내리는 용암, 흔들리는 땅속 요동, 대지 위에서 벌어지는 다른 격동도 예상하지는 못하지만 계획 없이 일어나는 것은 아닙니다. 이런 것들도 다 나름대로 이유가 있는 법입니다. 물속의 온천이나 드넓은 바다에서 솟아오른 새로운 섬(島)처럼 낯선 장소에서 보게 되는 기적 같은 현상들도 다 나름대로 이유가 있듯이 말입니다.

바닷물이 물러가면서 해안이 드러났다가 잠시 뒤 또다

시 파도에 덮이는 광경을 보는 사람은, 어떤 난류亂流가 때로는 파도를 안으로 끌어들이고 때로는 파도가 세차게 돌진해 이전 자리를 도로 차지하게 한다고 믿을 것입니다. 사실 파도는 규칙적으로 불어나고 바다의 조류를 지배하는 달의 인력에 따라 날짜와 시간에 맞춰 많이 다가오기도 하고 적게 다가오기도 하는데 말입니다. 하지만 이런 문제들은 언젠가 때가 되면 논하기로 합시다. 특히 그대는 섭리가 있다는 것을 의심하는 게 아니라 섭리에 대해 불평을 하고 있으니 말입니다.

나는 그대를 신과 화해시키고 싶습니다. 신들은 가장 선한 자를 가장 선하게 대하기 때문입니다. 자연은 선한 것이 선한 것에게 해를 입히는 것을 결코 용납하지 않습니다. 선한 자들과 신들 사이에는 우의友誼가 존재하며, 그들은 미덕으로 결속되어 있습니다. 내가 우의라고 했던가요? 그들은 친척이며 닮았다고 해야겠지요. 선한 자와 신의 차이는 시간뿐이니까요. 선한 자는 신의 제자이자 모방자이자 진정한 후손이고, 존엄한 아버지인 신은 미덕을 고집하며 엄한 아버지처럼 선한 자를 좀 엄격하게 교육하지요.

보다시피 신들이 받아들인 선한 사람들은 수고하고 땀

흘리며 힘들게 위로 오르는 데 반해 악한 자들은 방탕한 짓을 하며 쾌락에 몰두합니다. 그대는 우리도 아들들이 겸손한 것을 좋아하되 젊은 노예들만은 방종한 것을 좋아하며, 아들들은 엄격한 훈련으로 다스리되 젊은 노예들의 건방진 태도는 부추긴다는 점을 떠올려보십시오. 신도 그대와 똑같이 한다고 생각해야 할 것입니다. 신은 선한 자를 응석받이로 만드는 것이 아니라 시험하고 단련하며 자신을 위해 준비시키니까 말입니다.

## 02
## ;
## 재앙이란

어째서 선한 자들에게 불운이 많이 닥치는 것일까요? 선한 자들에게 어떤 악이 일어난다는 것은 불가능합니다. 상반된 것들은 섞이지 않기 때문입니다. 그토록 많은 강줄기와 억수같이 쏟아져내린 빗물과 광천수의 힘도 바닷물의 맛을 바꾸지는 못하듯이, 아니 묽게도 하지 못하듯이, 사납게 덤벼드는 불운도 용감한 자의 마음가짐을 바꾸지 못합니다. 그는 꿋꿋하게 버티고 서서 무슨 일이 일어나든 그것을 자신의 성향에 맞추지요. 그는 모든 외적인 것들보다 더 강하기 때문입니다.

그것은 그가 외적인 것을 느끼지 못한다는 뜻이 아니라 극복한다는 뜻입니다. 그는 여느 때는 차분하고 유순하지만 공격해오는 것은 무엇이든 일어나 물리치지요. 그는 모든 외적인 것을 훈련으로 간주합니다. 명예로운 것을 지향하는 올곧은 사람이라면 누구나 적절한 노고를 추구하며, 설령 위험이 따른다 해도 의무를 수행할 각오가 되어 있지 않을까요? 부지런한 사람이라면 여가를 형벌처럼 여기지 않을까요?

우리도 보다시피 운동선수들은 체력 단련을 위해 언제나 가장 강한 자와 싸우며, 트레이너에게 있는 힘을 다해 자신을 상대해달라고 요구하지요. 그들은 타격과 타박상을 참고 견디며, 자신과 일대일로 상대할 만큼 강한 적수를 찾지 못하면 한꺼번에 여러 사람과 맞서기도 합니다.

미덕도 적대자가 없으면 무기력해지기 마련입니다. 미덕이 참고 견디며 자신이 무엇을 할 수 있는지 보여줄 때 비로소 그 진정한 위대함과 힘이 드러나는 법이지요. 선한 자들도 그와 같이 행동해야 한다는 것을 그대는 알아야 합니다. 말하자면 그들은 단련과 어려움 앞에서 몸을 사리거나 운명에 대해 불평해서는 안 됩니다. 그들은 무슨 일이 일어나든 좋게 받아들이고 좋게 바꿔놓아야 합니다. 중요한 것은 무엇을 참고 견디느냐가 아니라 어떻게 참고 견디느냐는 것입니다.

자녀를 대하는 아버지의 다정함과 어머니의 다정함이 어떻게 다른지 그대는 알지 못하나요? 아버지는 아이들에게 어려서부터 일을 시키고, 휴일에도 놀리지 않으며, 아이들이 땀과 때로는 눈물을 흘리게 하지요. 그러나 어머니는 아이들을 품에 안고 싶어하고, 그늘 아래 있기를 바라고, 아이들이 슬퍼하거나 울지 못하게 하고, 고생하지 않기를 바라지요.

그런데 신은 선한 자에 대해 아버지의 마음가짐을 갖고 있고, 선한 자를 엄한 아버지처럼 사랑하지요. 그분은 말합니다. "그는 노고와 고통과 피해에 시달림으로써 진정한 힘을 얻게 될 것이다." 잘 사육된 몸들은 무위도식으로 무기력해지며, 노력이 아니라 운동과 제 몸무게 때문에 탈진하지요. 얻어맞아보지 않은 행복은 한 방에 나가떨어지지요. 하지만 끊임없이 불운과 싸우는 자는 잇단 가격에 굳은살이 박여 어떤 고난에도 물러서지 않으며, 땅바닥에 쓰러져도 무릎으로 서서 계속해서 싸웁니다.

신은 선한 자들을 더없이 사랑하여 그들이 더없이 좋고 탁월하기를 바라거늘, 그러한 신이 그들을 단련시킬 수 있는 운명을 배정한다고 해서 뭐가 그리 놀랄 일입니까! 위대한 인간이 재앙과 싸우는 모습을 신들이 가끔 보고 싶어한다 해도 그것은 조금도 놀랄 일이 못 됩니다.

우리도 가끔 젊은이가 덤벼드는 맹수에게 사냥용 창으로 꿋꿋이 맞서거나 사자의 공격을 겁없이 버텨내면 좋아하지 않습니까? 그가 명예롭게 그 일을 수행할수록 그 광경은 보기 좋지요. 하지만 그러한 일들은 경박한 인간의 유치한 오락이기에 신들의 시선을 끌 수는 없습니다. 자, 자신의 일에 전념하는 신도 주목할 만한 광경을, 신에게 어울리는 한판 승부를 보십시오. 불운에 맞서 싸우는 용감한 사람 말입니다. 그가 불운에 도전했을 때는 더욱더 볼만하지요.

단언하건대, 지상으로 눈길을 돌린다면 제우스의 눈에, 자기 당파가 거듭 패배해 공화정이 파괴된 폐허 속에서도 당당하게 버티고 서 있는 카토[1]의 모습보다 더 아름다운 광경은 없을 것입니다.

카토는 말합니다. "설령 모든 것이 한 사람의 지배 아래 들어가고, 육지는 군단들에, 바다는 함대에 포위되고, 성문들은 카이사르의 부대에 점령됐다고 해도, 카토에게는 탈출

1 『마음의 평정에 관하여』 주 25 참조.

구가 있지. 그는 한 손으로 자유를 위해 넓은 길을 열 테니까. 내전 때도 깨끗하고 아무 허물이 없었던 이 칼이 마침내 고귀하고 좋은 일을 해낼 거야. 이 칼은 조국에 줄 수 없었던 자유를 카토에게는 줄 테니까 말이야. 영혼이여, 네가 오랫동안 계획한 일에 착수해 이 세상으로부터 너를 낚아채어라! 벌써 페트레이우스와 유바[2]는 결투를 통해 서로의 손에 쓰러져 누워 있구나. 그것은 남자답고 탁월한 운명 공동체이긴 하지만 나에게는 어울리지 않아. 카토에게는 누구에게 죽여달라거나 살려달라고 간청하는 것은 그만큼 수치스러운 일이니까."

신들은 보고 크게 기뻐했을 것이라고 나는 확신합니다. 자신에게는 더없이 엄격한 재판관인 그 사람이 남의 안전을

2 누미디아의 왕 유바(Iuba)와 전에 로마의 장군이었던 페트레이우스(Marcus Petreius)는 둘 다 공화정 지지자들의 편에 가담했다. 유바는 자신의 도시 자마에서 거대한 장작더미를 쌓아놓고 그 위에서 화장되기를 원했으나, 그 때문에 도시가 파괴되지나 않을까 두려워한 시민들이 유바와 그의 일행인 페트레이우스를 시내에 들어오지 못하게 했다. 그래서 유바는 시골 별장에 가서 주연을 벌인 뒤 떳떳하게 죽을 수 있도록 자살 협정을 맺고 페트레이우스에게 결투를 신청했다. 페트레이우스가 쓰러지자 유바는 노예를 시켜 자기를 죽이게 했다.

염려해주고, 떠나는 자들이 도주할 수 있게 해주고, 죽기 전날에도 독서를 하고, 그 거룩한 가슴에 칼을 꽂고, 자신의 내장을 꺼내어 칼로 더럽혀지기에는 너무나 순수한 더없이 고결한 영혼을 제 손으로 해방시켜주었을 때 말입니다.[3]

칼의 가격이 정확하지 못해 상처가 치명상이 되지 못한 까닭은, 불사신들에게는 카토를 한 번 보는 것으로는 충분하지 못했기 때문입니다. 더 어려운 상황에서 자신의 진가를 보여주도록 그의 용기가 제지되고 각하되었던 것이지요. 단번에 죽을 때보다는 재차 죽으려 할 때 더 큰 용기가 필요하기 때문이지요. 자신들의 제자가 그토록 영광스럽고 기억에 남도록 세상을 떠나는 것을 보고 신들이라고 왜 기꺼워하지 않겠습니까? 죽음을 두려워하는 자들에게조차 칭찬받으며 죽는 자들은 죽음에 의해 축성祝聖되는 것이지요.

3 소(小)카토는 칼로 자살하려 했으나 실패하자 의사의 도움을 거절하고 제 손으로 내장을 꺼내어 죽었다고 한다. 플루타르코스, 『영웅전』(*Bioi pararelloi*) 「소카토전」 70장 8~10절 참조.

## 03

;

# 누가 불행하고 누가 행복할까

담론이 진행되는 동안 나는 재앙으로 보이는 것들이 사실은 재앙이 아님을 보여주겠습니다. 지금 내가 말하고자 하는 바는, 그대가 가혹하다고, 불운하다고, 혐오스럽다고 말하는 것들이, 첫째, 그러한 일들을 당하는 자들에게, 둘째, 인류 전체에 도움이 된다는 것입니다. 신들은 개인들보다는 인류 전체를 더 염려하니까 말입니다. 그다음, 선한 자들은 이런 일들을 기꺼이 받아들이며, 만약 그러지 않는다면 불운을 당해 마땅하지요. 게다가 이런 일들은 운명으로 정해져 있으며, 선한 자들을 선하게 하는 바로 그 법칙에 따라 선한 자들에게 일어나지요. 끝으로, 나는 그대에게 선한 자를 결코 동정하지 말라고 설득할 것입니다. 그는 불행하다는 소리를 들을 수는 있어도, 불행할 수는 없기 때문입니다.

모든 명제 가운데 가장 어려운 것은, 우리가 두려워 떠는 것들이 그것들을 당하는 자들에게는 도움이 된다는 내 첫 번째 주장인 듯합니다. 그대는 말하겠지요. "추방당하고, 가난해지고, 처자를 잃고, 치욕을 당하고, 활동할 수 없게 되는 것이 그러한 일을 당하는 자들에게 도움이 된다는 말인가요?" 이런 일이 누군가에게 도움이 된다는 것이 놀랍다면, 어떤 질병은 칼과 불과 단식과 갈증에 의해 치유된다는 사실에도 그대는 놀라야 할 것입니다. 치료를 위해 어떤 사람은 뼈를 깎거나 잘라내고, 혈관을 꺼내고, 몸 전체로 퍼져 나가는 해를 입히면서 붙어 있는 사지를 절단한다는 점을 고려한다면, 어떤 불편은 그것들을 당하는 자들에게 도움이 된다는 점도 그대는 이해하게 될 것입니다. 반대로, 사람들이 찬양하고 추구하는 것은 그것을 즐기는 자들에게 해가 되지요. 과식과 과음, 죽음에 이르게 하는 쾌락의 경우가 그러합니다.

우리 친구 데메트리오스[4]의 수많은 멋진 발언 가운데 다

4 데메트리오스(Demetrios)는 플라톤의 아카데메이아에서 교육받은 견유학파 철학자로, 세네카와 동시대인인 아테나이 사람이었다.

음 발언은 마치 방금 들은 것처럼 아직도 귀에 쟁쟁합니다. 그는 이렇게 말했습니다. "내가 보기에, 불운을 당해보지 않은 사람만큼 불행한 사람은 없는 것 같습니다." 그러한 사람은 자신을 시험해볼 기회를 얻지 못했기 때문입니다. 그에게는 원하는 대로, 아니 원하기도 전에 만사가 형통할는지는 몰라도 신들은 그에게 호감을 갖고 있지 않습니다. 신들에게 그는 운명을 극복할 만한 자격이 없는 사람으로 보였던 것입니다. 운명은 마치 "왜 내가 저런 사람을 상대해야 하지? 저자는 당장 무기를 내려놓을 텐데 말이야. 저런 자에게는 내 힘을 다 쓸 필요도 없어. 저자는 내가 조금만 위협해도 뒤로 물러설 거야. 내 험상궂은 표정을 견디지 못할 테니까. 나와 싸울 수 있는 다른 사람을 찾아봐야지. 패할 준비가 되어 있는 사람과 싸운다는 것은 창피한 일이니까"라고 말하고 싶은 듯, 가장 비겁한 사람은 회피하니까 말입니다.

검투사는 자신보다 못한 자와 싸우는 것을 수치로 여깁니다. 그는 위험이 없는 곳에서는 영광을 얻을 수 없다는 것을 알고 있으니까요. 운명도 그렇습니다. 운명은 자신과 대등한 가장 강한 적수를 찾고, 그렇지 못한 많은 사람들을 무시하며 지나치니까 말입니다. 운명이 도전장을 내미는 상대는 가장 굽힐 줄 모르고 가장 올곧은 사람들인데, 그들에게는 운명이 가진 힘을 다 쓸 수 있기 때문입니다. 운명은 무키우스는 불로, 파브리키우스[5]는 가난으로, 루틸리우스[6]는 추방으로, 레굴루스[7]는 고문으로, 소크라테스[8]는 독약으로, 카토는 죽음으로 시험합니다. 불운이 아니고서는 어찌 그런 위대한 본보기를 드러낼 수 있겠습니까!

무키우스[9]는 불행할까요? 오른손을 불속에 밀어넣어 자신의 과오에 대해 스스로 벌주었기 때문에? 무장한 손으로는 도망가게 할 수 없었던 왕을 불에 탄 손으로 도망치게

5 파브리키우스(Gaius Fabricius Luscinus)는 기원전 282년과 278년에 집정관을 지낸 로마의 청렴하고 검소한 정치가이자 장군으로, 이탈리아를 침공한 에페이로스 왕 퓌르로스와 싸운 적이 있다.
6 『마음의 평정에 관하여』 주 51 참조.
7 『마음의 평정에 관하여』 주 55 참조.
8 『마음의 평정에 관하여』 주 19 참조.
9 무키우스(Gaius Mucius Scaevola Cordus)는 기원전 507년 로마를 함락한 에트루리아 왕 포르센나(Porsenna)를 살해하려고 적진으로 숨어들어갔다가 붙잡혀 불 고문을 당하게 되자 "큰 명성을 추구하는 사람에게 육신이란 얼마나 보잘것없는 것인지" 알리고자 자진해 오른손을 불속에 밀어넣었다고 한다. 리비우스, 『로마 건국 이후의 역사』 2권 12장 참조.

했기 때문에? 어때요? 애인의 품속에서 손을 데웠더라면 그는 더 행복했을까요?

파브리키우스는 불행할까요? 관직에서 물러난 뒤 손수 자기 농토를 갈아엎었기 때문에? 그가 퓌르로스[10]와 부富를 상대로 전쟁을 수행했기 때문에? 개선식까지 올렸던 이가 노인이 되어 자기 들판에서 김을 매다가 손수 뽑은 뿌리와 풀잎을 화롯가에서 먹었기 때문에? 어때요? 먼바다의 물고기와 외국에서 수입해온 가금家禽으로 배를 가득 채웠더라면, 위쪽 바다[11]와 아래쪽 바다[12]의 갑각류로 망가진 위의 활력을 돋웠더라면, 많은 사냥꾼들이 목숨을 잃으며 잡은 특별한 사냥감 위에 과일을 겹겹이 쌓아올렸더라면 그는 더

10 퓌르로스(Pyrrhos 기원전 319~272년)는 그리스 북서부에 있는 에페이로스(Epeiros) 지방의 왕으로, 알렉산드로스 대왕처럼 대제국을 건설하고자 한때 마케도니아와 시칠리아를 정복한다. 그 뒤 그는 타렌툼시가 도움을 청하자 이탈리아에 쳐들어가 기원전 280~279년 로마군을 격파하지만 그도 큰 피해를 입는다. 그 뒤로 막대한 대가를 치른 승리를 '퓌르로스의 승리'라고 한다. 그는 기원전 275년 삼니움 지방의 베네벤툼(Beneventum)에서 로마군에게 패하여 본국으로 퇴각한다.

11 이탈리아반도 북동쪽의 아드리아해.

12 이탈리아반도 서남쪽의 튀르레니아(Tyrrhenia)해.

행복했을까요?

루틸리우스는 불행할까요? 그를 심판한 자들은 모든 후세 사람들 앞에서 자기변호를 해야 할 것이기 때문에? 추방이 끝났을 때보다 조국에서 추방되었을 때 더 담담하게 받아들였기 때문에? 그만이 독재관 술라[13]에게 "아니요"라고 대답했고, 귀국하라는 명을 받자 뒷걸음질치며 더 멀리 도망쳤기 때문에? 그는 말했소. "그런 것들이라면 로마에서 그대의 행복한[14] 정치에 사로잡힌 자들이나 보라고 하시오! 그들이나 광장에 뿌려진 피바다를, 세르빌리우스 연못에 던져진 원로원 의원들의 머리를(그곳에서 술라에 의해 추방된 자들이 처형당했으니까), 도시 곳곳을 돌아다니는 암살자 집단과, 안전을 보장하겠다는 언질을 받은 뒤 사실은 그 언질 때문에 한곳에서 학살당한 수천 명의 로마인들을 보라고 하시오. 그런 것들은 추방 생활을 할 수 없는 자들이나 봐야 할 광경이니까."

13 술라(Lucius Cornelius Sulla 기원전 138년경~78년)는 로마의 장군으로, 내전 때 마리우스(Marius)의 민중파(popularis)에 맞서서 귀족파(optimates)를 이끌었다. 그의 잔인한 보복행위는 오래오래 기억되었다.
14 술라의 별명 펠릭스(Felix)는 '행복한' '행운의'라는 뜻이다.

어때요? 루키우스 술라는 행복할까요? 그가 광장으로 갈 때 사람들이 칼을 휘둘러 길을 냈기 때문에? 살해된 집정관들의 머리를 자기에게 가져오게 하고는 살인 행위에 대한 보수를 재정관을 통해 공금에서 지불하게 했기 때문에? 이 모든 짓을 저지른 것은 다름 아닌 코르넬리우스법[15]을 통과시킨 술라였지요.

이제 레굴루스 차례군요. 그를 충성심의 본보기로, 참을성의 본보기로 만들었을 때 운명은 그에게 얼마나 해롭게 했던가요? 못들이 그의 생살에 꽂혀 있어서, 지친 몸을 어느 쪽으로 기대든 그는 상처 위에 누웠고, 잠을 잘 수 없도록 두 눈은 계속해서 떠져 있었습니다. 고통이 클수록 명성도 커질 것입니다. 그가 미덕을 위하여 이런 대가를 치른 것을 조금도 후회하지 않았는지 그대는 알고 싶은가요? 그대는 그를 소생시켜 원로원으로 보내보시오. 그는 똑같은 견해를 밝힐 것입니다.

그대는 마이케나스[16]가 더 행복하다고 여기시오? 상사

15 코르넬리우스법(lex Cornelia)은 살인자와 극약 조제에 관한 법으로, 기원전 81년 술라가 통과시켰다.

병에 걸린 그가 변덕스러운 아내가 날마다 거절한다고 비탄하며 멀리서 부드럽게 들려오는 음악 소리로 잠을 청했기 때문에? 그가 물 타지 않은 술로 자신을 마취시키든, 졸졸거리는 물소리로 기분 전환을 하든, 수천 가지 쾌락으로 불안한 마음을 속이든, 레굴루스가 고문대 위에서 밤을 지새우듯, 마이케나스는 깃털 침상 위에서 뜬눈으로 밤을 지새울 것입니다. 하지만 레굴루스는 명예를 위해 힘든 일을 참는 것을 위안으로 삼으며 고통보다는 그것의 원인 쪽으로 눈길을 돌립니다. 그러나 마이케나스는 쾌락에 무기력해지고 지나친 행복에 시달려 고통보다는 고통의 원인 때문에 더 괴로워하지요.

인류가 악덕에 사로잡혔다 해도, 자신의 운명을 선택할 수 있다면 마이케나스보다는 레굴루스로 태어나기를 바라는 사람이 더 많으리라는 걸 의심할 정도는 아니지요. 누가

16 마이케나스(Gaius Maecenas)는 아우구스투스 시대의 유명한 문예 후원자였다. 그는 아우구스투스의 친구이자 고문으로 활동하며, 로마의 대표적인 시인 베르길리우스와 호라티우스 등을 후원했다. 그들의 작품을 통해 로마의 문예를 발전시키는 데 기여했다. 그의 아내 테렌티아(Terentia)는 한때 아우구스투스와 각별한 사이였다고 한다.

뻔뻔스럽게도 자기는 레굴루스보다는 마이케나스로 태어나기를 바란다고 말한다면, 그러한 사람이야말로 말은 안 해도 테렌티아[17]로 태어나기를 더 바랄 것입니다.

그대는 소크라테스가 불상사를 당했다고 생각하시오? 그가 국가의 명령으로 조제된 독액을 불멸에 이르는 치료약으로서 들고는 죽을 때까지 죽음에 관해 이야기했기 때문에? 그에게 불상사가 일어났나요? 그의 피가 굳어지며 차츰 냉기가 스며드는 가운데 혈관의 힘이 멈춰 섰기 때문에?

소크라테스가 훨씬 부럽지 않나요? 보석 술잔에 술을 받고, 아무리 학대해도 참도록 배우고 남자인지 의심스럽거나 할례를 받은 미동美童이 황금 동이에서 떨어지는 눈 녹은 물로 술을 희석해주는 자들보다는 말이오? 그들은 무엇을 마셨든 간에 토함으로써 마신 만큼 달아서 되돌려주고, 쓰라린 제 쓸개를 맛보며 괴로워할 것입니다. 하지만 소크라테스는 기쁜 마음으로 기꺼이 독배를 비울 것입니다.

카토에 관해서는 앞에서 충분히 말했소. 그에게 최고의 행복이 주어졌으리라는 것은 만인의 일치된 의견입니다. 두

17 주 16 참조.

려운 자연이 그를 싸움 상대로 골랐으니까 말입니다. "권력자들과 적대관계에 있는 일은 매우 불리하다고? 그렇다면 그는 동시에 폼페이유스와 카이사르와 크랏수스[18]를 상대하게 될 것이다. 자기보다 못한 자에게 관직에서 뒤진다는 것은 힘든 일이라고? 그렇다면 그는 바티니우스[19] 뒤로 물러서게 될 것이다. 내전에 가담하는 것은 힘든 일이라고? 그렇다면 그는 온 지구 위에서 좋은 일을 위해 불운하게, 집요하게 싸우게 될 것이다. 자살하는 것은 힘들다고? 그렇다면 그는 그렇게 하게 될 것이다. 내가 왜 이런 말을 하느냐고? 내가 카토에게 어울린다고 여기는 이런 일들은 결코 재앙이 아니라는 것을 모두들 알아야 하기 때문이다"라고 자연은 말하겠지요.

18 폼페이유스와 카이사르와 크랏수스는 제1차 삼두정치의 주역들이다.
19 바티니우스(Publius Vatinius)는 카이사르의 추종자이자 하수인으로 세평이 나쁜 인물이었는데, 정치적인 음모로 카토 대신 재정관이 된 적이 있다.

## 04
## ;
## 선한 자에게 찾아오는 기회

번영은 대중과 평범한 재능을 가진 자들에게도 찾아오지요. 하지만 인간의 재앙과 공포를 제압하는 것은 위대한 사람의 몫입니다. 늘 행복하고 마음의 고통 없이 인생을 통과한다는 것은 자연의 다른 반쪽은 모른다는 뜻입니다.

그대가 위대한 사람이라고요? 내가 그걸 어떻게 알겠습니까? 자연이 그대에게 미덕의 능력을 보여줄 기회를 주지 않았는데 말입니다. 그대는 올림피아[20] 경기에 참가했으나 경쟁자가 없습니다. 그래서 그대는 영광은 차지하겠지만 승

20 올림피아(Olympia)는 그리스 펠로폰네소스반도 엘리스(Elis) 지방에 있는 소도시로, 그곳에서 4년마다 열리는 경기에는 본토와 해외의 전 그리스인이 참가했다. 근대 올림픽 경기는 이 경기를 부활시킨 것이다.

리자는 아닙니다. 나는 그대를 축하하기는 하나, 그대의 용기 때문이 아니라 누가 집정관직이나 재정관직을 차지했을 때처럼 축하합니다. 그대의 명예가 드높아졌으니까요.

나는 선한 자에게도 같은 말을 할 수 있을 것입니다. 역경이 그에게 정신력을 보여줄 기회를 주지 않았다면 말입니다. "나는 그대를 불행하다고 여기오. 그대는 불행해본 적이 없기 때문이오. 그대는 역경 없이 인생을 통과했소. 아무도 그대의 능력을 알 수 없을 거요. 그대 자신조차도 말이오." 자신을 알기 위해서는 실험이 필요합니다. 시도해보지 않고서는 아무도 자기가 무엇을 할 수 있는지 모릅니다. 그래서 어떤 사람들은 불행이 머뭇거릴 때는 자진해 불행으로 다가가, 그러지 않았더라면 어둠 속에 묻히고 말았을 자신의 미덕이 빛을 내뿜을 기회를 찾았던 것입니다.

단언하건대, 위대한 사람은 때로는 역경을 반깁니다. 용감한 군인들이 전쟁을 반기듯이 말입니다. 나는 검투사 트리움푸스가 티베리우스[21] 황제 재위 기간에 공연 기회가 드

**21** 티베리우스(Tiberius Claudius Nero Caesar 재위 기간 14~37년)는 아우구스투스에 이어 로마 황제가 되었다.

물어졌다고 불평하는 말을 들은 적이 있습니다. 그는 말했습니다. "옛날에는 참 세월이 좋았는데!" 미덕은 위험을 탐하며, 시련보다는 목표를 생각하지요. 시련도 영광의 일부이기 때문입니다. 군인은 자신의 상처를 자랑하며, 갑옷에서 피가 솟아나오는 것을 기꺼이 보여주지요. 부상당하지 않고 싸움터에서 돌아오는 자도 똑같이 잘 싸웠겠지만, 부상당한 채 돌아오는 자가 더 주목받는 법입니다.

단언하건대, 신은 기백 있고 용감한 행위를 할 수 있는 기회를 줌으로써 되도록 존경받았으면 싶은 자들을 배려해주지요. 그러한 행위를 하자면 역경이 필요합니다. 키잡이는 폭풍을 겪어봐야 알고, 군인은 싸움터에 나가봐야 아는 법입니다. 부가 넘쳐난다면 그대가 가난을 얼마나 용감하게 참고 견딜지 내가 어떻게 알겠습니까? 그대가 박수갈채 속에서 늙는다면, 불패의 인기를 누리는 그대에게 모두들 호감을 느낀다면, 모욕과 수치와 대중의 무례에 그대가 얼마나 꿋꿋하게 버틸지 내가 어떻게 알겠습니까? 그대가 기른 아이들이 모두 그대 옆에 살아 있다면, 자식 잃는 아픔을 그대가 얼마나 담담하게 견뎌낼지 내가 어떻게 알겠습니까? 나는 그대가 남에게 위로의 말을 건네는 것을 들었습니다.

하지만 그대가 자신을 위로하는 경우에만, 슬퍼하는 것을 자신에게 금하는 경우에만, 나는 그대의 진면목을 보게 될 것입니다.

그대는 제발 불사신들이 우리 마음에 박차로 쓰는 것들을 두려워 마십시오. 재앙은 미덕에게는 기회입니다. 너무나 큰 행복으로 나른해진 자들, 잔잔한 바다 위에서처럼 나태한 평온에 사로잡힌 자들은 불행하다고 불러 마땅할 것입니다. 무슨 일이 생기든 그들에게는 놀라운 일입니다. 잔혹한 운명은 겪어보지 못한 사람일수록 더 무겁게 짓누르지요. 멍에는 부드러운 목덜미에는 무거운 법입니다. 신병은 부상을 생각만 해도 파랗게 질리지요. 고참병은 대담하게 자신의 피를 보는데, 피를 흘린 뒤에는 종종 승리했다는 것을 알고 있기 때문이지요.

그래서 신은 자신이 인정하고 사랑하는 자들을 단련시키고 시험하고 훈련시키는 것입니다. 신이 호감을 품고 있는 것처럼 보이는 자들은 아직 단련되지 않은 까닭에 다가올 불행을 위해 아껴두는 것입니다. 누구는 고통을 면제받았다고 여긴다면 그것은 오산입니다. 오랫동안 행복했던 자도 언젠가는 제 몫을 받게 될 테니까 말입니다. 면제받은 것으로 보이는 자는 집행이 연기되었을 뿐입니다.

왜 신은 하필이면 가장 선한 자를 질병이나 슬픔이나 다른 불상사로 괴롭히는 것일까요? 군대에서도 위험한 일들은 가장 용감한 군인들에게 맡겨지기 마련입니다. 장군은 조심스럽게 선발된 군인들을 보내 적군을 야습하고, 길을 정찰하고, 수비대를 몰아내게 합니다. 출발하는 자들 가운데 어느 누구도 "장군은 내게 못할 짓을 한 거야"라고 말하지 않고 "장군은 나를 좋아하나 봐"라고 말할 것입니다. 마찬가지로 겁 많고 소심한 사람이라면 눈물을 흘릴 만한 일을 참고 견디도록 명령 받은 사람들은 누구나 "신은 우리를 인간의 본성이 얼마나 많은 것을 견딜 수 있는지 시험하기에 알맞은 대상으로 판단했던 거야"라고 말할 것입니다.

그대는 사치를 피하고 허약하게 만드는 행복을 피하십시오. 행복은 사람의 마음을 해이하게 만들고, 인간의 운명을 상기시키는 어떤 일이 일어나지 않으면 취생몽사醉生夢死하게 만들기 때문입니다. 유리창[22]이 언제나 외풍을 막아준 사람은, 따뜻한 습포를 계속해서 갈아 붙이며 발의 온도를 따

22 유리창은 세네카 시대에 처음 선을 뵌 것 같다.

뜻하게 유지한 사람은, 바닥과 벽에 설치된 온돌로 따뜻한 식당을 가진 사람은, 조금만 바깥바람을 쐬어도 위험하지요.

과도한 것은 무엇이든 해롭지만 과도한 행복이야말로 가장 위험합니다. 그것은 뇌를 자극하고, 마음속에 허튼 공상을 불러일으키며, 참과 거짓의 경계를 자욱한 안개로 가립니다. 과도한 무한정의 행복 때문에 폭발하느니 지속적인 불행을 미덕의 도움으로 참고 견디는 편이 더 낫지 않을까요? 굶어 죽을 때는 부드럽게 죽지만, 과식하면 배가 터져 죽으니까 말입니다.

그래서 신들이 선한 자들을 다룰 때는 스승이 제자들을 다룰 때와 같은 원칙을 따르지요. 스승은 믿음직하고 기대되는 학생들에게 더 많은 노력을 요구하니까 말입니다. 그대는 라케다이몬[23]인들이 자식의 자질을 시험해보려고 공개적으로 매질을 하게 했다고 해서 그들이 자식들을 미워했다고 생각합니까? 아버지들은 자식들에게 매질을 꿋꿋이

23 라케다이몬(Lakedaimon)은 그리스 스파르테(Sparte)의 다른 이름인데, '스파르테'는 도시를 가리키지만 '라케다이몬'은 도시, 경우에 따라서는 그 주변 지역인 라코니케(Lakonike) 지방을 가리킨다.

참고 견디라고 격려했고, 자식들의 살이 찢기고 초주검이 되면 새로 부상을 입히려고 부상당한 곳을 들이대라고 요구했지요.

신이 고결한 정신들을 엄하게 시험한다고 해서 뭐가 그리 놀랍단 말입니까? 미덕은 결코 부드럽게 입증되는 것이 아닙니다. 운명이 우리를 때리고 매질한다고요? 우리는 참아야 합니다. 그것은 잔혹 행위가 아니라 싸움입니다. 우리는 자주 싸울수록 더 용감해집니다. 우리 몸에서 가장 자주 사용하고 단련하는 부위가 가장 단단한 법입니다. 우리는 자신을 운명에 맡겨야만 다름 아닌 운명의 도움으로 운명에 대해 단련될 수 있습니다. 운명은 차츰 우리를 자신의 적수로 만들 것이며, 위험에 늘 노출되어야 위험을 무시할 수 있을 것입니다.

그리하여 선원의 몸은 바다를 참고 견딤으로써 단단해지고, 농부의 손바닥에는 굳은살이 생기며, 군인의 팔은 창을 던질 수 있을 만큼 강력해지고, 달리기 선수의 사지는 민첩해집니다. 각자가 단련시킨 그 부위가 가장 단단한 법입니다. 참고 견딤으로써 우리의 마음은 불행을 견디는 것을 하찮게 여길 수 있게 되는 것입니다. 이것이 우리에게 얼마나 효과적

일 수 있는지 알고 싶다면, 가난하기 때문에 더 용감한 헐벗은 민족들에게 노력이라는 것이 얼마나 많은 것을 제공하는지 보십시오.

로마의 평화가 미치지 못하는 곳에 사는 모든 민족을 생각해보십시오. 게르만족과 이스트로스[24]강 주변에 무리 지어 몰려다니는 유목 민족들 말입니다. 끝없는 겨울과 암울한 하늘이 그들을 짓누르고 있고, 불모의 땅이 마지못해 그들을 부양하고 있습니다. 그들은 짚이나 나뭇잎으로 비를 막고, 얼어붙은 늪지 위를 뛰어다니고, 야수를 사냥하여 양식으로 삼습니다.

그대에게는 그들이 비참해 보인다고요? 습관에 따라 천성이 된 것은 어떤 것도 비참하지 않습니다. 처음에 마지못해 시작한 것이 나중에는 즐거움이 되지요. 그들에게는 집도 거처도 없고, 그날그날 지친 곳에 누워 쉽니다. 양식이라고 해야 보잘것없고 그나마 손수 구해와야 하지요. 기후는 혹독한데 몸은 노출되어 있습니다. 그대에게 재앙으로 보이는 것이 많은 민족의 일상적인 생활입니다.

24 이스트로스(Istros)는 지금의 다뉴브강 하류이다.

선한 자들이 굳건해지기 위해 운명에 의해 이리저리 뒤흔들리는 것이 뭐가 그리 이상하다는 것입니까? 나무도 자주 바람에 휘둘리지 않으면 굳건하지도 튼튼하지도 못합니다. 나무는 괴롭힘을 당함으로써 튼튼해지고 더 깊이 뿌리를 내립니다. 양지바른 골짜기에서 자란 나무는 쉬이 꺾이지요. 따라서 선한 자들에게는 위험과 사이좋게 지내는 것이 도움이 됩니다. 그래야만 겁을 먹지 않을 테니까요. 또한 그들이 담담하게 참고 견디는 운명은 그것을 제대로 참고 견딜 줄 모르는 자에게나 나쁜 일입니다.

# 05

;

# 용감한 자를 위한 단련

그 밖에도 가장 선한 자가 예를 들어 군인이 되어 우리를 위하여 봉사하는 것은 모두에게 이익이 됩니다. 대중이 원한다고 해서 선한 것이 아니며 대중이 두려워한다고 해서 악한 것이 아니라는 것을 보여주는 것이 신의 뜻이자 현인의 뜻이기도 합니다. 신이 선한 자들에게만 부여하는 것은 선한 것임이 밝혀질 것이고, 악한 자들에게만 부과하는 것은 악한 것임이 밝혀질 것입니다.

눈알을 도려내어 마땅한 자 말고는 아무도 눈을 잃지 않는다면, 장님이 된다는 것은 혐오스러울 것입니다. 그래서 압피우스[25]와 메텔루스[26]는 시력을 잃어야 했던 것입니다. 부는 좋은 것이 아닙니다. 그래서 포주抱主 엘리우스도 부를 가져야 하는 것입니다. 사람들이 돈을 신전에 봉헌한다

해도 유곽에서도 볼 수 있도록 말입니다. 신은 우리가 욕망하는 대상을 폭로하기 위해 가장 선한 자들에게서 그것을 빼앗아 가장 수치스러운 자들에게 가져다주는 방법을 씁니다.

"하지만 선한 자는 불구가 되고 못 박히고 결박되는데 악한 자는 온전한 몸으로 걱정 없이 즐기며 돌아다니는 것은 불공평하다." 그렇다면 어때요? 용감한 자들은 무기를 들고 진영에서 밤을 새우고 상처를 싸매고 요새 앞에서 보초를 서는데 변태적이고 직업적인 난봉꾼들은 시내에서 안전하게 지내는 것은 불공평하지 않고요? 가장 정결한 처녀들[27]은 제사를 지내기 위해 밤에 일어나야 하는데 더러운 창녀들이 깊은 잠에 곯아떨어져 있는 것은 불공평하지 않고요?

노고는 가장 선한 자들을 소집합니다. 원로원은 때때로

25 압피우스(Appius Claudius Caecus)는 기원전 312년 감찰관이었을 때 신을 모독한 탓에 눈이 멀었다고 한다.

26 대사제(pontifex maximus)였던 메텔루스(Lucius Caecilius Metellus)는 기원전 241년 베스타(Vesta) 여신의 신전에 불이 났을 때 여신상인 팔라디온(Palladion)을 구하려고 남자가 들어가서는 안 되는 신전에 들어간 탓에 눈이 멀었다고 한다.

27 베스타 여신의 여사제들을 말한다.

온종일 회의를 하는데, 그 시간에 가장 하찮은 자들은 마르스의 들판[28]에서 어슬렁거리거나 술집에 틀어박혀 있거나 어떤 모임에서 시간을 흘려보냅니다. 큰 공동체에서도 같은 일이 일어납니다. 선한 자들은 애쓰고 제물을 바치고 제물로 바쳐집니다. 그것도 자진해서 말입니다. 그들은 운명이 끌어당기지 않아도 운명을 따라가며 운명과 보조를 맞춥니다. 방법만 알았다면 그는 운명을 앞질렀을 것입니다.

여기서 저 용감한 데메트리오스의 기백이 넘치는 또 다른 말이 기억나는군요. "불사의 신들이여, 그대들에게 한 가지 불만이 있다면, 그것은 그대들의 뜻을 미리 알려주지 않았다는 것입니다. 그랬더라면 나는 지금 부름을 받고서야 다다른 상태에 더 일찍 다다랐을 것입니다. 그대들은 내 자식들을 데려가고 싶으시오? 그대들을 위해 나는 그 애들을 길렀던 것입니다. 그대들은 내 몸의 일부를 원하시오? 가지시오. 그것은 뭐 대단한 것을 약속하는 것도 아닙니다. 나는 곧 내 몸을 전부 넘길 테니까요. 그대들은 내 목숨을 원하시

28 티베리스 강변에 있는 마르스의 들판(campus Martius)은 선거 집회장과 연병장으로 사용되었다.

오? 그대들이 주었던 것을 도로 가져가는데 내가 왜 머뭇거리겠소? 그대들이 무엇을 요구하든 나는 기꺼이 내줄 것입니다. 정말이지 나는 돌려주느니 제공했으면 싶습니다. 빼앗을 필요가 어디 있었겠소? 그대들이 넘겨받을 수 있었다면 말입니다. 지금도 그대들은 빼앗지 않을 것입니다. 안 주려고 붙들고 늘어지지 않는데 무엇을 빼앗는단 말입니까."

나는 어떤 강요도 받지 않으며, 어떤 것도 내 뜻에 반해 참고 견디지 않습니다. 나는 신의 노예가 아니라 동조자이며, 모든 것이 영원히 유효한 정해진 법칙에 따라 진행된다는 것을 아는 만큼 더욱더 동조하게 됩니다.

운명이 우리를 인도하며, 각자의 수명은 태어나는 순간에 결정됩니다. 모든 일들이 인과관계로 서로 사슬처럼 연결되어 있으며, 이러한 사물의 영속적인 질서가 개체도 전체도 지배합니다. 만사는 우리 생각처럼 우연히 발생하는 것이 아니라 필연적으로 일어나기 때문에 우리는 만사를 용감하게 참고 견뎌야 합니다. 무엇이 그대를 기쁘게 하고 무엇이 그대를 울게 할지 벌써 오래전에 정해져 있으며, 개개인의 인생이 서로 아주 달라 보여도 결과는 마찬가지입니다. 우리가 받는 것은 무엇이든 멸할 것이며, 우리 자신도 멸한다는 것이지요.

그런데 왜 우리가 분개하며, 왜 불평하는 겁니까? 우리는 그것을 참고 견디도록 태어났는데 말입니다. 자연이 자신의 것인 우리 몸을 어떻게 쓰건 우리는 매사에 쾌활하고 용감해야 합니다. 멸하는 것이 무엇이든 그 어떤 것도 우리의 것은 아니라는 점을 생각하면서 말입니다. 선한 자가 할 일은 무엇일까요? 자신을 운명에 내맡기는 것입니다. 우리가 우주와 함께 휩쓸려간다는 것은 그나마 큰 위안입니다. 우리더러 그렇게 살라고, 그렇게 죽으라고 명령한 것이 무엇이든 간에 그것은 똑같은 필연성으로 신들도 옭아매고 있습니다. 신도 인간과 마찬가지로 되돌릴 수 없는 주로走路로 나아가기 때문입니다. 만물의 창시자이자 조종자인 그분도 운명의 법을 입법했으나 그것을 따르고 있습니다. 그분은 단 한 번 명령하고는 늘 복종합니다.

"하지만 어째서 신은 운명을 분배할 때 불공정하게도 선한 자들에게는 가난과 상처와 고통스러운 죽음을 배정했나요?" 예술가도 소재를 변형시킬 수 없습니다. 그것이 자연의 이치입니다. 어떤 것들은 다른 것들과 분리될 수 없습니다. 그런 것들은 한데 엉겨 불가분의 전체가 됩니다. 활기가 없어 졸거나 깨어 있어도 졸고 있는 것과 다름없는 성격들은 나태한 요소들로 이루어져 있습니다. 그야말로 큰 인물이 태어나기 위해서는 더 활기찬 자질이 필요합니다. 그의 길은 평탄하지 않을 것인즉, 그는 오르막길을 오르는가 하면 내리막길을 내려가기도 해야 하고, 파도에 들까불리며 풍랑 속을 항해해야 합니다. 말하자면 그는 운명을 거슬러 진로를 잡아야 합니다. 그는 힘들고 거친 일을 많이 당하겠지만, 그것들을 자신의 힘으로 부드럽고 평평하게 만들게 될 것입니다.

불은 금을 단련하고, 불행은 용감한 자들을 단련합니다. 그대는 미덕이 얼마나 높이 올라야 하는지 보십시오. 그러면 그대는 미덕이 안전한 길을 통해 가는 것이 아님을 알게 될 것입니다.

길의 첫 부분은 가파르다. 그래서 아침이라 원기가
왕성한 내 말들도 애를 쓰며 간신히 올라간다.
중천에 이르면 고도가 높아져, 거기서 바다와 대지를
내려다보면 나도 어떤 때는 겁이 나고 심히 두려워
가슴이 저릿저릿하다. 길의 마지막 부분은 내리막이라

조심히 몰아야 한다. 아래에 있는 물속으로
나를 받아주는 테튀스조차도
내가 거꾸로 떨어질까 봐 염려하곤 하지.[29]

고귀한 젊은이[30]는 이 말을 듣고 말했습니다. "그 길이 마음에 드는군요. 나는 그 길로 오르겠어요. 떨어지는 한이 있더라도 그곳은 지나가볼 만한 가치가 있으니까요." 그러나 아버지는 성급한 아들을 주눅들게 하려고 겁주는 것을 그만두지 않았습니다.

설령 네가 주로에서 벗어나지 않는다 해도,
너는 너에게 덤벼드는 황소의 뿔들 사이로,
하이모니아의 궁수와 사나운 사자의 아가리 옆을
지나가게 될 것이다.[31]

29 오비디우스, 『변신 이야기』 2권 63~69행.
30 태양신의 아들 파에톤(Phaeton).
31 오비디우스, 『변신 이야기』 2권 79~81행.

그러자 아들이 말했소. "내게 약속하신 말들에 멍에를 얹으십시오. 나를 놀라게 하리라고 아버지께서 생각하시는 바로 그 모험이 나를 자극하는군요. 나는 태양신도 떠는 곳에 서보고 싶어요." 안전만 좇는 것은 비열하고 나태한 자나 하는 짓이고, 미덕은 높은 곳을 거닐지요.

## 06
;
# 인생에서 나가는 길

"하지만 어째서 신은 선한 사람들에게 해악이 일어나는 것을 용납하나요?" 사실상 신은 용납하지 않습니다. 신은 모든 해악을 그들에게서 떨어뜨려놓습니다. 범죄, 수치스러운 행위와 불순한 생각, 탐욕스러운 계획과 눈먼 욕정, 남의 재물을 바라는 탐욕 말입니다. 신은 선한 사람들을 지켜주고 보호합니다. 아니면 신이 선한 사람들의 짐까지 지켜주기를 바라나요? 바로 선한 자들 자신이 신에게서 이런 근심을 덜어주고 있습니다. 그들은 외적인 것들은 경멸하니까 말입니다.

데모크리토스[32]는 자신의 부를 던져버렸습니다. 그것이

32 데모크리토스(Demokritos 기원전 460~357년경)는 트라케(Thraike) 지방 압데라(Abdera) 출신의 그리스 철학자로 원자론의 창시자이다.

선한 마음에 짐이 된다고 여겼기 때문입니다. 하거늘 선한 자가 가끔 자신에게 일어나기를 바라는 일을 신이 선한 자에게 일어나게 한다고 해서 그게 뭐 그리 놀라운 일입니까? 선한 자들은 아들들을 잃는다고요? 왜 아니겠소? 그들은 때로는 아들을 죽이기까지 하는데 말입니다.[33] 선한 자들은 추방된다고요? 왜 아니겠소? 그들은 때로는 다시는 돌아오지 않으려고 제 발로 조국을 떠나기도 하는데 말입니다. 선한 자들은 살해된다고요? 왜 아니겠소? 그들은 때로 자살도 하는데 말입니다.

왜 그들은 힘든 일을 참고 견디느냐고요? 다른 사람들에게 참고 견디는 법을 가르치기 위해서지요. 그들은 본보기가 되라고 태어났으니까요. 그러니 그대는 신이 다음과 같이 말한다고 생각하십시오. "선한 것이 마음에 드는 자들이여, 너희는 무슨 연유로 내게 불평을 늘어놓는가? 나는 다른 사람들을 거짓 선한 것들로 둘렀고, 그들의 공허한 마음

33 기원전 509년 최초의 집정관이 된 브루투스(Lucius Iunius Brutus)는 추방당한 로마 왕 타르퀴니우스(Tarquinius Superbus)를 복위시키려는 음모에 자신의 아들들이 가담하자 아들들에게 사형을 선고한다. 리비우스, 『로마 건국 이후의 역사』 2권 5장 5~10절 참조.

을 말하자면 긴 거짓 꿈으로 우롱했다. 나는 그들을 금과 은과 상아로 치장했지만, 그들 안에 좋은 것은 아무것도 없다.

너희가 행복하다고 여기는 자들을 눈에 보이는 쪽이 아니라 보이지 않는 쪽에서 보게 된다면, 그들이야말로 비참하고 더럽고 수치스럽고, 그들이 사는 집의 벽처럼 겉만 번지르르한 것이다. 그것은 견실하고 순수한 행복이 아니라 얄팍한 겉치레에 불과하다. 그들은 버티고 서서 마음대로 자신을 과시할 수 있는 동안에는 반짝이며 남을 속일 수 있다. 하지만 어떤 일이 일어나 그들을 혼란스럽게 하고 그들의 포장을 벗기면, 그때는 외부에서 빌려온 광채가 얼마나 많은 추악함을 숨기고 있었는지 드러날 것이다.

나는 너희에게는 머무르게 될 확실한 선한 것들을 주었다. 그것들은 이리저리 돌리며 사방에서 자세히 살펴볼수록 더 좋아지고 더 커지는 것을 보게 될 것이다. 나는 너희에게 두려운 것을 무시하고 욕망을 혐오하도록 가르쳤다. 너희는 겉으로는 번쩍이지 않는다. 너희의 선은 안쪽으로 향하고 있기 때문이다. 그와 같이 우주도 외적인 것들은 무시하고 자신을 관찰하기를 즐기는 것이다. 모든 선을 나는 안에다 넣어놓았다. 행복을 필요로 하지 않는 것, 그것이 곧 너희의 행복이다.

'하지만 슬프고 무섭고 견디기 힘든 일이 많이 일어나고 있어요.' 나는 너희가 그것을 모면하게 할 수 없었기에 모든 것에 대항할 수 있도록 너희의 마음을 무장시켰다. 너희는 용감하게 참고 견뎌라. 이 점에서 너희는 신을 능가할 수 있다. 신은 불운을 참는 것 밖에 있으나, 너희는 참는 것 위에 있으니까 말이다. 가난을 무시하라. 태어났을 때만큼 가난하게 사는 사람은 아무도 없다. 고통을 무시하라. 고통은 사라지거나 너희와 함께 끝날 것이다. 죽음을 무시하라. 죽음은 너희를 끝내거나 다른 곳으로 데려갈 것이다. 운명을 무시하라. 나는 운명에게 너희의 영혼을 칠 수 있는 무기를 주지 않았다.

무엇보다도 나는 아무도 너희 뜻에 반해서 너희를 붙들지 못하도록 배려해두었다. 인생에서 나가는 길은 열려 있다. 싸우고 싶지 않으면 도망쳐도 좋다. 그래서 나는 너희에게 필요할 성싶은 모든 것들 가운데 죽음을 가장 쉽게 만들어놓았다. 나는 영혼을 쉽게 사라질 수 있도록 급경사진 곳에다 세워두었다. 유심히 살펴보기만 하면, 얼마나 짧고 편리한 길이 자유를 향하여 나 있는지 너희는 보게 될 것이다.

나는 너희가 나갈 때는 들어올 때만큼 오래 걸리지 않게 해 두었다. 인간이 태어날 때만큼 천천히 죽는다면, 운명이 너희에 대해 큰 권세를 가질 테니까 말이다.

자연에게 사직서를 제출하고 자연에게서 받은 선물을 던져버리는 것이 얼마나 쉬운 일인지 매 순간과 모든 장소가 너희에게 가르쳐줄 것이다. 제단 옆에서 희생제를 올릴 때 생명을 위해 기도하면서도 너희는 죽음을 배울 수 있다. 당당한 몸집의 황소들이 사소한 부상으로 쓰러지고, 사람의 손에 가격당해 힘센 짐승들이 넘어지지 않더냐? 얇은 칼날이 목덜미의 근육을 자르지 않더냐? 그리고 머리와 목을 이어주는 관절이 잘리고 나면 그토록 큰 덩치가 무너지지 않더냐?

목숨은 깊숙이 자리잡고 있지 않아서 칼로 그것을 억지로 파괴할 필요가 없다. 내장도 깊숙이 상처를 내어 찾아낼 필요가 없다. 죽음은 아주 가까이 있으니까 말이다. 그런 치명적인 가격을 위해 나는 특별한 부위를 정해놓지 않았다. 아무 데나 네가 원하는 곳이 급소니까 말이다. 영혼을 육신에서 떼어놓는 이른바 죽음이라는 것은 너무도 짧아 그 과정을 느낄 수 없다. 올가미가 목을 조르든, 물이 숨구멍을 막

아버리든, 딱딱한 바닥에 거꾸로 떨어져 두개골이 박살나든, 들이마신 열기가 숨길을 막아버리든 그것은 순식간에 진행된다. 너희는 부끄럽지도 않느냐? 그토록 빨리 끝나는 것을 그토록 오랫동안 두려워하고 있으니 말이다."

# De
# brevitate vitae
# 인생의 짧음에 관하여

로마의 양곡 조달관 파울리누스에게 헌정한 이 글은
49년경에 쓰인 것으로 추정된다. 이 글은 사람들이 쓸데없는 일로
많은 시간을 허송하는 만큼 인생의 길이는 살아온 햇수가 아니라
시간을 얼마나 유용하게 사용하느냐로 따져야 하며,
철학이야말로 모든 시대의 위대한 인물과 사귀고
과거의 경험을 공유할 수 있게 하는 까닭에 짧은 인생도 길게
만들어준다는 내용을 담고 있다.
세네카의 수필 중에서도 걸작으로 꼽히는 글이다.

# 01
;
# 준비하다 떠나는 인생

파울리누스[1]여, 많은 사람들이 자연은 인색하다고 불평합니다. 타고난 수명이 짧은 데다 우리에게 주어진 기간마저 너무나 빨리, 너무나 신속히 지나가므로 극소수를 제외한 사람들은 인생을 준비하다가 인생을 떠나게 된다는 것입니다. 보편적인 현상인 이러한 불행에 대해 군중과 무지한 대중만이 탄식하는 것은 아닙니다. 유명 인사들도 이런 감정으로 불평을 털어놓으니까요. 그래서 가장 유명한 의사醫師[2]는

1 파울리누스(Paulinus)가 누구인지 확실히 알 수는 없으나 18절과 19절에 나오는 내용으로 미루어 그의 직업은 양곡 조달관(praefectus annonae)이었던 것으로 보인다.

2 기원전 5세기 후반에 활동했던 그리스 의사 힙포크라테스(Hippokrates). 뒤이은 구절은 그의 『잠언』 1, 1 참조.

"인생은 짧고 예술은 길다"고 외쳤던 것입니다.

아리스토텔레스[3]도 자연에 대해 철학자답지 않게 시비를 걸었습니다. "자연은 동물에게는 인간보다 다섯 배 또는 열 배나 오래 살도록 수명을 넉넉히 주었거늘 그토록 많은 일을, 그토록 큰일을 하도록 태어난 인간에게는 그토록 짧은 수명을 정해놓다니"[4] 하고 말입니다.

그렇지만 우리는 수명이 짧은 것이 아니라 많은 시간을 낭비하는 것입니다. 인생은 충분히 길며, 잘 쓰기만 하면 우리의 수명은 가장 큰일을 해내기에도 넉넉합니다. 그러나 인생이 방탕과 무관심 속에서 흘러가면, 좋지 못한 일에 인생을 소모하고 나면, 그때는 마침내 죽음이라는 마지막 강요에 못 이겨 인생이 가는 줄도 모르게 지나가버렸음을 깨닫게 되는 것입니다.

3 아리스토텔레스(Aristoteles 기원전 384~322년)는 플라톤의 제자로 소요학파의 창시자이다. 물리학, 화학, 생물학, 심리학, 정치학, 윤리학, 논리학, 형이상학, 역사, 문예이론, 수사학 등 매우 광범위한 분야를 연구했다.

4 키케로의 『투스쿨룸 담론』(*Tusculanae disputationes*) 3권 69절에 따르면 이 말은 아리스토텔레스의 제자이자 후계자인 테오프라스토스(Theophrastos)가 한 것으로 되어 있는데, 세네카는 아마도 아리스토텔레스가 한 말로 착각하고 있는 듯하다.

짧은 수명을 부여받은 것이 아니라 우리가 수명을 짧게 만들었고, 넉넉한 수명을 타고나지 못한 것이 아니라 우리가 수명을 낭비하는 것입니다. 마치 왕에게나 어울릴 넉넉한 재산도 적합하지 않은 주인을 만나면 금세 탕진되고, 얼마 안 되는 재산도 제 주인을 만나면 사용함으로써 늘어나듯이, 우리의 인생도 제대로만 배분하면 크게 늘릴 수 있는 것입니다.

## 02

;

# 자신에 대한 예의

왜 우리는 자연의 본성에 불평을 늘어놓을까요? 자연은 선심을 썼는데. 제대로 쓸 줄만 알면 인생은 길기 때문에 하는 말입니다. 어떤 사람은 끝없는 탐욕에 사로잡혀 있고, 어떤 사람은 쓸데없는 일에 줄곧 매달립니다. 어떤 사람은 술에 절어 살고, 어떤 사람은 늘어지게 게으르지요. 어떤 사람은 항상 남의 판단에 매달리기 마련인 명예욕에 지쳐 있고, 어떤 사람은 사업에 대한 맹목적인 욕망에 쫓겨 이익을 좇아 모든 육지와 바다를 쏘다니느라 여념이 없습니다. 어떤 사람은 자기가 남을 위협하려고 또는 남이 자기를 위협하지 않을까 두려워 군대 생활이 하고 싶어 안달이 나 있고, 어떤 사람은 아무 보답도 없이 높은 사람을 섬기려고 자진해서 종살이를 하느라 녹초가 되어 있습니다.

많은 사람들이 남의 행운을 노리거나 제 행운을 염려하느라 여념이 없고, 많은 사람들이 정해진 목표를 추구하지 않고 공허하고 변화무쌍하고 자기 자신도 불만스러운 변덕에 쫓겨 늘 새로운 계획을 세우곤 합니다. 어떤 사람들은 삶의 진로를 결정할 수 있는 목표를 전혀 세우지 못하고 무기력하게 하품만 하다가 느닷없이 죽음의 포로가 됩니다. 그래서 나는 가장 위대한 시인[5]의 신탁 같은 말이 진리임을 믿어 의심치 않습니다. "우리가 사는 것은 인생의 일부분에 지나지 않는다." 그 나머지는 삶이 아니라 그저 시간일 따름이지요.

여러 가지 악덕이 사방에서 에워싸고 압박하며 인간이 일어서서 눈을 들어 진리를 보는 것을 허용하지 않을 뿐 아니라 인간을 내리눌러 욕망의 포로가 되게 합니다. 그래서 인간은 결코 자기 자신에게로 되돌아갈 수 없습니다. 간혹 우연히 평정平靜이 찾아온다 해도 마치 폭풍이 그친 뒤에도

5 그리스 시인 호메로스(Homeros)로 보는 사람들도 있고 로마 시인 베르길리우스(Vergilius)로 보는 사람들도 있으나, 그들에게서는 이런 문장을 찾을 수 없다. 다른 시인이 한 말을 세네카가 착각했을 수도 있다.

너울이 이는 바다에 떠 있는 것처럼 인간은 이리저리 내동댕이쳐지니 욕망에서 결코 자유로울 수가 없지요.

그대는 내가 이미 참상이 드러난 사람들에 관해 말하고 있다고 생각하시나요? 아닙니다. 그가 잡은 행운을 보려고 구경꾼이 문전성시를 이루고 있는 사람들을 말하는 것입니다! 그들은 자신의 행운에 질식되어가고 있습니다. 부富는 얼마나 많은 사람들에게 무거운 짐인가요! 얼마나 많은 사람들이 재능과 달변을 보여주려고 매일매일 피 말리는 노력을 하고 있습니까! 얼마나 많은 사람들이 쉴 새 없는 향락으로 창백해지고 있습니까! 얼마나 많은 사람들이 몰려드는 예민隸民[6]들로 잠시도 자유를 누리지 못하고 있습니까! 간단히 말해, 가장 낮은 신분에서 가장 높은 사람들까지 일일이 살펴봅시다. 이 사람은 법의 도움을 구하고 있고 저 사람은 도움을 주고 있으며, 이 사람은 피고인이고 저 사람은 변호인이고 또 다른 사람은 재판관입니다. 자신을 위해 자신을

6 예민(clientes)은 고대 로마에서 평민과 노예 사이의 계급인데, 법적으로나 물질적으로 귀족의 보호를 받았다. 그런 의미에서 귀족은 그들의 보호자(patronus)이고 그들은 귀족의 피보호자이다.

요구하는 사람은 아무도 없고, 모두 남을 위해 자신을 소모하고 있습니다. 어디, 사람들이 그 이름을 외우고 있는 유명 인사들을 한번 살펴봅시다. 그대는 그들 모두 병丙은 을乙을 섬기고 을은 갑甲을 섬기되, 자신을 섬기는 사람은 아무도 없다는 사실을 알게 될 것입니다.

그들 가운데 더러는 터무니없는 분통을 터뜨리곤 합니다. 그들의 불평인즉 자신이 알현을 청했는데도 윗분들이 거만하게도 시간을 내주지 않는다는 것입니다. 하지만 자신을 위해서는 시간을 내지 않으면서 남이 거만하다고 감히 불평을 늘어놓아도 되는 것인가요? 그대가 누구건 아무튼 그분은 거만한 눈길로라도 언젠가 그대를 알은체했고, 귀를 낮추어 그대의 말을 들어주었고, 그대가 자기와 나란히 걷게 해주지 않았던가요? 그대를 보고 그대에게 귀기울이는 것을 그대 자신은 가치 없는 일로 여겼는데도 말입니다. 그러니 그대에게는 그러한 예의를 다른 사람에게 요구할 권리가 없습니다. 그대는 다른 사람과 함께하고 싶어서가 아니라 그대와 함께할 수가 없어서 그러한 예의를 보였던 것입니다.

## 03

;

# 언제까지나 살 것처럼

일찍이 재능을 발휘했던 많은 인물들이 이에 관해 동의하는 바, 인간 정신이 갖고 있는 이 암흑 현상을 충분히 설명할 수는 없을 것입니다. 사람들이 자기 토지는 아무도 차지하지 못하게 하고 경계의 문제로 사소한 분쟁만 생겨도 달려가 돌이나 무기를 집어 들면서도, 남들이 자기 인생 속으로 끼어드는 것은 내버려두거나 심지어 자기 인생을 차지하게 될 사람들을 자청해 불러들이는 것을 어떻게 이해할 수 있을까요? 자기 돈을 나눠주지는 않는 사람들이 얼마나 많은 사람들에게 자기 인생을 나눠주고 있습니까? 사람들은 재산을 지킬 때는 인색하면서도 시간을 낭비하는 일에는 너그럽습니다. 시간에 관한 한 탐욕을 부리는 것이 정당한데도 말입니다.

나는 노인들 가운데 한 명을 붙들고 이렇게 말하고 싶습니다. "보아하니, 그대는 인생의 마지막 경계에 이르렀고, 백 살 또는 그 이상의 나이가 그대를 짓누르고 있습니다. 자, 이제 그대의 인생을 결산해보십시오. 그 시간 가운데 얼마를 채권자가, 얼마를 애인이, 얼마를 보호자가, 얼마를 예민이 빼갔는지, 그리고 얼마를 부부싸움이, 얼마를 노예를 징치하는 일이, 얼마를 시내를 바쁘게 돌아다니는 일이 빼갔는지 계산해보십시오! 거기에다 우리 자신의 잘못으로 생긴 병病을 보태고, 쓰지 않고 버려두었던 시간을 보태십시오. 당신이 헤아린 나이보다 적은 햇수가 남는 것을 그대는 보게 될 것입니다.

기억을 더듬어보십시오. 언제 그대에게 확고한 계획이 있었는지, 얼마나 적은 날들만이 그대의 의도대로 지나갔는지, 언제 그대가 자신을 마음대로 할 수 있었는지, 언제 그대의 얼굴이 자연스러운 표정을 지었는지, 언제 그대의 마음에 두려움이 없었는지, 그토록 긴 세월 동안 그대가 무엇을 이루었는지, 얼마나 많은 사람이 그대가 무엇을 잃었는지도 모르는 사이 그대의 인생을 빼앗아갔는지, 얼마나 많은 것들을 근거 없는 괴로움과 어리석은 즐거움과 탐욕스러운 욕망과 매력적인 교제가 앗아갔으며, 그대의 것 중에서 얼마나 적은 것이 남아 있는지 말입니다. 그러면 그대는 때가 되기도 전에 자신이 죽어가고 있음을 알게 될 것입니다."

왜 그래야만 하는 것일까요? 그대들은 언제까지나 살 것처럼 살고 있고, 자신의 허약함을 의식하지 못하고 있으며, 이미 얼마나 많은 시간이 지나갔는지도 알지 못하지요. 그대들은 시간을 넘쳐나는 것처럼 낭비하고 있습니다. 사실은 그사이 그대들이 어떤 사람 또는 사물에 바치는 그날이 그대들의 마지막 날이 될지도 모르는데도 말입니다. 그대들은 죽기 마련인 인간답게 모든 것을 두려워하면서도 불사신인 양 모든 것을 원하고 있습니다.

많은 사람이 이렇게 말하는 것을 그대는 듣게 되겠지요. "나는 쉰 살이 되면 은퇴하여 한가하게 살 것이며, 예순 살에는 모든 공적인 의무에서 벗어날 것입니다." 그런데 그대가 장수長壽한다는 보장이 어디 있습니까? 모든 것이 그대의 뜻대로 진행된다고 누구에게 확인받았습니까? 인생의 자투리만을 자신을 위해 유보해두고 다른 일에는 쓸모가 없는 바로 그 시간만을 고상한 사상에 배정하다니, 그대는 부끄럽지 않습니까? 인생을 마감해야 할 때 인생을 시작하려면 너무 늦지 않을까요? 이성적인 계획을 쉰 살 또는 예순 살로 연기하고 소수의 사람만이 도달한 나이에 인생을 시작하려 하다니, 그것은 어리석게도 우리가 죽기 마련이라는 사실을 망각하고 있는 게 아니고 무엇이겠습니까!

## 04
## ;
## 머나먼 안식

그대는 힘 있고 높은 자리에 오른 사람들에게서 한가한 생활을 간절히 원하고 찬미하며 모든 재산보다 더 선호한다는 말을 듣게 될 것입니다. 그들은 가끔 정상에서 내려오고 싶어합니다. 위험하지만 않다면 말입니다. 행운이란, 외부의 도전이나 충격 없이도 저절로 무너져 내릴 수 있기에 하는 말입니다.

신격화된 아우구스투스[7]는 신들에게 어느 누구보다도

**7** 로마의 초대 황제로, 본명은 가이유스 옥타비우스(Gaius Octavius)이다. 카이사르에게 양자로 입양된 후 가이유스 율리우스 카이사르 옥타비아누스(Gaius Iulius Caesar Octavianus)로 개명했다. 그의 통치를 받던 로마 시민은 세계 역사상 가장 복 받은 사람들이라고 할 만큼 책임과 권한, 스스로가 구현한 명예에서 그의 권력이 생겨났다.

많은 것을 받았던 분이지만 언제나 자신을 위해 안식을 기원했고 공무公務에서 쉴 수 있기를 원하셨습니다. 그분은 말씀하실 때마다 언제나 여가를 즐기고 싶다는 이 한 가지 희망으로 되돌아가곤 하셨습니다. 언젠가는 자신을 위해 살게 되리라는 기만적이지만 달콤한 위안이 그분의 노고를 견딜 만한 것으로 만들어주었습니다.

자신의 은퇴는 위엄을 잃지도 않을 것이며 이전의 영광과 모순되지 않을 것이라고 원로원[8]에 써 보낸 그분의 서신[9]에서 나는 이런 구절을 발견했습니다. "이런 일들은 약속하는 것보다는 실천하는 것이 더 인상적입니다. 그럼에도 그 실현의 기쁨이 여전히 멀리 떨어져 있는 까닭에, 내가 바라 마지않는 그 시기에 대한 그리움이 나로 하여금 그 말이 주는 쾌감 속에서나마 그 기쁨을 미리 맛보게 해주었던 것입니다."

그분에게 여가는 현실에서는 선취先取할 수 없는 것이었기에 생각으로만 취할 수 있었던 만큼 소중했던 것이지

8 부록의 '로마의 통치구조' 참조.
9 언제 써 보낸 서신인지 알 수 없다.

요. 모든 것이 자기 자신에게 달려 있다고 여기며, 개인과 민족의 운명을 결정하셨던 그런 분도 자신의 위대함을 벗게 될 그날을 그려보며 더없이 즐거워하셨던 것입니다.

그분은 모든 나라를 두루 비추는 그러한 행운이 자신에게서 얼마나 많은 땀을 짜냈으며, 얼마나 많은 근심을 감추고 있는지 경험을 통해 알고 계셨습니다. 처음에는 동포 시민들[10]과, 다음에는 동료들[11]과, 마지막에는 친인척들[12]과 무기로 승부를 가리기 위해 그분은 바다와 육지에서 피를 쏟으셨습니다. 그분은 마케도니아와 아이귑투스[13]와 쉬리아

**10** 기원전 43년에 옥타비아누스가 북이탈리아의 무티나(Mutina)에서 마르쿠스 안토니우스(Marcus Antonius)와, 기원전 42년에 마케도니아의 필립포이(Philippoi)에서 카이사르를 암살한 브루투스와 캇시우스(Cassius)와 싸우던 일을 말한다.

**11** 기원전 43년 제2차 삼두정치에 함께 참여한 레피두스(Lepidus)를 은퇴시킨 일과, 역시 같이 제2차 삼두정치에 참여한 안토니우스와 기원전 32~30년에 패권을 다투었던 일을 말한다.

**12** 안토니우스는 기원전 40~32년에 옥타비아누스의 누이인 옥타비아(Octavia)와 결혼했고, 기원전 36년에 시칠리아에서 옥타비아누스에게 패한 섹스투스 폼페이유스(Sextus Pompeius)는 옥타비아누스의 두 번째 아내 스크리보니아(Scribonia)의 인척이었다.

**13** 아이귑투스(Aegyptus)는 이집트의 라틴어 이름이다.

와 아시아와 거의 모든 해안 지방에서 전쟁을 벌이며, 로마인을 살육하는 데 지친 군대를 외국과의 전쟁으로 돌아서게 만드셨습니다. 그분이 알페스[14] 지방을 평정하고, 평화스러운 제국 한가운데로 침범한 적군들을 제압하는 동안, 그분이 레누스[15]와 에우프라테스와 다누비우스[16] 너머로 국경을 넓히시는 동안 정작 로마에서는 무레나[17]들과 카이피오[18]들과 레피두스[19]들과 에그나티우스[20]들과 다른 자들이 그분을 향해 단검을 갈았습니다.

그분이 이들의 음모에서 채 벗어나기도 전에 그분의 따님[21]과 수많은 귀족 집안의 젊은이들이 마치 충성 서약이라도 되는 양 간통 관계로 결합되어 어느새 늙고 쇠약해진 그

14 알페스(Alpes)는 알프스의 라틴어 이름이다.

15 레누스(Rhenus)는 라인강의 라틴어 이름이다.

16 다누비우스(Danuvius)는 다뉴브강의 라틴어 이름이다.

17 기원전 23년에 있었던 무레나(Aulus Terentius Varro Murena)의 음모를 말한다.

18 기원전 23년에 있었던 카이피오(Fannius Caepio)의 음모를 말한다.

19 기원전 31년에 있었던 레피두스(Aemilius Lepidus 제2차 삼두정치의 주역 중 한 명인 레피두스의 아들)의 음모를 말한다.

20 기원전 19년에 있었던 에그나티우스(Marcus Egnatius Rufus)의 음모를 말한다.

분을 두려움에 떨게 했습니다. 그러니까 율루스[22]와 더불어, 안토니우스와 결합한 여인이 또다시 그분을 떨게 했던 셈이지요.[23] 이런 종양을 그분이 사지와 함께 잘라냈습니다. 그러자 다른 종양들이 계속 자라났습니다. 그것은 마치 피가 과다한 육신이 자꾸만 어딘가에서 늘 출혈을 일으키는 것과도 같았습니다. 그러한 연유에서 그분은 여가를 원하셨고, 그 염원으로 잠시나마 그분은 노고에서 쉬실 수 있었던 것이지요. 그것이 남의 소원을 이루어줄 수 있었던 그분의 이루지 못한 소원이었던 것입니다.

**21** 아우구스투스와 스크리보니아의 딸인 율리아(Iulia)를 말한다. 기원전 25년 아우구스투스의 생질인 마르쿠스 마르켈루스(Marcus Marcellus)와 결혼했으나, 그가 죽자 기원전 21년 아우구스투스의 평생지기인 마르쿠스 아그립파(Marcus Agrippa)와 결혼해 여러 자녀를 낳는다. 아그립파가 죽자 그녀는 기원전 11년 티베리우스와 결혼한다. 그녀는 소문난 바람둥이로, 아우구스투스는 기원전 2년 그녀를 작은 섬으로 유배 보낸다.

**22** 율루스(Iullus)는 제2차 삼두정치의 주역 가운데 한 명인 마르쿠스 안토니우스의 아들로, 율리아의 애인들 가운데 한 명이었다.

**23** 전에 안토니우스와 결합한 클레오파트라가 그랬듯이, 아우구스투스에게는 또 다른 안토니우스인 율루스와 결합한 율리아가 두려움의 대상이었다는 뜻이다.

## 05

## ;

## 현인의 행운

마르쿠스 키케로[24]는 더러는 공공연한 적이고 더러는 의심스러운 친구인 카틸리나[25]와 클로디우스[26]와 폼페이우스[27]와 크랏수스[28] 같은 사람들 사이에 국가와 함께 내팽개쳐져 침몰하는 공화정을 구하려다가 결국에는 휩쓸려가고 말았

24 로마의 웅변가이자 정치가.

25 카틸리나(Lucius Sergius Catilina)는 로마 귀족 출신 정치가로, 로마 공화정을 전복할 음모를 꾸미다가 집정관인 키케로에게 적발되어 추방된다.

26 클로디우스(Publius Clodius Pulcher)는 키케로의 정적으로, 키케로를 추방한다(기원전 58년).

27 폼페이우스(Gnaeus Pompeius Magnus 기원전 106~48년)는 로마의 장군이자 정치가로, 카이사르·크랏수스와 함께 제1차 삼두정치의 주역이다.

28 크랏수스(Marcus Licinius Crassus 기원전 115~53년)는 카이사르·폼페이우스와 함께 제1차 삼두정치의 주역이었던 로마의 정치가이자 군인이다. 그는 대체로 키케로에게 적대적이었다.

습니다. 그는 행운 속에서도 평온하지 못했고 불운 속에서도 의연하지도 못했으니, 그럴 만한 까닭이 없지는 않았지만 끝없이 자랑을 늘어놓던 자신의 집정관직을 얼마나 자주 저주했던가요!

아버지 폼페이유스가 패한 뒤 그의 아들이 히스파니아에서 패잔병을 다시 모았을 때[29] 키케로는 앗티쿠스[30]에게 보낸 편지에서 얼마나 애처로운 말을 했던가요! "내가 여기서 무엇을 하고 있느냐고 자네는 묻는 것인가? 나는 반半자유의 몸으로 투스쿨룸[31]에 있는 내 시골집에 머물고 있다네." 그러고 나서 그는 지난날을 한탄하고 현재의 삶을 푸념

29 히스파니아(Hispania)는 '에스파냐'의 라틴어 이름이다. 로마가 내란으로 어지러울 때 카이사르와 정치적·군사적으로 맞선 폼페이유스와 한편이 된 키케로는 그것이 로마의 평화와 공화정을 위한 길이라고 여겼다. 그러나 전세가 카이사르에게로 기울자 키케로의 정치적 입지는 점차 좁아져 고향에서 은둔 생활을 하게 되고, 폼페이유스의 아들은 다시 한 번 패잔병을 모은다.

30 앗티쿠스(Titus Pomponius Atticus 기원전 110~32년)는 키케로의 평생 지기이다. 키케로가 그에게 보낸 편지들은 많이 남아 있지만, 다음에 인용되는 구절이 나오는 편지는 없기 때문에 문제의 편지가 없어졌거나 세네카가 다른 편지와 혼동하고 있는 것이 아닌가 여겨진다.

하고 미래에 대해 절망하는 말을 덧붙이고 있지요.

키케로는 자신을 반자유의 몸이라고 말했습니다. 하지만 현인은 그런 비천한 이름을 가진 상황에 자신을 빠지게 하지 않습니다. 현인은 결코 반자유의 몸이 될 수 없습니다. 현인은 언제나 온전하고 흔들리지 않는 자유를 누리고, 남에게 매이지 않고, 자신의 주인이고, 남들 위에 있기 때문입니다. 무엇이 운명에 초연한 사람보다 더 위에 있을 수 있겠습니까?

**31** 투스쿨룸(Tusculum)은 로마 남동쪽 24킬로미터 지점에 있는 산속의 소도시로, 이름난 별장 지대였다.

## 06

;

# 삶이 천 년 넘게 지속된다면

정력적이고 활동적인 리비우스 드루수스[32]는 전 이탈리아에서 몰려든 군중의 지지를 등에 업고 새로운 법안들을 발의하며 그라쿠스 형제[33]의 나쁜 개혁을 계속 추진했습니다. 사태가 어떻게 끝날지 예견할 수 없게 되고, 일을 추진할 수도 없고 일단 시작한 일을 마음대로 중단할 수도 없게 되자 그는 처음부터 평온한 적이 없었던 인생을 저주하며 자신은

32 리비우스 드루수스(Marcus Livius Drusus)는 기원전 91년에 호민관이 되면서 그라쿠스 형제의 개혁 정신을 이어받아 이탈리아인들에게 로마 시민권을 부여할 것을 주장하다가 살해된다.

33 티베리우스(Tiberius)와 가이유스(Gaius) 그라쿠스(Gracchus) 형제를 말한다. 이들은 평민의 이익을 위해 개혁을 단행하다가 수구파(守舊派)에게 살해당한다.

어릴 때부터 휴일을 가진 적이 없노라고 말했습니다. 실제로 그는 성년이 되기 전 소년의 토가를 입은 채 재판관들 앞에서 피고인을 변호하며 법정에서 영향력을 행사했는데, 그 결과 그는 몇몇 판결에 영향을 준 것으로 알려져 있습니다.

그러한 시의적절치 못한 야망이 어느 쪽으론들 불거지지 않겠습니까? 그러한 시의적절치 못한 대담성은 자신이나 국가에 큰 재앙을 불러오리라고 짐작할 수 있지 않을까요? 그러니까 어려서부터 파쟁을 일삼고 광장에 분쟁을 안겨주던 그는 자기에게는 휴일이 주어진 적이 없다고 뒤늦게 푸념을 늘어놓았던 셈이지요. 그가 자살했는지는 확실하지 않습니다. 그는 갑자기 아랫배에 부상을 입고 쓰러졌으니까요. 그의 죽음이 자살이 아닐까 의심하는 사람은 더러 있어도, 그가 제때에 죽었다는 것을 의심하는 사람은 아무도 없습니다.

여기서 세상 사람에게는 더없이 행복해 보였지만 사실은 일생에 걸친 자신의 모든 행위를 증오함으로써 스스로에게 불리한 증언을 한 사람들을 더 언급할 필요는 없겠지요. 하지만 그들은 이런 푸념들로 남들도 자신들도 변화시키지 못했습니다. 감정이 말로 표현되자마자 그들은 이전의 습관으로 되돌아갔으니까요.

그대들이 사는 인생은 설령 천 년 넘게 지속된다 해도 짧은 순간이 될 것입니다. 그대들의 악덕이 세기世紀를 차례차례 집어삼킬 테니까요. 본성상 빨리 지나가는 시간을 이성을 사용해 늘리면 그대들의 일생이 연장될 수도 있습니다. 그렇다고 해도 인생은 그대들에게서 재빨리 달아날 수밖에 없습니다. 왜냐하면 그대들은 세상에서 가장 빠른 것을 붙잡거나 붙들어서 지체시키려 하지 않고, 마치 남아돌고 대치할 수 있는 것인 양 흘러가게 내버려두기 때문입니다.

## 07
## ;
## 사는 법을 배우는 일

나는 모든 시간을 주색酒色에 바치는 자들을 여기에 우선 포함시키려 합니다. 이보다 어리석은 짓을 하는 자는 아무도 없기 때문입니다. 설령 영광의 허상에 사로잡힌 자들이 있다 해도 그들의 과오는 그럴듯해 보이기나 하지요. 설령 그대가 내게 욕심쟁이나 성마른 사람 또는 부당하게 증오하거나 전쟁을 하는 자들을 열거한다 해도, 그들이 저지르는 과오는 차라리 남자답다고 할 수 있는 면도 있습니다. 하지만 탐식과 색욕에 자신을 내던진 자들이 앓고 있는 병은 불명예스러운 것입니다.

그들 일생의 순간순간들을 검토해보십시오. 그들이 얼마나 오랫동안 가계부를 쓰며, 얼마나 오랫동안 음모를 꾸미며, 얼마나 오랫동안 아첨의 말을 하거나 들으며, 얼마나 많은 시간을 자신을 위해 담보를 구하거나 남을 위해 담보를 제공하는 데 쓰는지, 얼마나 많은 시간을 이제는 일상 업무가 되어버린 주연酒宴에 쓰는지 살펴보라는 말입니다. 그들이 하는 일들은 좋은 것이든 나쁜 것이든 그들에게 숨쉴 틈조차 주지 않는다는 걸 알게 될 것입니다.

마지막으로, 모든 사람들의 한결같은 견해에 따르면 분주한 사람은 웅변이든 자유 학예든 아무것도 제대로 해낼 수 없습니다. 산만한 정신은 아무것도 깊숙이 받아들이지 못하고 모든 것을 마치 억지로 집어넣은 양 도로 토해내기 때문입니다. 분주한 자들이야말로 사는 것에 가장 관심이 적지요. 그런데 사는 것처럼 배우기 어려운 일도 없습니다. 그 밖의 기술들은 어딜 가나 가르쳐주는 교사들이 많이 있습니다. 그러한 기술들 중에는 삼척동자도 능히 가르칠 수 있을 만큼 제대로 이해하는 것처럼 보이는 것들도 있습니다. 하지만 사는 것을 배우는 데에는 평생이 걸리고, 더 놀라운 것은, 죽는 것을 배우는 데에도 평생이 걸린다는 점입니다.

수많은 위대한 인물들이 모든 장애물을 뒤로하고 부와 공직과 환락을 체념한 뒤 고령에 이를 때까지 사는 법을 배우는 일에 전념했습니다. 그러나 이들 가운데 대부분은 여전히 사는 법을 배우지 못했다고 고백하며 세상을 떠났습니다. 그러니 앞서 말한 자들이야 그것을 알 리가 만무하지 않겠습니까?

내 말을 믿으십시오. 자신의 시간을 조금도 빼앗기지 않는 것은 인간적 과오를 초월한 위대한 사람이나 해낼 수 있는 일입니다. 그리고 그의 인생이 가장 긴 까닭은 주어진 시간이 얼마든 그것을 모두 자신을 위해 비워두기 때문입니다. 주어진 시간 가운데 놀리거나 이용하지 않는 것은 조금도 없으며, 남의 지배를 받는 법도 전혀 없습니다. 왜냐하면 주어진 시간을 가장 알뜰하게 관리하는 그는 자신의 시간과 맞바꿀 만큼 가치 있는 것을 아무것도 발견하지 못했기 때문이지요. 그래서 그에게는 주어진 시간이면 충분한 것입니다. 하지만 자신의 인생을 사람들에게 많이 빼앗긴 자에게 시간이 부족한 것은 당연합니다.

그러한 자들도 때로는 자신의 손실을 알아차립니다. 큰 성공에 무겁게 짓눌려 있는 사람들 대부분이 예민들의 무리 속에서나 법정에서 변호할 때나 그 밖에 다른 명예로운 고역을 치를 때 "정말 못살겠어"라고 가끔 외치는 것을 그대는 들을 수 있을 것입니다.

그야 못살 수밖에요. 자신을 위해 그대를 부르는 사람들이 모두 그대에게서 그대를 빼내가는데 어찌 살 수 있겠습니까? 저 피의자는 얼마나 많은 날을 그대에게서 빼내갔습니까? 저 후보자와, 상속인들을 매장해주느라 지칠 대로 지친 저 노파[34]는 얼마나 많은 날을 가져갔습니까? 유산 사냥꾼의 입맛을 돋우려고 꾀병을 부리는 저 남자와, 그대를 친구가 아니라 장식품쯤으로 여기는 저 세도가 나으리는 또 얼마나 많은 시간을 빼내갔습니까? 내 이르노니, 그대는 잘 구분하여 그대 인생의 날들을 세어보십시오. 얼마 안 되는 자투리 날들만이 그대에게 남았음을 알게 될 것입니다.

어떤 사람은 바라 마지않던 관직에 오르자 그만두고 싶어하며 "올해는 언제쯤 지나갈까?" 하는 말을 되풀이하곤 합니다. 또 어떤 사람은 경기를 개최할 기회를 얻는 것을 큰 특권으로 여기면서도 그럴 기회가 주어지면 "언제 이 경기에서 벗어나게 될까?"라고 말합니다. 온 광장의 사람들이 자신의 주위로 몰려들어, 자신의 말이 들릴 수 있는 곳보다

34 법정 상속인이 없을 경우 재산이 많은 노파는 이른바 '유산 사냥꾼'들에게 시달리다 못해 변호사에게 도움을 청할 것이라는 뜻이다.

더 먼 곳까지 구석구석 거대한 군중을 불러 모으지만, 저 법정관法政官은 "휴정일이 얼마 남았지?"라고 말합니다. 사람들은 저마다 허둥지둥 살며 미래에 대한 기대에 젖어 현재에는 싫증을 냅니다.

그렇지만 순간순간을 자신의 필요에 따라서 쓰고, 하루하루를 마치 자신의 전 인생인 양 꾸려나가는 사람은 내일을 바라지도 않고 두려워하지도 않습니다. 시간이 무슨 새로운 쾌락을 가져다줄 수 있겠습니까? 모든 것은 다 알려진 것들이고, 모든 것은 물리도록 즐겼던 바가 아닌가요? 다른 것은 행운의 여신이 마음대로 할 수 있겠지요. 하지만 그의 인생은 확고부동하지요. 무엇인가를 그에게 더 줄 수는 있어도 그에게서 빼앗을 수 있는 것은 아무것도 없습니다. 그리고 더 준다고 해도 그것은 이미 배불리 실컷 먹은 사람에게 음식을 더 주는 것과 같습니다. 그는 그것을 받되 바라지는 않으니까요.

따라서 그대는 백발과 주름살만 보고 어떤 사람이 오래 살았다고 믿어서는 안 됩니다. 그는 오래 산 것이 아니라 오래 생존한 것뿐입니다. 출항하자마자 사나운 폭풍에 이리저리 밀려다니다가 서로 다른 방향에서 미친 듯 불어오는 바람 탓에 같은 수면 위를 빙빙 돌던 사람을 긴 항해를 해냈다 고 생각한다면 터무니없는 일이 아닐까요? 그는 긴 항해를 한 것이 아니라 많이 들까불렸던 것뿐입니다.

## 08

;

# 인생은 첫날 출발한 대로

어떤 사람이 시간 좀 내달라고 요청하고, 또 이런 요청을 받은 사람들이 기꺼이 이에 응하는 것을 보면서 나는 놀라곤 합니다. 양쪽 다 시간을 내달라는 까닭은 보면서도 어느 쪽도 시간 자체는 보지 못하니까요. 마치 요청한 것이 아무것도 아니고, 주는 것이 아무것도 아닌 양 말입니다. 가장 소중한 것을 갖고 놀면서도 그런 줄 모르는 것은 그것이 형체가 없고 눈에 보이지 않기 때문이겠지요. 그래서 사람들은 그것을 싸구려로, 아니 거의 아무런 가치도 없는 것쯤으로 여기는 것입니다.

사람들은 연봉이나 하사금 받는 것을 소중히 여기며, 그 대신에 자신의 노동력이나 노력이나 용역을 제공합니다. 하지만 아무도 시간의 가치를 평가해보지는 않습니다. 사람들은 마치 공짜인 양 시간을 너무 헤프게 쓰고 있습니다. 그런데 바로 그러한 사람들이 병들어 죽음의 위험이 다가오면 의사의 무릎을 잡고, 사형死刑에 처하게 되면 살기 위해 자신의 전 재산을 바치려고 합니다. 그만큼 그들의 감정은 모순되어 있습니다.

만일 지나가버린 세월을 헤아릴 수 있듯이 다가올 세월도 일일이 헤아릴 수 있다면, 자신의 세월이 얼마 남지 않은 것을 알게 된 사람들은 얼마나 두려움에 떨 것이며, 그 세월을 얼마나 아껴 쓸까요! 아무리 적은 것이라 해도 양이 정해져 있으면 절약하기가 쉽습니다. 하지만 언제 끝날지 모르는 것은 더 신중하게 관리해야 합니다.

그런데 시간이 얼마나 소중한 것인지 그들이 모른다고 생각해서는 안 됩니다. 그들은 각별히 좋아하는 사람들에게 자신에게 주어진 세월의 일부를 기꺼이 주겠다고 늘 말하곤 합니다. 뭘 모르고 주는 것입니다. 시간을 준다는 것이 자신에게서 뭔가를 빼앗을 뿐 타인에게는 아무런 도움이 안 되니까 말입니다. 그리고 그들은 다름 아니라 자신에게서 무엇을 빼내는지를 모르고 있는 것입니다. 그래서 그들에게는 손실이 눈에 띄지 않는 까닭에 참고 견딜 만한 것입니다.

아무도 그대에게 세월을 되찾아주지 않을 것이며, 아무도 그대를 다시 한 번 그대에게 돌려주지 않을 것입니다. 인생은 처음 시작한 그대로 흘러갈 것이고, 진로를 되돌리거나 멈추지 않을 것입니다. 인생은 소란도 피우지 않고, 자신의 속도를 상기시키지도 않은 채 소리 없이 흘러갈 것입니다. 인생은 왕의 명령에 의해서도 백성의 호의에 의해서도 더 길어지지 않습니다. 인생은 첫날 출발한 그대로 계속해서 달릴 것이며, 어디서도 방향을 틀거나 머물지 않습니다. 하지만 그대는 분주하고 인생은 달려가고 있습니다. 그사이 죽음이 다가오면 그대는 원하든 원하지 않든 죽음을 위해 시간을 내야 할 것입니다.

## 09
## ;
## 좋은 날

세상에 자신의 선견지명을 자랑하는 자보다 더 어리석은 자가 또 있을까요? 그들은 더 잘 살려고 정신없이 분주합니다. 그들은 인생에 대비하기 위해 인생을 보내고 있습니다. 그들은 먼 미래를 내다보며 계획을 세운다지만, 인생에서 가장 큰 손실이 뒤로 미루는 것입니다. 뒤로 미루는 것은 다가오는 하루하루를 돌보지 않고, 멀리 떨어져 있는 것을 약속하며 현재를 낚아채갑니다. 기대期待야말로 내일에 매달리다가 오늘을 놓쳐버리게 하니 인생의 가장 큰 장애물입니다. 그대는 운명의 여신 수중에 있는 것을 탐내다가 그대 수중의 것을 놓치고 있는 것입니다. 그대는 무엇을 원하며, 어디로 향하고 있습니까? 미래는 모두 불확실한 법입니다. 현재를 살도록 하십시오!

보십시오. 가장 위대한 시인[35]이 소리치며, 마치 신의 목소리에 영감을 얻은 듯 구원의 노래를 부르고 있습니다.

> 인생의 가장 좋은 날이 가련한 인간에게서 언제나
> 맨 먼저 도망가노라.[36]

"뭘 망설이는가?"라고 그는 말하고 있어요. "뭘 꾸물대는가? 그대가 붙잡지 않는다면 인생의 가장 좋은 날은 도망가리라." 붙잡았다 해도 그것은 또 도망갈 것입니다. 그러니 그대는 시간의 재빠름에 시간을 이용하는 속도로 맞서야 하며, 언제 그칠지 모르는 급류에서 물을 떠마시듯 해야 합니다.

시인은 '가장 좋은 나이'라고 하지 않고 '가장 좋은 날'이라고 말함으로써 한없이 뒤로 미루는 것을 점잖게 나무라고 있습니다. 시간은 그렇게 흘러가는데 그대는 어찌 그리 태평스럽게 느긋하게 달과 해를 욕심껏 앞에다 길게 늘어놓

35 로마의 서사시인 베르길리우스를 말한다.

36 베르길리우스, 『농경시』(*Georgica*) 3권 66~67행.

는단 말입니까? 시인은 그대에게 날에 관해, 그것도 도망가고 있는 날에 관해 말하고 있는데 말입니다.

그런데 가련한 인간들, 말하자면 분주한 자들에게 가장 좋은 날이 맨 먼저 도망간다는 것을 의심할 만한 무슨 근거라도 있습니까? 노년이 그들을 급습했을 때 그들의 마음은 여전히 소년입니다. 그들은 준비도 없이 무장도 하지 않은 채 노년을 맞으니까요. 그들은 아무 대비도 없이 아무것도 모르고 있다가 갑자기 노년이 되어버렸으니, 노년이 날마다 다가오고 있다는 것을 알아차리지 못했던 것입니다.

여행자가 대화하거나 독서하거나 골똘히 무엇을 생각하다가 어느새 목적지에 도착한 것을 발견하듯이, 자나 깨나 한결같은 속도로 간단없이 계속되는 더없이 빠른 인생 여정도 분주한 사람들은 그 끝 무렵에야 알아차리게 될 것입니다.

# 10

## ;

## 현재라는 순간

내 주제를 항목별로 나누어 증거를 제시하려 한다면, 분주한 사람들의 인생이야말로 가장 짧다는 것을 증명해줄 근거를 충분히 찾아낼 수 있을 것입니다. 오늘날의 강단 철학자 가운데 한 사람이 아니라 구식의 진정한 철학자 가운데 한 사람인 파비아누스[37]가 늘 말하기를, 격정과 맞서 싸울 때는 격렬해야지 조심스러워서는 안 되며, 가벼운 부상만 입힐 것이 아니라 강력하게 돌격해야만 격정의 전열을 무너뜨릴 수 있다고 했습니다. 그는 궤변을 인정하지 않았습니다. 말하자면 격정은 일침을 가할 것이 아니라 짓이겨놓아야 한다는 것이지요. 하지만 우리는 분주한 자들이 자신의 과오를

37 파비아누스는 세네카를 가르친 철학자이다(서한 100 참조).

알아차리도록 가르쳐야지 가망이 없다고 그냥 포기해서는 안 될 것입니다.

인생은 과거, 현재, 미래의 세 시기로 나뉩니다. 그중 현재는 짧고, 미래는 불확실하며, 과거는 확실합니다. 왜냐하면 과거에 대해서는 운명도 힘을 잃었고, 과거는 어느 누구의 자의恣意에도 종속될 수 없기 때문입니다. 하지만 분주한 자들은 이 부분을 놓치고 있습니다. 그들에게는 과거를 뒤돌아볼 시간이 없기 때문이지요. 그리고 시간이 있다 해도 후회스러운 시기를 회고한다는 것은 즐거운 일이 아닐 테지요.

따라서 그들은 잘못 보낸 시기로 생각을 되돌리고 싶지 않으며 또다시 그 시기를 탐사하고 싶은 마음도 들지 않을 것입니다. 그 시기의 과오가 그 당시에는 어떤 눈앞의 쾌락에 현혹되어 눈에 띄지 않았다 해도 돌이켜 생각해보면 명백히 드러날 테니까요. 자신의 모든 행동을, 결코 기만당하지 않는 자기 성찰에 내맡긴 적이 없는 사람이라면 어느 누구도 자신의 과거로 되돌아가고 싶지 않을 것입니다.

야심 때문에 욕심을 부리고, 교만하여 경멸하고, 절제 없이 남에게 이기고, 음흉하게 속이고, 탐욕스럽게 약탈하고, 물 쓰듯 낭비한 적이 있는 자는 자신을 돌아보는 것이 두려울 수밖에 없습니다. 하지만 과거는 우리에게 주어진 시간의 이미 봉헌된 신성한 부분이며, 인간에게 닥칠 수 있는 모든 우연을 초월해 운명의 지배에서 벗어나 있습니다. 과거는 궁핍에도, 두려움에도, 질병의 엄습에도 동요하지 않습니다. 과거는 방해받을 수도 빼앗길 수도 없습니다. 과거는 지속적이고 근심 걱정 없는 재산입니다. 현재의 날들은 하루씩 다가오며, 그 하루는 순간순간으로 다가옵니다. 그렇지만 과거의 날들은 그대가 명령하기만 하면 모두 한꺼번에 다가와서는 마음대로 관찰하고 붙잡도록 내버려둘 것입니다. 하지만 분주한 자들에게는 그럴 시간마저 없습니다.

근심에서 벗어나 마음이 차분한 사람은 지난 인생의 모든 부분을 돌아다닐 수 있습니다. 하지만 분주한 자들의 마음은 마치 멍에를 메고 있는 양 돌아서서 뒤돌아볼 수 없습니다. 그리하여 그들의 인생은 망각의 심연 속으로 사라집니다. 그리고 아무리 많이 쏟아부어도 그것을 받아서 간직할 그릇이 없다면 아무 소용 없듯이, 시간이 아무리 많이 주어져도 머무를 곳이 없다면 무슨 소용이 있을까요! 마음의 금과 구멍 사이사이로 시간이 새어버릴 텐데 말입니다.

현재의 시간은 매우 짧습니다. 너무나 짧아서 어떤 사람에게는 존재하지 않는 것처럼 보입니다. 왜냐하면 현재는 언제나 움직이고 급히 흘러가기 때문이지요. 현재는 오기도 전에 존재하기를 그만두며, 창공이나 또는 쉬지 않고 끊임없이 움직이며 결코 한곳에 머무르지 않는 천체들과 마찬가지로 머무르는 것을 허용하지 않습니다. 그러니까 분주한 자들은 너무나 짧아서 잡을 수 없는 현재 시간하고만 관계가 있고, 그마저도 여러 가지 일로 마음이 산만한 그들에게서 슬그머니 빠져나가버립니다.

## 11
## ;
## 긴 인생의 마지막 날이 오더라도

그대는 그들이 사는 기간이 얼마나 짧은지 알고 싶습니까? 그들이 오래 살기를 얼마나 원하는지 보십시오! 기력을 잃어버린 노인들은 다만 몇 해만이라도 보태달라고 기도하고 구걸하며 실제보다 더 젊은 체합니다. 그들은 거짓말로 자신에게 아부하는가 하면 자신을 속이는 동시에 운명도 속이는 양 좋아합니다. 그러다 마침내 어떤 노쇠 현상이 죽음을 상기시키면 몹시 겁에 질려 죽어갑니다! 마치 인생에서 걸어 나가는 것이 아니라 끌려 나가는 것처럼 말입니다. 그들은 실제로는 살지 않았던 셈이니 자신이 바보였으며 이번 병고에서 떨치고 일어나기만 하면 여가를 즐기며 살 거라고 고함을 지릅니다. 그들은 자신이 즐기지도 못할 것을 마련했던 게 얼마나 소용없는 짓이었는지 깨닫게 되며, 자신의 온갖 노력이 수포로 돌아가고 말았음을 알게 됩니다.

하지만 모든 분주함에서 멀찍이 떨어져 사는 사람들의 인생은 당연히 길지 않겠습니까? 그들의 인생은 남에게 맡겨진 것도 없고, 이리저리 흩어진 것도 없고, 우연에 맡겨진 것도, 소홀함 탓에 사라진 것도 없으며, 선심 쓰느라 낭비된 것도 없으며, 남아도는 것도 없으니 말입니다. 그들의 인생 전체가 훌륭하게 투자되어 소득을 올리는 셈이라고나 할까요. 따라서 그들의 인생은 짧다 해도 충분하고도 남습니다. 그리하여 언제 마지막 날이 오더라도 현인은 머뭇거리지 않고 흔들리지 않는 발걸음으로 죽음을 향해 나아갑니다.

## 12
;
## 여가 중에도 분주하십니까

그대는 어떤 사람들을 내가 분주하다고 일컫는지 알고 싶겠지요? 경비견을 풀어놓아야 법정에서 나가는 자들,[38] 자신의 지지자 무리 속으로 잘난 체하며 밀치고 들어가거나, 남의 지지자[39] 무리 속으로 야유를 받으며 밀치고 들어가는 자들, 피보호자의 의무에 따라 집에서 나와 남의 집 대문을 두드리는[40] 자들이나, 법정관의 창[41]이 언젠가는 곪아터질 수치

38 변호사들. 고대 로마에서 소송 업무는 정오가 되기 전에 시작하여 해가 질 때까지 진행되었으며, 해가 진 뒤에는 법정에 경비견을 풀어놓았다고 한다.

39 귀족의 법적 보호를 받는 예민을 일컫는다. 예민이 많을수록 세도가 행세를 했다.

40 문안 인사차.

스러운 이익을 노리도록 부추기는 자들[42]만을 내가 말한다고 생각하지 마십시오.

어떤 사람들은 여가 중에도 분주합니다. 그들은 시골집에서나 침상에서나 고독 속에서도, 모든 것에서 벗어났기를 바라겠지만 사실은 자신에게 짐이 되고 있습니다. 그들의 인생은 여가를 즐기며 사는 것이 아니라 일없이 분주한 것이라고 말할 수 있습니다. 소수의 수집광에 의해 값이 치솟은 코린토스의 청동[43] 그릇들을 꼼꼼히 정돈하며 녹슨 금속판을 가지고 하루의 대부분을 보내는 자를 그대는 여가를 즐기며 사는 사람이라고 부르겠습니까? 서로 싸우는 소년들의 열렬한 구경꾼으로서(참으로 부끄러운 일이지요. 우리는 로마 것도 아닌 악덕으로 고통받고 있으니 말입니다!) 레슬링장에 앉아 있는 자를, 몸에 기름을 바른 자신의 레슬링 선수들을 나이와 피부색에 따라 상대를 정해주는 자를, 신예 선수단을 먹이는 자를 그대는 여가를 즐기며 산다고

41 공유물을 경매할 때 권위의 상징으로 법정관의 창을 땅에 꽂아놓았다고 한다.

42 모리배들.

43 금과 은과 청동의 합금으로 당시에 인기가 좋았다고 한다.

하겠습니까?

어때요? 이발소에서 많은 시간을 보내며 간밤에 새로 자란 것을 뽑아내고, 머리카락 하나하나에 관하여 상담하고, 헝클어진 머리털을 다시 정돈하고, 머리숱이 성긴 곳은 양쪽에서 빗어 올려 감추는 자를 그대는 여가를 즐기며 산다고 하겠습니까? 이발사가 조금이라도 부주의하면 털이 아니라 사람을 깎아버린 것처럼 그는 무척이나 화를 냅니다! 그의 갈기 같은 머리털이 조금이라도 잘리거나, 무엇이 정돈이 안 되었거나, 모든 것이 제대로 고수머리로 돌아가지 않으면 그는 분통을 터뜨립니다! 이들 가운데 몇몇은 자기 머리가 헝클어지는 것보다는 국가가 뒤죽박죽되기를 원하지 않을까요? 또 몇몇은 자기 머릿속에 든 지혜보다는 치장에 더 신경 쓰고, 점잖아지기보다는 말쑥해지를 더 바라지 않을까요? 그대는 빗과 거울에 매달려 사는 그러한 자들을 여가를 즐기며 사는 사람들이라고 하겠습니까?

작곡하고 듣고 노래를 배우느라 분주한 자들은 어떤가요? 그들은 선천적으로 매우 훌륭하고 소박한 음조의 목소리를 받았음에도 그것을 부자연스럽게 전조轉調하기도 하고 마음속으로 어떤 노래의 박자를 맞추느라 줄곧 손가락으로

톡톡 치기도 하며, 진지하거나 슬픈 일로 불려왔는데도 혼자 흥얼거립니다. 그러한 자들은 여가를 즐기는 것이 아니라 일없이 분주한 것입니다.

정말이지 그들의 향연도 여가로 간주하고 싶지 않습니다. 세심하게 은식기들을 배열하고, 시동侍童들의 투니카[44]를 꼼꼼하게 허리띠로 매어 올려주고, 요리사가 돼지고기를 어떻게 다루는지 조바심치고, 말쑥한 소년들이 신호에 따라 날렵하게 봉사하러 돌아다니는지, 날짐승의 고기를 솜씨 좋게 적당한 분량으로 썰고, 술 취한 자들이 게워낸 것을 가련한 노예 소년들이 재빨리 닦아내는지 조바심치는 것을 볼 때면 그들의 향연은 정말로 여가가 아니라는 생각이 듭니다. 이런 일들을 함으로써 그들은 우아하고 화려하게 산다는 말을 듣고 싶어합니다. 그리하여 이러한 폐습은 그들의 생활 구석구석까지 파고들어가 그들은 과시하지 않고서는 마시지도 먹지도 못합니다.

운반용 안락의자나 가마를 타고 이리저리 돌아다니면서 그렇게 타고 다니는 일을 그만두어서는 안 되는 것처럼

44 무릎까지 내려오는 소매 짧은 셔츠.

꼭 제시간에 타려고 나타나는 자들도 그대는 여가를 즐기며 사는 자들로 간주하지 않겠지요. 그리고 언제 목욕을 하고, 언제 수영을 하고, 언제 식사를 해야 하는지를 남이 일러주는 자들은 어떻습니까? 그들은 정신력이 해이해진 탓에 너무나 무기력해져서 자력으로는 배가 고픈지 알 수 없게 된 사람들입니다.

듣자 하니, 이런 향락주의자들(인간의 생활 습관을 잊어버리는 것을 향락이라고 할 수 있다면 말입니다) 가운데 한 명이 욕조에서 들어올려져 운반용 안락의자에 앉혀지자 "내가 벌써 앉아 있는 거야?"라고 물었다 합니다. 자기가 앉아 있는지도 모르는 이런 사람이 자기가 살아 있는지, 보고 있는지, 여가를 즐기고 있는지 안다고 생각합니까? 그가 진짜 그것을 모르는 게 더 가련한 건지, 아니면 모른 척하는 게 더 가련한 건지, 나로서는 말하기가 어렵습니다.

그러한 자들은 많은 일을 실제로 잊어버리기도 하고 잊어버린 체하기도 합니다. 그들은 어떤 결함들을 마치 행복의 증거인 양 즐거워합니다. 자신이 하는 일을 아는 것은 그들에게는 너무나 비천하고 경멸스러운 사람의 일로 보이니까요. 희극배우들이 사치를 나무라기 위해 많은 것을 지어

낸다고 믿는다면 얼마나 어리석은 생각인가요! 희극배우들은 지어내는 것보다 더 많은 것을 지나쳐버렸습니다. 우리 시대는 오직 이 분야에서만 재능을 발휘한 탓에 믿기 어려운 악덕들이 수없이 늘어나, 우리는 오히려 희극배우들도 악덕을 모르고 지나친다고 나무랄 정도가 되었습니다. 향락에 빠져든 나머지 자기가 앉아 있는지조차 남에게 물어야 아는 사람이 있다고 상상해보십시오!

그러니까 그러한 사람은 여가를 즐기는 것이 아닙니다. 그에게는 다른 이름을 붙여야겠습니다. 그는 몸이 아픈 것입니다. 아니, 죽은 것입니다. 자신의 여가를 의식하는 사람만이 진정으로 여가를 즐기는 것입니다. 하지만 반쯤만 살아 있는 사람의 경우 자기 몸의 상태를 알려면 남의 안내가 필요하거늘, 그런 사람이 어찌 자기 삶의 매 순간에 주인 노릇을 할 수 있겠습니까?

## 13
## ;
## 무의미한 열성

장기나 공놀이나 햇볕에 몸을 태우는 일[45]로 인생을 소진하는 사람들까지 일일이 언급하자면 이야기가 장황해질 것입니다. 자신의 향락을 위해 많은 수고를 하는 자들은 여가를 즐기는 것이 아닙니다. 예컨대 쓸모없는 학문에 몰두해 있는 자들이 일없이 분주하다는 것을 의심할 사람은 아무도 없습니다. 로마인 중에도 그런 자들은 부지기수입니다.

그라이키아[46]인은 오뒷세우스[47]에게는 노 젓는 사람들

45 건강을 위하여.

46 그라이키아(Graecia)는 그리스의 라틴어 이름이다.

47 오뒷세우스(Odysseus)는 목마(木馬)의 계략으로 트로이아를 함락시킨 그리스의 영웅으로, 천신만고 끝에 20년 만에 귀국해 아내와 상봉한다.

이 몇 명이나 있었는지, 『일리아스』와 『오뒷세이아』[48] 가운데 어느 쪽이 먼저 쓰였는지, 이 작품들을 같은 작가가 쓴 것인지 아닌지, 그 밖에도 이런 종류의 다른 문제들을 병적으로 따지고 싶어했습니다. 이런 문제들은 혼자 간직하고 있으면 마음에 아무런 즐거움이 되지 못하고, 밖으로 드러내면 유식하다기보다는 따분하다는 인상을 주게 될 것입니다.

보십시오, 로마인들도 쓸모없는 지식에 대한 무의미한 열성으로 괴로워하고 있습니다. 일전에 나는 로마 장군들 가운데 누가 처음으로 무슨 일을 했는지 보고하는 것을 들은 적이 있습니다. 해전海戰에서는 처음으로 두일리우스[49]가 이겼고, 쿠리우스 덴타투스[50]는 처음으로 개선 행렬에 코끼리를 등장시켰다는 식입니다. 이런 일들은 진정한 명성에 기여하는 것은 아니라 해도 애국적인 노고의 본보기를 보여

48 『일리아스』(*Ilias*, '일리오스, 즉 트로이아 이야기'라는 뜻)와 『오뒷세이아』(*Odysseia* '오뒷세우스 이야기'라는 뜻)는 기원전 730년경에 활동한 것으로 추정되는 그리스 서사시인 호메로스의 서사시들이다.

49 두일리우스(Gaius Duilius)는 제1차 포이니전쟁 때의 로마 집정관이다. 그는 기원전 260년 시칠리아의 뮐라이(Mylae) 요새 앞바다에서 카르타고 해군에 이겼는데, 그것이 로마인들에게는 해전에서의 첫 승리였다.

50 『마음의 평정에 관하여』 주 20 참조.

주기는 합니다. 그런 지식은 아무런 이익을 주지는 않지만, 그 주제는 쓸모없음에도 불구하고 매력적이어서 우리의 관심을 끕니다.

배를 타도록[51] 누가 처음으로 로마인들을 설득했느냐고 묻는 사람들까지도 우리는 봐줄 수 있을 것입니다. 그것은 클라우디우스[52]였습니다. 그에게는 카우덱스라는 별명이 붙었는데, 널빤지를 여러 장 이어붙인 것을 옛날에는 카우덱스caudex라 불렀습니다. 그러한 연유로 법률을 적어놓은 서판들은 코디케스codices[53]라고 일컫는가 하면, 티베리스강을 거슬러 식량을 운반하는 배들은 오늘날에도 옛 관습에 따라 코디카리아이codicariae[54]라고 부릅니다.

51 여기서 '배를 탄다'는 것은 해군을 이용한다는 뜻이다.
52 클라우디우스(Appius Claudius Caudex)는 기원전 264년 집정관으로, 제1차 포이니전쟁 때 쉬라쿠사이(Syracusae)의 히에론(Hieron) 2세와 카르타고의 연합군에 대항하고자 처음으로 함대를 이끌고 시칠리아로 건너갔다고 전한다.
53 코디케스는 코덱스(codex)의 복수형인데, 코덱스는 '나무줄기' '밀랍을 입힌 서판'이라는 뜻이다.
54 코디카리아이는 코디카리아(codicaria)의 복수형인데, 코디카리아는 일종의 거룻배를 가리킨다.

발레리우스 코르비누스[55]가 처음으로 멧사나를 정복했고, 발레리이가家는 처음으로 정복한 도시의 이름을 따 멧사나라는 별명으로 불리다가 나중에 백성들 사이에 차츰 음音이 잘못 전해져서 멧살라Messala라는 별명으로 불리게 되었다는 사실도 확실히 주제와 무관하다고는 할 수 없습니다.

그대는 루키우스 술라[56]가 전에는 사슬에 묶인 채 선보였던 사자들을 처음으로 원형경기장에 풀어놓았으며, 복쿠스[57]왕이 그 사자들을 처치하라고 사수들을 보내주었다는 사실에 관심을 보이는 사람이 있더라도 용납할 참입니까? 그것도 용납은 할 수 있습니다. 하지만 폼페이유스가 처음

**55** 발레리우스 코르비누스(Marcus Valerius Corvinus Messala)는 집정관으로 선출된 기원전 263년, 시칠리아 동북단에 있는 멧사나(Messana 지금의 Messina)에서 카르타고인을 몰아내고 쉬라쿠사이의 히에론 2세를 압박하여 로마와 평화조약을 맺게 했다.

**56** 루키우스 술라(Lucius Cornelius Sulla)는 로마의 장군으로, 기원전 97년 법정관을 지내며 경기를 개최했다. 그는 훗날 독재관이 되어 정적들에게 피비린내 나는 복수를 했다.

**57** 복쿠스(Bocchus)는 마우레타니아(Mauretania 지금의 모로코와 서알제리)의 왕으로, 로마에 대항해 싸우던 사위 누미디아(Numidia 지금의 동알제리와 튀니지)의 왕 유구르타를 배신하고 로마인들의 친구가 된 뒤 술라와 가까이 지냈다.

으로 원형경기장에서 아무 죄 없는 사람들을 열여덟 마리의 코끼리와 맞붙어 싸우게 했던 사실[58]이 가치로운 목적에 쓰일 수 있겠습니까? 나라의 일인자요 옛날 지도자들 가운데 (소문에 따르면) 남달리 선의를 품고 있다던 그가 새로운 방법으로 사람들을 죽이는 것을 기억에 남을 구경거리라고 여겼다니! 그들을 죽기 살기로 싸우게 한다고? 그것으로는 부족해. 그들을 갈기갈기 찢기게 한다고? 그것으로도 부족해. 수많은 짐승 떼에 짓이겨지게 해야지!

그런 일들은 잊히는 것이 더 마땅합니다. 훗날 어떤 권력가가 듣고는 이런 비인간적인 행위를 시기하여 모방하지 않도록 말입니다. 오오, 큰 행운은 우리의 정신에 얼마나 짙은 장막을 드리웁니까! 폼페이우스가 이국에서 들여온 짐승들에게 가련한 인간들을 내던졌을 때, 다른 피조물들끼리 그토록 서로 싸우게 했을 때, 로마 시민이 보는 앞에서 그처럼 많은 피를 쏟았을 때 — 머지않아 그는 더 많은 피를 흘리도록

**58** 제1차 삼두정치의 주역 중 한 명인 폼페이우스(Gnaeus Pompeius Magnus)는 기원전 55년 자신이 마르스 들판에 로마 최초의 석조 극장을 건립한 것을 기념해 이 경기를 개최했다고 한다.

로마 국민에게 강요할 것이었다[59] — 자신이 자연법칙 위에 서 있는 줄 믿었던 것입니다. 하지만 그러한 그도 나중에는 알렉산드레이아의 배신에 속아 가장 천한 노예에게 칼로 찌르라고 자신의 가슴을 내밀었으며,[60] 그제야 비로소 '마그누스'[61]라는 자신의 별명이 허풍선이였음을 알게 되었습니다.

여기서 다시 본론으로 돌아가, 이런 종류의 소재에 관해 많은 사람이 쓸데없이 꼼꼼하다는 것을 보여주겠습니다. 같은 작가가 말하기를, 메텔루스[62]는 시킬리아에서 포이누스인[63]들에게 승리한 뒤 개선식 때 모든 로마인들 가운데 유일하게 자신의 전차 앞으로 백이십 마리나 되는 노획한 코끼

59 율리우스 카이사르와의 내전을 말한다.

60 『마음의 평정에 관하여』 주 52 참조.

61 '위대한'이라는 뜻이다.

62 메텔루스(Lucius Caecilius Metellus)는 기원전 251년과 247년에 집정관을 지냈는데, 기원전 250년 시칠리아에서 한니발(Hannibal)의 아우 하스드루발(Hasdrubal)에게 이기고 카르타고인들의 코끼리 떼를 노획했다고 한다.

63 포이누스인(Poenus)이란 카르타고인의 다른 이름이다. 포이누스인이란 '포이니케(Phoenice 그/Phoinike 지금의 페니키아 지방)인'이라는 뜻으로, 포이니케 지방의 튀로스(Tyros) 사람들이 북아프리카에 카르타고를 세운 까닭에 그곳 사람들이 그런 이름을 갖게 되었다.

리가 행렬을 지어 걷도록 했다고 합니다. 술라는 로마인들 가운데 마지막으로 성역의 경계[64]를 넓혔는데, 그런 조처는 옛날에는 속주가 아니라 이탈리아 땅을 얻었을 때만 가능했다 합니다. 그래도 그것은 아벤티눔[65] 언덕이, 그 작가의 주장에 따르면 다음 두 가지 이유 가운데 하나에 의해 성역의 경계에서 제외되었다는 것을 아는 것보다는 더 알아둘 가치가 있겠지요. 아벤티눔 언덕이 제외된 이유는 평민이 도시를 떠나 그곳에 모였거나,[66] 아니면 레무스가 그곳에서 전조를 구할 때 새들이 길조를 보여주지 않았기 때문이라 합니다.[67] 그 밖에도 그 작가는 거짓말투성이거나 있을 법하지 않

64 점을 치기 위한 전조는 '성역의 경계'(pomerium) 안에서만 구하게 되어 있었다.

65 아벤티눔(Aventinum)은 로마의 일곱 언덕 가운데 하나이다.

66 평민은 정치적 동맹파업을 위해 세 번 로마를 떠난 적이 있는데, 기원전 494년과 449년에는 아벤티눔 언덕으로, 기원전 287년에는 성산(聖山 mons sacer)으로 집결했다.

67 전설에 따르면 늑대 젖을 먹고 자란 쌍둥이 형제 로물루스(Romulus)와 레무스(Remus)가 새 도시를 팔라티움(Palatium) 언덕에 세울지 아벤티눔 언덕에 세울지, 도시 이름은 누구 이름에서 따올 것인지 다투면서 각각 자기가 주장하는 언덕에서 새의 전조를 기다리는데 레무스에게는 여섯 마리의 새가, 로물루스에게는 열두 마리의 새가 나타나 결국 레무스가 양보했다.

은 다른 이야기들을 수없이 늘어놓았습니다.

그들의 말을 모두 믿고 하는 말이라고 인정해도, 그들이 쓴 것을 그들 자신이 보증한다 해도, 그것이 누구의 과오를 줄일 수 있겠습니까? 누구의 욕망을 억제하고, 누구를 더 용감하게, 누구를 더 정의롭게, 누구를 더 너그럽게 만들겠습니까? 우리의 파비아누스[68]가 말하기를, 자기는 이런 공부에 말려드느니 차라리 아예 공부를 하지 않는 편이 더 낫겠다고 했습니다.

**68** 주 37 참조.

## 14
## ;
## 철학자와 만나는 일정

철학을 위해 시간을 내는 사람들만이 여가를 오롯이 즐기는 것이며, 그들만이 살아 있습니다. 그들은 인생의 시간을 잘 건사할 뿐 아니라, 모든 시간을 자기 인생의 시간에 덧붙일 줄도 압니다. 많은 세월이 그들 앞을 흘러갔지만 그들은 그 세월을 자기 것으로 만들었습니다. 우리가 배은망덕한 것이 아니라면, 성스러운 학파들의 저 유명한 창시자들은 우리를 위해 태어난 것이며 우리를 위해 사는 법을 마련해두었습니다. 다른 사람의 노력 덕분에 우리는 암흑에서 광명으로 나온 가장 아름다운 것들로 인도되고 있는 것입니다. 우리에게는 어떤 세기도 금지되어 있지 않으니 우리는 모든 세기에 다가갈 수 있습니다. 그리고 인간적 허약함의 좁은 경지를 고매한 정신으로 넘어서고 싶다면 우리에게는 두루두루 돌아다닐 수 있는 기나긴 시간이 있습니다.

우리는 소크라테스[69]와 더불어 토론할 수 있고, 카르네아데스[70]와 더불어 회의懷疑할 수 있으며, 에피쿠로스[71]와 더불어 조용히 물러나 살 수 있으며, 스토아 철학자[72]와 더불어 인간의 본성을 극복할 수 있으며, 견유학파犬儒學派[73]와 더불어 인간의 본성에 얽매이지 않을 수 있습니다. 자연은 우리가 만고의 시간과 함께하는 것을 허용하거늘, 우리가 이 짧고 덧없는 시간의 흐름에서 벗어나 무한하고 영원하고 우리를 더 나은 것과 맺어주는 것을 온 마음으로 지향해서는 안 될 까닭이 어디 있겠습니까?

임무를 수행하느라 분주히 돌아다니며 자신과 남들을

69 『마음의 평정에 관하여』 주 19 참조.

70 카르네아데스(Karneades 기원전 214년경~129년)는 그리스 신(新)아카데메이아학파의 창시자로, 불가지론을 주창했다.

71 에피쿠로스(Epikouros 기원전 341~271년)는 사모스섬 출신의 그리스 철학자로, 기원전 306년 아테나이에서 에피쿠로스학파를 창설했다. 그들은 쾌락, 특히 정신적인 쾌락을 인생의 목표로 삼았는데, 거기에 이르기 위해서는 무엇보다 '부동심'(不動心, ataraxia)이 중요하다고 생각했다.

72 『마음의 평정에 관하여』 주 3 참조.

73 견유학파는 안티스테네스(Antistenes)가 창시한 그리스 철학의 한 파로, 무욕(無慾)과 정신적 독립을 이상으로 삼았다.

못살게 구는 자들은 마음껏 광분하고, 날마다 가가호호 찾아다니며 문턱을 넘고, 열려 있는 대문은 지나치지 않고, 서로 멀리 떨어져 있는 집들에 돈을 받고 안부를 전해주다 보면[74] 서로 다른 욕망으로 나뉘진 넓디넓은 도시에서 그들이 만날 수 있는 사람은 얼마나 소수일까요!

얼마나 많은 사람들이 잠자느라, 향락을 즐기느라, 또는 인정머리가 없어 그들을 멀리할까요! 얼마나 많은 사람들이 그들을 조바심치며 기다리게 해놓고 바쁘다는 핑계로 급히 지나칠까요! 얼마나 많은 사람들이 마치 속이는 것이 거절하는 것보다는 덜 인정머리 없는 짓인 양 예민들로 가득 찬 접견실을 통과하지 않고 남모르는 뒷문으로 달아날까요! 얼마나 많은 사람들이 어제 마신 술이 깨지 않아 꾸벅꾸벅 졸면서, 남이 잠에서 깨기를 기다리려고 자다 말고 찾아온 가련한 예민의 이름을 집사가 천 번이나 속삭여주어야만 겨우 오만한 하품으로 대답할까요!

이런 말을 해도 좋다면, 나는 제논[75]과 퓌타고라스[76]와

74 이상은 예민의 일상 업무이다.

75 『마음의 평정에 관하여』 주 3 참조.

데모크리토스[77]와 고귀한 학문의 다른 대가들과 날마다 최대한 친근하게 지내고, 아리스토텔레스[78]와 테오프라스토스[79]를 숭배하려는 사람들만이 인생의 임무를 다하고 있다고 생각합니다. 그들은 누구도 외출 중이지 않으며 찾아온 사람을 더 행복한 사람으로, 자신에게 더 만족하는 사람으로 만들어 떠나보낼 것이며, 아무도 빈손으로 떠나게 하지 않습니다. 누구라도 그들을 밤이고 낮이고 방문할 수 있습니다.

**76** 퓌타고라스(Pythagoras)는 기원전 6세기에 활동하던 그리스 철학자로, 소아시아 이오니아 지방 앞바다에 있는 사모스(Samos)섬에서 이탈리아 남해안의 그리스 식민시 크로토(Croto)로 이주하여 이른바 '퓌타고라스학파'의 창시자가 된다. 그는 영혼의 윤회를 주장하며 청정한 생활을 강조했으며, 철학에 수학적인 원리를 도입하기도 했다.

**77** 데모크리토스(Demokritos 기원전 460~357년경)는 트라케(Thraike) 지방 압데라(Abdera) 출신의 그리스 철학자로, 원자론을 창시했다.

**78** 주 3 참조.

**79** 테오프라스토스(Theophrastos 기원전 370년경~287년경)는 기원전 300년경에 활동한 그리스 철학자로, 아리스토텔레스의 제자이자 친구이며 나중에 그의 뒤를 이어 소요학파의 수장이 된다.

## 15
## ;
## 긴 수명을 사는 사람들

철학자들은 그대를 죽음으로 내몰지 않으면서 그대에게 죽는 법을 가르쳐줄 것입니다. 그들은 그대의 세월을 마모시키지 않을 것이며 자신의 세월을 그대에게 보태줄 것입니다. 그들 가운데 한 사람과 대화를 나눈다고 해서 그대는 위험해지지 않을 것이며, 그들 가운데 한 사람과 친해진다고 해서 그대의 생명이 위협받지 않을 것이며, 그들 가운데 한 사람을 그대가 공경한다고 해서 비용이 들지도 않습니다. 그들에게서 그대는 원하는 것은 무엇이든 얻어갈 수 있습니다. 그대가 양껏 떠 마시지 못한다 해도 그것은 그들 탓이 아닐 것입니다.

그들의 예민이 된 사람에게는 어떤 행복이, 얼마나 아름다운 노년이 기다리고 있을까요! 그들의 예민이 된 사람은 가장 사소한 일과 가장 중대한 일에 조언을 구할 수 있고, 자신에 관해 날마다 상담할 수 있으며, 모욕감을 주지 않으면서 진실을 들려주고 아첨하지 않으면서 칭찬해주며 자신을 형성해나가는 데 본보기가 될 친구들을 얻게 될 것입니다.

부모는 우연히 주어지는 것이지 마음대로 선택할 수 있는 것이 아니라고 우리는 늘 말하곤 합니다. 하지만 우리가 선택할 수 있는 계보系譜도 있습니다. 여기 가장 고귀한 지성知性의 가족들이 있습니다. 그대가 어느 가족에 입양되기를 원하는지 스스로 선택하십시오. 그러면 그대는 그들의 이름뿐 아니라 재산도 물려받게 될 것입니다. 또한 그 재산은 쩨쩨하고 인색하게 지키지 않아도 되는 것입니다. 그 재산은 많은 사람들에게 나눠줄수록 더 불어날 테니까요.

그들은 그대에게 영원에 이르는 길을 일러줄 것이며, 추락하지 않는 곳에 그대를 올려놓을 것입니다. 그것이 우리의 가멸성可滅性을 연장할 수 있는, 아니 불멸성으로 바꿀 수 있는 유일한 방법입니다. 영직榮職이든 기념비든, 명예욕 때문에 공적인 결정으로 명령하거나 세운 것은 무엇이나 금세 무너지며, 세월을 살면서 파괴되고 소멸되지 않는 것은 아무것도 없습니다. 그러나 지혜가 축성祝聖한 것들은 세월도

해할 수 없습니다. 어떤 세월도 그것들을 없애거나 줄일 수 없습니다. 다음 세대와 그다음 세대가 잇달아 그것들을 더 존경스러운 것으로 만들 것입니다. 가까이 있는 것은 질투의 대상이 되어도 멀리 떨어져 있는 것은 거리낌없는 경탄의 대상이 되기 때문입니다.

따라서 현자의 삶은 길게 연장되며, 다른 사람이 넘지 못하는 경계 안에 갇혀 있지 않습니다. 오직 그만이 인간을 지배하는 법칙에서 자유로우며, 모든 시대가 그를 신처럼 섬깁니다. 그는 시간이 지나면 기억 속에 고이 간직하고, 시간이 와 있으면 이용하고, 시간이 다가오면 선취합니다. 모든 시간을 하나의 시간으로 결합시키기에 그의 수명은 길어지는 것입니다.

## 16
;
# 원하는 일을 기다리는 것이 지루한가요

과거를 망각하고 현재를 소홀히 하고 미래를 두려워하는 자들의 인생은 짧고 불안합니다. 그들은 가련하게도 종착지에 이르러서야 자신들이 그동안 내내 하는 일 없이 분주하기만 했다는 사실을 너무 늦게 깨닫게 됩니다.

그들이 한 번씩 죽게 해달라고 기도한다고 해서 그대는 그것을 그들이 오래 살았다는 증거로 여겨서는 안 됩니다. 다름 아닌 그들의 어리석음 탓에 두려워하는 것 속으로 제 발로 뛰어들어야 할 때 걷잡을 수 없는 감정들이 생겨 그들을 괴롭히는 것입니다. 그들이 가끔 죽기를 바라는 것은 사실은 죽음을 두려워하기 때문입니다.

또한 그대는 가끔 그들에게도 하루가 길어 보인다고 해서, 정해진 식사 시간이 될 때까지 시간이 너무 늦게 간다는 불평을 들었다고 해서 그것을 그들이 오래 살았다는 증거로 여겨서도 안 될 것입니다. 언젠가 일거리가 떨어져 여가가 생기면 그들은 안절부절못하며 그 여가 시간을 어떻게 배분하면서 보내야 할지 모르는 겁니다. 그래서 그들은 다른 일거리를 찾게 되는데 그사이의 모든 시간을 견디지를 못합니다. 그것은 정말이지 마치 검투사 경기의 일정이 예고되거나, 다른 구경거리나 유흥거리가 다가오는 것을 기다릴 때 그사이의 날들은 건너뛰고 싶어하는 것과도 같습니다.

원하는 일을 기다리는 것이 그들에게는 언제나 지루합니다. 그러나 그들이 즐기는 시간은 짧고 덧없으며, 그들의 과오 때문에 더욱 짧아집니다. 그들은 하나의 향락에서 다른 향락으로 옮겨 다니느라 한 가지 욕망 안에 머무르지 못하니까요. 그들에게 낮은 긴 것이 아니라 심심한 것입니다. 반면에 그들에게 매춘부의 품속에서 혹은 술을 마시며 지새우는 밤은 얼마나 짧게 느껴질까요!

이야기로 인간의 과오에 양분을 공급하는 시인들의 광기는 거기에서 비롯됩니다. 그들에게는 제우스가 동침하고 싶은 욕망에 홀려 밤을 두 배로 늘인 것으로[80] 이야기를 지어냅니다. 신들을 선례로 그리고 본보기로 인용함으로써 병적인 욕망을 용서하고 허용한다면 그것은 우리의 악덕에 불을 지르는 것이 아니고 무엇이겠습니까? 그토록 비싸게 주고 산 밤들이 그들에게는 너무나 짧아 보이지 않겠습니까? 그들은 밤을 기다리느라 낮을 잃고 햇빛에 대한 두려움에 밤을 잃으니 말입니다.

**80** 제우스(Zeus)가 암피트뤼온(Amphitryon)의 아내 알크메네(Alkmene)에게 다가가 잠자리를 같이했을 때를 말한다. 이로 인해 알크메네는 헤라클레스(Herakles)의 어머니가 된다. 플라우투스(Plautus)의 희극 『암피트뤼온』 1136행 참조.

## 17
## ;
## 이것이 얼마나 오래갈까

그들에게는 향락조차 불편하고 온갖 두려움으로 불안하기만 합니다. 그리하여 가장 신이 날 때도 불안한 생각이 찾아듭니다. "이것이 얼마나 오래갈까?" 이러한 감정에 사로잡혀 왕들은 자신의 권세를 비탄했습니다. 큰 행운을 기뻐하기는커녕 언젠가는 다가올 종말을 겁냈던 것입니다.

페르시아인들의 더없이 교만한 왕[81]은 넓은 들판에서 그 수를 헤아릴 수 없는 많은 군사를 사열하다가 백 년이 지나면 저토록 많은 젊은이들 가운데 한 명도 살아남지 못할 것이라는 생각을 하며 눈물을 흘렸습니다. 하지만 그들을 위해 눈물을 흘리던 그 자신이 젊은 군사들의 운명을 재촉

81 기원전 480년 그리스를 침공한 크세르크세스(Xerxes)를 말한다.

하여 더러는 바다에서, 더러는 육지에서, 더러는 싸우다가, 더러는 패주하다가 죽게 했습니다. 그는 백 년 뒤가 염려되던 젊은이들을 단기간에 몰살할 운명이었던 것이지요.

그들에게는 즐거움조차도 불안하기 그지없으니 대체 어찌된 일일까요? 그것은 그들의 즐거움의 기초가 튼튼하지 못하고, 공연히 생겨났다가 공연히 스러지기 때문입니다. 그들이 고양되어 인간의 경지를 뛰어넘는 시간들조차도 순수하지 못하다면, 그들이 스스로 불행하다고 자백하는 시간들은 어떠하리라고 그대는 생각하십니까?

아무리 많은 재물도 불안하며, 최고의 행복도 전혀 믿을 것이 못 됩니다. 행복을 지키려면 또 다른 행복이 필요하고, 이루어진 기도를 위해 또 다른 기도를 해야 합니다. 우연히 얻은 것은 무엇이든 불안정하니까요. 높이 오른 것일수록 떨어지기가 더 쉬운 법입니다. 그렇지만 추락은 어느 누구에게도 즐거운 일이 아닙니다. 따라서 힘들게 얻은 것을 더 힘들게 소유해야 하는 자들의 인생은 가장 짧을 뿐 아니라 가장 비참할 수밖에 없습니다.

그들은 원하는 것을 힘들게 얻고, 얻은 것을 불안하게 소유하고 있습니다. 그러는 동안 그들은 다시는 돌아오지 못할 시간에 대해서는 조금도 계산하지 않습니다. 새 일거리가 옛 일거리를 대신하고, 희망이 희망을, 야심이 야심을 자극합니다. 그들은 비참한 처지를 끝내려 하지 않고 그 재료만 바꿉니다. 우리는 자신의 공직에 시달리고 나면 다른 사람이 공직에 오르도록 많은 시간을 씁니다. 이제 더는 공직 후보자로서 애쓰지 않게 되면 우리는 남을 위해 선거운동을 하기 시작합니다. 고발자의 번거로움을 벗고 나면 심판하는 자의 번거로움을 짊어집니다. 심판하는 일을 그만두게 되면 심사위원장이 됩니다. 어떤 사람은 늙도록 급료를 받고 남의 재산을 관리해주다가 그 뒤에는 자기 재산을 돌보느라 여념이 없습니다.

마리우스[82]는 군대 생활을 마치자 집정관 일에 여념이 없었습니다. 퀸티우스[83]는 서둘러 독재관직을 내놓지만 밭

82 마리우스(Gaius Marius 기원전 157년경~86년)는 일곱 번이나 집정관을 지내며 전쟁에서 여러 차례 승리했다.

83 퀸티우스(Lucius Quintius Cincinnatus)는 두 번이나 독재관(dictator)을 지낸 인물로, 기원전 458년 밭을 갈다가 불려가 독재관으로 임명되어 로마군을 아이퀴족(Aequi)의 포위에서 구했다.

을 갈다가 불려갈 것입니다. 스키피오[84]는 아직 그런 일을 감당할 나이가 아니지만 포이누스인을 향해 진격할 것입니다. 그는 한니발에게 승리를 거두고, 안티오쿠스에게도 승리를 거두고, 자신의 집정관직을 빛내고, 아우의 집정관직을 위해 보증을 섰습니다. 그가 말리지 않았더라면 제우스 입상 옆에 그의 입상이 세워졌을 것입니다. 시민들 사이의 반목이 그들의 구원자를 괴롭히게 되면, 젊었을 때는 신들과 맞먹을 정도로 명예롭게 복무하던 그는 늙어서 여봐란듯이 고집을 피우며 유배 생활을 즐길 것입니다. 행복해지든 비참해지든 불안해할 이유는 결코 없어지지 않을 것입니다. 인생은 이 일거리에서 저 일거리로 떠밀려갈 것입니다. 그리하여 여가는 즐겨보지 못한 소망으로만 남게 될 것입니다.

84 『마음의 평정에 관하여』 주 56 참조.

# 18
# ;
# 그런 것은 휴식이 아닙니다

그러므로 사랑하는 파울리누스여, 그대는 대중을 멀리하고, 나이에 비해 세파世波도 많이 겪었으니 이제는 평온한 항구로 물러나십시오! 그대가 얼마나 많은 파도를 덮어썼으며, 얼마나 많은 폭풍을 만났는지 생각해보십시오! 그중 일부는 사생활에서 겪은 것이고 일부는 공인公人으로서 자초한 것입니다. 쉴 새 없는 활동과 노고를 통해 그대의 미덕을 충분히 보여주었으니, 여가를 갖고 그대의 미덕이 무엇을 할 수 있는지 시험해보십시오! 그대는 인생의 큰 부분을, 더 나은 부분을 국가에 바쳤으니 이제는 그대 시간의 일부나마 그대를 위해서 쓰십시오!

하지만 나는 그대를 나태하고 하는 일 없는 휴식으로 부르는 것이 아니며, 그대가 타고난 살아 있는 재능을 잠이나 대중이 좋아하는 향락 속에 익사시키려는 것도 아닙니다. 그런 것은 휴식이 아닙니다. 그대는 여태까지 정력적으로 처리했던 것들보다 더 큰 과제를 발견하게 될 터인데, 그 과제는 그대가 물러나 마음이 평온해야만 처리할 수 있습니다.

그대는 전 세계의 회계를 남의 것처럼 사심 없이, 제 것처럼 꼼꼼하게, 공유물처럼 양심적으로 처리하고 있습니다. 미움을 피하기가 쉽지 않은 관직에서 그대는 호감을 사고 있습니다. 그럼에도, 내 말을 들으시오. 국가 양곡의 대차대조표보다 자기 인생의 대차대조표를 아는 것이 더 나은 것입니다.

가장 큰 일도 능히 해낼 수 있는 그 정신력을, 명예롭기는 하지만 행복한 생활에는 별로 적합하지 않은 관직에서 소환하십시오! 그리고 그대가 어려서부터 여러 학예學藝를 두루 연마한 것은 수천 석 양곡의 충실한 관리인이 되기 위해서가 아니었다는 점을 생각해보시오! 그대는 더 크고 더 높은 일을 할 것으로 촉망받았습니다. 더없이 선량하고 열심히 일하는 사람은 부족하지 않습니다. 짐을 운반하는 데는 순종의 말보다는 느리게 걷는 짐 싣는 동물이 더 적합합니다. 누가 잘 먹인 말들의 빠른 발을 무거운 짐으로 막은 적이 있었습니까?

그런 짐을 짊어지는 것이 그대에게 얼마나 위험한지도 생각해보십시오! 그대는 인간의 배(腹)를 상대하고 있으니 말입니다. 백성은 배가 고프면 이성적인 말을 해도 듣지 않고, 공정하게 대해도 누그러지지 않으며, 간청해도 굽히지 않습니다. 얼마 전 가이유스 카이사르[85]가 죽은 뒤 며칠 동안 (죽은 사람에게도 감정이 있다면, 그는 자신이 죽고 로마 국민은 살아남는 것에 크게 분개했겠지요) 식량이 7일 치, 기껏해야 8일 치밖에 남지 않았습니다. 그가 선교船橋를 놓고[86] 제국의 자원을 갖고 장난치는 사이에 포위당한 자들에게도 최악의 재앙인 식량부족 현상이 발생했던 것입니다.[87]

85 가이유스 카이사르 게르마니쿠스(Gaius Iulius Caesar Germanicus 12~41년)는 칼리굴라(Caligula '작은 군화'라는 뜻)라는 별명으로 널리 알려진 로마의 폭군이다. 14~16년 부모를 따라 라인강변에 살 때 작은 군화를 신고 다녀 그렇게 불렸다. 37년 티베리우스(Tiberius)에 이어 제위에 올랐으나 곧 중병에 걸려 기행을 일삼았다. 자신의 신변을 지켜주는 친위대 장교의 재산까지 갈취하다가 41년 친위대 장교에게 암살당했다.

86 39년 칼리굴라가 페르시아 왕 크세르크세스를 흉내 내어 배다리를 놓은 일에 관해서는 수에토니우스의 『황제전』(*De vita Caesarum*) 가운데 「칼리굴라전」 19장 참조.

저 광기에 사로잡힌 불길하게 오만한 이방의 왕[88]을 흉내 내다가 하마터면 파멸이라는, 기근이라는, 기근에 이은 총체적인 파국이라는 대가를 치를 뻔했습니다.

돌과 칼과 불과 가이유스의 위협을 받았을 때 국가의 양곡조달 책임을 맡은 관리들의 심정은 어떠했겠습니까? 그들은 시치미 뚝 떼고는 국가의 내장에 깃든 중병을 숨겼습니다.[89] 그럴 만한 이유가 있었습니다. 어떤 병은 환자 모르게 치료해야 하니까요. 자기 병을 아는 것이 많은 사람에게 죽음의 원인이 되었으니 말입니다.

87 사치가 극에 달했던 칼리굴라가 식량을 운반해오는 배를 징발하여 배다리를 놓은 것은 39년의 일이고, 그 때문에 로마에 식량이 부족했던 것은 41년의 일이다. 아마도 39년 함선들을 징발한 탓에 발생한 식량부족 현상이 그 뒤에 개선되지 않았던 것 같다. 칼리굴라는 국고가 바닥나자 사형이나 추방을 일삼으며 개인의 재산을 빼앗곤 했다.

88 크세르크세스.

89 온갖 방법으로 고문을 자행하는 칼리굴라를 보는 것 자체가 일종의 고문이었다고 한다. 칼리굴라의 사치 때문에 양곡이 떨어졌는데도 책임자들은 겁이 나서 제대로 보고하지 못했다.

## 19
## ;
## 그대의 영혼을 기다리는 세계

그대는 더 고요하고 더 안전하고 더 중요한 세계로 물러나십시오! 양곡이 인부의 속임수와 부주의로부터 손상되지 않은 채 양곡 저장소로 운반되고, 습기를 머금거나 열기에 상하지 않고, 양과 무게에서 처음과 일치하도록 보살피는 일이 과연 이 성스럽고 숭고한 학문에 다가가는 일과 별 차이가 없다고 생각하십니까? 이 학문은 그대에게 신의 실체와 의지와 성질과 형태가 어떤 것이고, 어떤 운명이 그대의 영혼을 기다리고 있는지 가르쳐줄 것입니다. 우리가 육신에서 해방되면 자연은 우리를 어디로 데려가는지, 어떤 힘이 이 우주의 가장 무거운 성분을 한가운데에 붙들어두고 가벼운 성분을 그 위에 떠다니게 하고 불은 맨 위로 가져가고 별자리들의 위치를 바꾸게 하는지, 그 밖에도 매우 경이로운 일들을 가르쳐줄 텐데 말입니다.

그대는 땅바닥을 떠나 마음의 눈으로 이런 것들을 보십시오! 아직도 피가 뜨거운 동안 더 나은 것을 향해 힘차게 나아가야 합니다. 이러한 생활방식에서는 많은 고귀한 학문이, 미덕에 대한 사랑과 실천이, 욕망의 망각이, 삶과 죽음에 관한 지식이, 마음의 안식이 그대를 기다리고 있습니다.

분주한 자들은 하나같이 처지가 딱하지만, 그중에서도 자기 일에 분주한 것이 아니라 남의 잠에 맞춰 자기 잠을 조절하고, 남의 걸음에 보조를 맞추고, 가장 자유스러운 것인 사랑하고 증오하는 일에서조차 남의 지시를 받는 자들의 처지가 가장 딱합니다. 그들이 자신의 인생이 얼마나 짧은지 알고 싶으면 인생에서 얼마나 적은 부분이 자신의 것인지 생각해보라고 하십시오.

## 20

;

# 가장 짧게 살다간 인생

그대는 어떤 사람이 전부터 자주 관복官服을 입고 다니거나 그의 이름이 광장에서 사람들 입에 자주 오르내리더라도 부러워하지 마십시오. 이런 것들은 인생을 대가로 주고 산 것입니다. 한 해를 자신의 이름으로 불리게 하려고[90] 그는 자신의 모든 해(年)를 희생하게 될 것입니다. 더러는 노력하여 야망의 정상에 오르기도 전에 초입의 씨름판에서 인생을 떠나기도 할 것입니다. 더러는 오만 가지 수모를 거쳐 최고의 위엄에 이르렀을 때, 느닷없이 자신이 비문碑文을 남기

90 마땅한 연호가 없던 고대 로마에서는 해마다 선출되는 두 명의 집정관 가운데 한 명의 이름에서 따와 '아무개 아무개가 집정관이었을 때'라는 말로 연호를 대신했다.

기 위해 죽을 고생만 했다는 비참한 생각이 들지도 모릅니다. 또 더러는 고령에 마치 젊은이인 양 새로이 희망찬 계획을 세우며 무리한 사업을 크게 벌이다가 자신이 허약해진 것을 발견하게 되겠지요.

나이 많은 사람이 법정에서 생면부지의 소송 당사자를 위해 변론하며 무지한 청중의 갈채를 받으려다가 숨을 거두는 것은 혐오스러운 광경입니다. 하는 일보다는 생활방식에 지칠 대로 지쳐 직무를 수행하다가 쓰러진 자는 망신스럽겠지요. 어떤 사람이 장부를 훑어보다가 죽자 오래 기다려온 상속인이 안도의 미소를 짓는 광경도 망신스럽기는 마찬가지입니다.

방금 떠오른 한 가지 예를 그냥 지나칠 수가 없겠네요. 섹스투스 투란니우스[91]는 꼼꼼하고 근면한 노인이었습니다. 그는 청원하지 않았는데도 아흔 살이 넘어 가이유스 카이사르에 의해 조달관직에서 면직되자 가솔에게 자신을 침상에 누이고는 죽은 것처럼 둘러서서 울라고 했습니다. 온

91 섹스투스 투란니우스(Sextus Turannius)에 관해서는 달리 알려진 바가 없다.

집안이 늙은 주인의 휴직을 슬퍼하면서 그에게 힘든 직책이 도로 주어질 때까지 애도를 그치지 않았습니다. 죽을 때까지 분주한 것이 그렇게도 즐거울까요?

많은 사람들이 같은 느낌을 갖고 있습니다. 말하자면, 일하고자 하는 욕구가 일할 수 있는 능력보다 더 오래까지 지속됩니다. 그들은 허약해지는 체력과 싸우게 됩니다. 그들이 노년을 부담스럽게 여기는 것은 다름 아니라 노년이 그들을 물러나게 하기 때문이지요. 법적으로 보면, 쉰 살부터는 아무도 군인으로 징발하지 않으며, 예순 살부터는 아무도 원로원 의원으로 부르지 않습니다. 하지만 사람들은 법보다는 자신한테서 여가를 얻기가 더 어렵습니다.

서로 뺏고 빼앗기고, 서로 타인의 휴식을 망쳐놓고, 서로 불행하게 만드는 사이에 그들의 인생은 소득도 없이, 즐거움도 없이, 정신적 향상도 없이 지나갑니다. 아무도 죽음은 안중에도 두지 않고, 저마다 멀찍이 떨어져 있는 것에 대한 희망을 접지 못합니다. 어떤 사람은 사후死後의 일 — 거대한 분묘, 공공 건물의 헌납, 화장용 장작더미 옆에서의 검투사 경기, 화려한 장례식 — 까지 대비합니다. 하지만 그러한 사람들의 장례식은, 그들이야말로 가장 짧게 살다간 인

생이었던 만큼 어린아이들처럼 횃불과 촛불을 밝히고 치러져야 마땅할 것입니다.[92]

92 고대 로마에서는 아이가 죽으면 횃불과 촛불을 밝히고 밤에 매장했다.

# De
# vita beata
# 행복한 삶에 관하여

유니우스 갈리오에게 입양된 만형 갈리오
(원명 루키우스 안나이우스 노바투스)에게 헌정된
이 글은 58~59년에 쓰인 것으로 추정된다.
이 글에서 세네카는 무엇이 행복인지, 어떻게 해야 그것을 구할
수 있는지 논하고 있다. 행복은 미덕을 추구하며 자연에 맞게
사는 데 있다는 스토아 철학의 이론에서 해답을 구하면서도,
건강과 부(富) 등이 지니는 가치도 폄하하지 않는다.

# 01
# ;
# 행복으로 가는 길

갈리오[1] 형, 사람은 누구나 행복하게 살기를 원하지만 정작 무엇이 삶을 행복하게 만드는지는 모르는 채 살아갑니다. 그리고 행복한 삶에 이르는 것도 그리 쉽지는 않습니다. 일단 길에서 벗어나게 되면 서둘러 다가간다 해도 목표에서 점점 더 멀어지거든요. 반대 방향의 길로 들어섰다면 서둘러 갈수록 거리가 더 멀어지기 마련이고요. 그러므로 먼저 우리가 추구하는 것이 무엇인지 분명히 안 다음, 목표에 가장 빨리 도달할 수 있는 가능성을 찾아봐야겠지요. 일단 바

1 갈리오(Lucius Annaeus Iunius Gallio)는 세네카의 맏형이다. 원래 이름은 루키우스 안나이우스 노바투스(Lucius Annaeus Novatus)였으나 웅변가 유니우스 갈리오(Iunius Gallio)에게 입양되면서 그런 이름을 갖게 되었다.

른 길로 들어섰다면 날마다 어느 정도 나아가고 있으며, 자연스러운 욕구가 이끄는 목표에 얼마나 가까워졌는지 알 수 있게 됩니다.

우리가 정처 없이 떠돌며 길라잡이를 따르지 않고 서로 다른 방향을 외쳐대는 사람들의 소음과 잡음을 따라다닌다면, 좋은 성품을 위해 밤낮으로 노력한다 해도 짧은 인생은 실수를 반복하다가 끝나버리겠지요. 따라서 우리는 어디로 갈 것이며 어느 길로 갈 것인지를, 우리의 목표를 정확히 알고 있는 경험 많은 길라잡이와 함께 결정해야 합니다. 이것은 여느 여행과는 조건이 다르기 때문입니다. 여느 여행에서는 일단 어떤 길로든 들어선 다음 그곳 주민에게 물어보면 길을 잃지는 않겠지만, 행복으로 가는 길의 경우 가장 많이 찾는 가장 번잡한 길이 가장 속임수가 많으니까요.

가장 경계해야 할 것은, 가야 할 길이 아니라 사람들이 다니는 길로 들어서서 가축 떼처럼 앞서가는 무리를 뒤따라가는 것입니다. 게다가 소문을 믿고는 가장 박수를 많이 받는 것을 가장 좋은 것으로 여기고, 전례前例가 많다고 해서 이성에 따르지 않고 거기에 맞춰 사는 것만큼 우리를 큰 불행에 말려들게 하는 것은 없습니다. 그리하여 한 사람이 다른 사람 위에 엎어짐으로써 사람의 무리가 그토록 크게 늘어나는 것입니다.

사람이 서로 밀치면 군중 사이에서 벌어지게 되는 일—누구나 쓰러질 때엔 다른 사람을 끌어당기기 마련이어서 앞서가는 사람들이 뒤따르는 사람들에게 파멸의 원인이 되지요—이 전 인생에서 일어나는 것을 그대는 볼 수 있을 것입니다. 누구나 혼자서만 길을 잃고 헤매는 것이 아니라 다른 사람도 길을 잃고 헤매게 하는 원인 제공자가 되니까요. 말하자면 앞서가는 사람들에게 맹목적으로 동조하는 것은 해롭다는 뜻입니다. 저마다 판단하기보다는 믿기를 더 좋아하는 만큼 인생에 관해서도 제대로 판단하지 않고 남의 말을 믿지요. 그리하여 이 사람에게서 저 사람으로 이어지는 과오가 우리를 빙글빙글 돌게 하다가 파멸로 빠뜨립니다. 우리는 남의 선례를 따르다가 망하는 것인 만큼 군중과 거리를 두어야만 구원받을 수 있습니다.

군중은 이성에 대해 적대적인 자세를 취하며 자신의 악덕을 옹호합니다. 그리하여 선거 집회에서 일어나는 것과 같은 일이 일어나게 됩니다. 그곳에서는 나중에 변덕스럽게 민심이 바뀌면 자기가 투표했던 바로 그 사람들이 왜 법정관으로 선출되었는지 의아해하니까요. 똑같은 것을 처음에는 칭찬하다가 나중에는 비난하지요. 다수를 좇아 판단을 내리면 이렇게 되는 것입니다.

## 02
## ;
## 정신의 가치는 정신이 찾아내야 합니다

행복한 삶에 대해 이야기할 때는 표결할 때처럼 "여기 이 집단이 더 커 보이는군"이라고 말해서는 안 됩니다. 이 경우에는 그렇게 하는 것이 더 나쁘기 때문입니다. 더 나은 것이 다수의 마음에 든다면 좋으련만 인간사에서는 그렇지가 못하지요. 군중의 마음에 든다는 것은 곧 그것이 최악이라는 증거니까요.

따라서 우리는 무엇이 가장 많이 일어나느냐가 아니라 무엇이 최선의 행동 목표인지 물어야 하고, 무엇이 진리를 최악으로 해석하는 군중의 마음에 드느냐가 아니라 무엇이 우리로 하여금 지속적인 행복을 누리게 하는지 물어야 합니다. 자포紫袍를 입은 사람들과 왕관을 쓴 사람들까지도 나는 군중이라고 부릅니다. 나는 몸을 가리고 있는 옷의 색깔 따위는 보지 않으며, 사람을 판단할 경우에는 눈을 믿지 않습니다. 내게는 참과 거짓을 구별할 수 있는 더 나은 믿음직한 심안心眼이 있으니까요. 정신의 가치는 정신이 찾아내야 합니다. 정신이 언젠가 숨을 돌리고 자신 속으로 물러날 기회를 갖게 되면 자책감을 느끼고 진리를 고백하며 말하게 될 것입니다.

"지금까지 내가 한 일을 차라리 하지 않았더라면! 내가 한 말을 돌이켜 생각해보면 말 못하는 짐승들이 부럽구나! 내가 원했던 것이 적들의 저주처럼 생각되는구나! 내가 우려했던 일이, 맙소사, 내가 원했던 것보다 얼마나 더 훌륭했던가! 많은 사람과 나는 원수가 되었다가 증오심을 버리고 화해했지. 사악한 자들 사이에도 화해라는 게 가능하다면 말이야. 하지만 나는 아직 나 자신과는 친구가 되지 못했어. 나는 군중 속에서 두드러지고 어떤 특기에 의해 눈에 띄려고 많은 노력을 기울였지. 그래 봤자 나를 화살에 노출시키고, 악의惡意에게 그것이 깨물 수 있는 틈을 보여주기밖에 더 했던가!

너는 너의 웅변을 칭찬해주고, 너의 부를 붙좇고, 너의 호감을 사려고 애쓰고, 너의 권세를 치켜세워주는 자들이 보이는가? 그들은 모두 적이거나 또는, 결과는 마찬가지지만, 적이 될 수 있어. 감탄하는 무리만큼이나 시기하는 무리도 많은 법이지. 그렇다면 나는 왜 오히려 느낄 수는 있어도 보일 필요는 없는 검증된 선善을 추구하지 않는 것일까? 밖으로 보이는 것, 발걸음을 멈추게 하는 것, 한 사람이 다른 사람에게 놀라며 가리키는 것은 겉만 번지르르할 뿐 속은 비참하지."

# 03

# ;

# 본성에서 벗어나지 않는 것

우리는 겉보기에만 아름다운 것이 아니라 견고하고 변함없고 보이지 않는 부분이 더 아름다운 것을 추구하고 찾아내야 합니다. 그것은 멀리 있지 않습니다. 어디로 손을 내밀어야 하는지 알고 있다면 그것은 찾아낼 수 있습니다. 그런데 지금 우리는 마치 어둠 속을 거닐듯 우리가 바라는 것이 가까이 있는데도 그것에 부딪히며 그냥 지나가버리고 있어요.

나는 그대를 우회로로 인도하지 않기 위하여 다른 사람의 의견은 지나치고—그것을 일일이 열거하며 반박한다는 것은 지루한 일일 테니까요—우리 의견을 말하겠어요. '우리'라고 말했다고 해서 내가 저명한 특정 스토아 철학자[2]의

2 『마음의 평정에 관하여』 주 3 참조.

견해에 동조한다는 뜻은 아니에요. 내게도 독자적으로 판단할 권리가 있으니까요. 그래서 나는 때로는 이 사람의 견해를 따르고, 때로는 저 사람을 시켜 내 견해를 상술하게 할 것입니다. 나는 아마도 맨 마지막으로 호출되어 먼저 말한 사람의 판단을 비난하지 않고 "어디, 동조하다 뿐이겠습니까!"라고 말할 것입니다.

우선 나는 스토아 철학자가 다 그러하듯, 자연과의 조화에 동조합니다. 자연에서 벗어나지 않는 것, 자연의 법칙과 본보기에 따라 자기를 만들어가는 것이 곧 지혜입니다. 따라서 자신의 본성과 조화를 이루는 삶은 행복합니다. 그러한 삶이 실현될 수 있으려면 반드시 먼저 마음이 건강하고 지속적으로 건강을 유지해야 하며, 용감하고 역동적이어야 하며, 꿋꿋하게 참을 수 있어야 하며, 시대 상황에 적응할 줄 알아야 하며, 육체와 그 요구에 관심을 기울이되 지나치게 세심해서는 안 되며, 삶을 쾌적하게 만드는 다른 것들에 유의하되 그중 어느 것도 과대평가해서는 안 되며, 행복의 선물을 이용하되 그것의 노예가 되어서는 안 됩니다.

우리를 자극하거나 놀라게 하는 것을 몰아내면 지속적인 평정과 자유가 뒤따라온다는 것은 내가 설명하지 않더라도 알고 있겠지요. 저속하고, 깨지기 쉽고, 그 수치스러움 때문에 해로운 쾌락 대신 흔들리지 않고 변함없는 큰 즐거움이 찾아옵니다. 평화와 화목과 온유함을 곁들인 고매함이 그 뒤를 따를 것입니다. 모든 형태의 야만성은 약점의 표시니까요.

## 04
;
# 행복한 사람이란

우리는 선善의 개념을 다르게, 즉 의미는 같아도 다른 말로 정의할 수 있습니다. 똑같은 군대가 때로는 넓게 산개하고, 때로는 좁게 오므라들거나 반원형을 이루거나 직선으로 정렬하기도 합니다. 군대가 어떻게 배치되든 그 힘은 똑같고, 특정한 편을 위하려는 의지도 똑같듯이, 최고선의 정의도 때로는 확산되고 확대될 수 있고, 때로는 압축되고 단축될 수 있습니다.

마찬가지로 내가 "최고선은 우발적인 것을 무시하고 미덕을 낙으로 삼는 마음가짐이다"라고 말하든, "그것은 인생의 경험과 침착한 행동력, 더불어 사는 사람들에 대한 이해와 배려를 겸비한 불패의 정신적인 힘이다"라고 말하든 그 의미는 같은 것이 될 것입니다. 이렇게도 정의할 수 있지요.

선한 마음과 악한 마음 외에는 어떤 선과 악도 존재하지 않는다고 생각하고, 고상한 것을 존중하고, 미덕에 만족하고, 우발적인 것에 우쭐대지도 기가 꺾이지도 않고, 제 힘으로 얻을 수 있는 것보다 더 큰 선을 알지 못하고, 쾌락의 경멸이 그에게 진정한 쾌락이 되는 사람을 우리는 행복한 사람이라고 부를 수 있다고 말입니다.

더 장황하게 늘어놓고 싶다면 똑같은 것에 의미는 바꾸지 않고 그대로 둔 채 계속해서 달리 표현할 수 있습니다. 자유롭고 올곧고, 놀라지 않고 굳건하며, 공포와 욕망에서 벗어나 있으며, 명예가 유일한 선이고 치욕이 유일한 악이며, 여타의 것들은 행복한 삶에 뭔가를 보태거나 덜어내지 못하고 최고선의 성장과 소멸에 어떠한 영향도 주지 못하기 때문에 무가치한 것으로 여기는 정신을 행복한 삶이라고 말해선 안 될 이유가 어디 있겠습니까?

그런 바탕이 있는 만큼 그러한 정신에는 원하든 원하지 않든 지속적인 쾌활함과 내면에서 우러나오는 속 깊은 즐거움이 수반되는데, 그 까닭은 그런 정신은 자신이 가진 것을 즐기고 자기에게 맞는 것보다 더 큰 것을 원하지 않기 때문입니다. 그런 즐거움이라면 비참한 육체의 작고 보잘것없고 지속되지 못하는 충동을 충분히 상쇄할 수 있지 않을까요? 쾌락의 지배를 받게 되는 날에는 고통의 지배도 받게 됩니다. 그대도 보다시피, 가장 신뢰할 수 없고 무절제한 지배자인 욕망과 고통에 번갈아 사로잡히는 자는 얼마나 사악하고 해로운 종살이를 하게 됩니까? 그래서 자유에게로의 탈출을 감행해야 하는 것이지요.

자유는 운명에 무관심할 때에만 얻을 수 있습니다. 그때는 헤아릴 수 없는 가치를 지닌 선, 즉 토대가 튼튼한 정신의 안식, 정신의 숭고함, 두려움을 극복한 뒤 참된 앎에서 생기는, 그야말로 그 무엇으로도 내쫓을 수 없는 큰 즐거움, 개별적인 선이 아니라 선 자체에서 생겨난 것인 양 사람들이 선호하는 상냥함과 싹싹함이 생겨날 것입니다.

## 05
;
# 순수한 정신은 늘 그곳에 서 있고

일단 자세히 이야기하기 시작했으니까 하는 말이지만, 이성에 힘입어 바라는 것도 두려워하는 것도 없는 사람만이 행복하다고 할 수 있습니다. 바위와 가축도 두려움과 슬픔에서 자유롭지요. 하지만 아무도 그것들이 행복하다고 하지는 않을 것입니다. 그것들은 행복을 의식하지 못하니까요.

감각이 무디고 자의식이 결여되어 가축과 무생물이나 다름없는 인간들도 여기에 포함되어야 할 것입니다. 가축과 그런 인간들 사이에는 아무런 차이도 없어요. 가축은 이성이 없고, 그런 인간은 뒤틀린 이성을 자신에게 해롭게, 본래의 목적에 어긋나게 사용하기 때문이지요. 진리 밖으로 내던져진 사람은 아무도 행복하다고 할 수 없습니다.

행복한 삶이란 올바르고 확고한 판단에 근거하고 있어

동요하는 일이 없는 생활입니다. 우리 마음은 해코지와 빈정거림에서 벗어나 모든 악에서 해방되고, 순수한 정신은 늘 서 있는 곳에 서 있고, 운명의 위협적인 노여움에 맞서 제자리를 지킬 테니까 말입니다.

쾌락에 관련된 것은 사방 도처에서 떼지어 나타나 우리의 마음에 아부하고 우리의 전부 또는 일부를 자극하기 위해 수단과 방법을 가리지 않겠지만, 인간의 흔적이 조금이라도 남아 있는 사람이라면 누가 밤낮으로 쾌락이 자신을 간질이게 놓아둘 것이며 정신을 소홀히 하고 육체를 섬기려 하겠습니까?

## 06

;

# 해로운 것을 추구하는 자

누군가 이렇게 말하겠지요. "하지만 정신도 나름대로 쾌락을 가질 것이오"라고. 물론 정신 또한 그러한 쾌락을 가지고 있고 사치와 쾌락을 심판할 수도 있겠지요. 또 정신은 감각을 즐겁게 해주는 것들로 자신을 가득 채우고 나서 과거를 되돌아보고 사라져버린 쾌락을 회상하며 지나간 것을 자랑스레 여기고, 다가올 것을 미리 기다리며 여러 가지 희망을 품어보기도 하고, 육신이 현재를 탐닉하는 동안 생각은 미래를 향할 수도 있겠지요. 내가 보기에, 그럴수록 정신은 더 비참해집니다. 왜냐하면 좋은 것 대신 나쁜 것을 선택하는 것은 정신 나간 짓이기 때문이지요. 건전한 정신 없이는 아무도 행복하지 못하고, 좋은 것 대신 해로운 것을 추구하는 자는 정신이 건전하지 못합니다.

따라서 올바른 판단을 하는 사람은 행복합니다. 현재 상황이 어떠하든 거기에 만족하고 자신의 처지에 친숙해지는 사람은 행복합니다. 그러니까 이성이 인생관 전체를 조언해 주는 사람은 행복하다는 것입니다.

07

;

# 쾌락과 미덕의 관계

쾌락이 최고선이라고 말하는 자들도 자신이 얼마나 수치스러운 자리에 최고선을 위치시켜주었는지 알고 있습니다. 그래서 그들은 쾌락은 미덕과 분리될 수 없다고 주장하며, 어느 누구도 즐겁게 살지 않고는 품위 있게 살 수 없고, 품위 있게 살지 않고는 즐겁게 살 수 없다고 말합니다. 어째서 그렇게 상이한 것들이 동일한 것으로 결합될 수 있는지 나로서는 이해할 수 없습니다. 어디 말해보세요, 묻고싶습니다. 어째서 쾌락이 미덕과 분리될 수 없다는 건가요? 혹시 모든 선은 미덕에서 비롯되고, 우리가 사랑하고 바라는 것들도 바로 이 뿌리에서 생겨나기 때문인가요? 그러나 미덕과 쾌락이 분리될 수 없는 것이라면, 보다시피 어째서 어떤 것은 즐겁지만 품위가 없고 어떤 것은 매우 품위가 있지만 고통을 통해서만 힘겹게 얻을 수 있는 것일까요?

게다가 가장 수치스러운 삶에도 쾌락은 있지만 미덕은 사악한 삶을 결코 용납하지 않으며, 어떤 자들은 쾌락이 없어서가 아니라 다름 아닌 쾌락으로 인해 불행한데, 그러한 일은 쾌락이 미덕과 떼려야 뗄 수 없이 결합되어 있다면 일어날 수 없는 일입니다. 미덕은 가끔 쾌락과 함께하지 않을 뿐 아니라 쾌락을 필요로 한 적이 결코 없습니다.

어째서 사람들은 서로 닮지 않은 것을, 아니 서로 반대되는 것을 결합시킬까요? 미덕은 높고, 숭고하고, 왕답고, 패하지 않고, 지칠 줄 모릅니다. 쾌락은 저급하고, 노예답고, 허약하고, 넘어지려 하며, 청루와 선술집을 거처와 고향으로 삼습니다. 그대는 미덕을 신전에서, 광장에서, 원로원 회의장에서, 성벽 앞에 버티고 서 있는 모습으로, 먼지를 뒤집어쓴 모습으로, 햇볕에 그을린 모습으로, 손바닥에 못이 박인 모습으로 발견하게 될 것입니다. 한편 쾌락은 종종 숨어 지내고, 온천장이나 한증막이나 경찰을 기피하는 어두운 곳을 찾고, 유약하고, 신경이 쇠약하고, 희석하지 않은 술과 향수香水에 젖어 있고, 창백한 또는 화장化粧을 하고 약물에 절어 있는 모습으로 발견될 것입니다.

최고선은 불멸이며, 끝날 줄 모르며 권태도 후회도 알지 못합니다. 말하자면 올바른 마음은 결코 변하지 않으며, 자신에게 역겹지 않으며, 최선의 생활방식을 조금도 바꾸지 않습니다. 한편 쾌락은 가장 즐겁게 해줄 때 소멸됩니다. 쾌락은 활동 공간이 넓지 않아 금세 그 공간을 가득 채우며 싫증이 나고 첫 기세가 꺾이면 풀이 죽습니다. 그 본성이 운동인 것은 결코 신뢰할 수 없습니다. 왔다가 재빨리 지나가고 즐기는 순간 이미 소멸되는 것은 본질적인 것일 수 없어요. 그것은 멈추게 될 곳으로 나아가고, 시작하자마자 끝을 찾기 때문입니다.

## 08

## ;

## 마음의 화목

어때요, 쾌락은 악한 자들 못지않게 선한 자들에게도 내재하지 않을까요? 탁월한 것이 품위 있는 자들을 즐겁게 하듯이 몰염치한 것은 수치스러운 자들을 즐겁게 해주는 것이 아닐까요? 그래서 옛사람들이 이르기를, 가장 즐거운 삶이 아니라 최선의 삶을 따름으로써 쾌락이 올바르고 착한 삶의 인도자가 아니라 동반자가 되게 하라고 가르쳤던 것이지요. 그러니까 우리는 자연을 인도자로 삼아야 하는 것입니다. 즉 이성은 자연에 주목하고, 또한 자연에서 조언을 구하는 것이지요.

행복하게 사는 것과 자연에 따라 사는 것은 같은 것입니다. 이것이 무슨 뜻인지 자세히 설명하겠습니다. 육체적 자질과 자연의 욕구를 마치 일시적인 목적을 위해 잠깐 주어진 덧없는 것인 양 세심하지만 두려움 없이 지켜내야만, 우리는 그것들의 노예가 되지 않고 이들 외적인 것들이 우리를 차지하도록 허용하지 않아야만, 육체에 반가운 것들과 외래적인 것들에게 지원부대와 경무장보병대가—그들은 봉사를 해야지 명령을 해서는 안 되지요—차지하는 자리를 주어야만, 그것들은 우리의 마음에 유용한 것이 될 것입니다.

외적인 것들에 망가지지 말아야 하고, 지지 말아야 하고, 오직 자신만을 경탄하고 자신의 정신을 신뢰해야 하고, 무엇이든 각오하고 있어야 합니다. 말하자면 자기 삶의 형성자가 되어야 합니다. 하지만 그의 자신감에는 지식이 수반되어야 하고, 그의 지식에는 항심恒心이 수반되어야 합니다. 일단 결심한 것은 지켜야 하고, 한번 결정한 것은 수정하지 말아야 합니다. 따로 설명하지 않더라도 아시겠지만, 그런 사람은 침착하고 정돈되고, 행동할 때는 늘 쾌활하면서도 고매합니다.

이성은 감각의 자극을 받아 거기서 출발해—이성에게는 진리를 시도해보거나 진리로 나아갈 수 있는 다른 출발점은 없습니다—자신 속으로 돌아갑니다. 만물을 포괄하는 세계와 우주를 조종하는 신도 외부를 지향하지만 이내 어디서나 내면을 향해 자신 속으로 돌아갑니다. 우리의 마음도 그렇게 합니다. 우리의 마음은 자신의 감각을 따라나서서 감각을 통해 외적인 사물들에게로 뻗어간 다음 사물들과 자신을 장악하니까요.

이런 방법으로 자신과 조화를 이루는 힘과 권력이 생겨나고, 자신과 대립하지 않을뿐더러 의견과 개념과 확신에 동요함이 없는 저 확실한 이성이 태어나는 것입니다. 그러한 이성이 자신을 정돈하고 부분들과 조화를 이루면, 즉 화음을 이루면 최고선에 다다르는 것입니다. 그러면 뒤틀린 것, 미끄러운 것, 이성을 밀치거나 비틀거리게 하는 것은 아무것도 남지 않게 됩니다.

이제는 모든 것이 자신의 명령에 따라 행해지고, 예기하지 않은 일은 아무것도 일어나지 않습니다. 무슨 일을 하든 좋은 결과를 가져다주고, 잘 준비된 덕분에 지체 없이 이루어지지요. 태만과 망설임은 자신과의 투쟁과 마음의 동요를 말해줍니다. 따라서 최고선은 마음의 화목이라고 대담하게 말해도 될 것입니다. 미덕은 조화와 일치가 지배하는 곳에 있는 것이 확실하고, 악덕은 불화를 조장하게 하니까요.

## 09

;

# 쾌락은 덤이다

누군가 말하겠지요. "그대가 미덕을 숭배하는 것도 다름 아니라 미덕에서 어떤 쾌락을 기대하기 때문이다"라고. 하지만 설령 미덕이 쾌락을 준다 해도 쾌락 때문에 미덕이 추구되는 것은 아닙니다. 미덕이 쾌락을 준다면 쾌락은 미덕의 부수 현상일 뿐입니다. 미덕이 쾌락을 추구하는 것이 아니라, 다른 것을 추구하다가 쾌락도 얻게 되는 것이지요.

마치 파종을 위해 갈아놓은 들판에 꽃들도 함께 자라지만 눈을 즐겁게 해주는 이 어린 식물에 정성을 들인 것은 아니듯이—씨 뿌리는 사람의 의도는 다른 데 있고, 꽃은 덤이지요—쾌락도 미덕의 보수나 동기가 아니라 일종의 덤입니다. 그것이 즐겁게 해주기 때문에 마음에 드는 것이 아니라 마음에 들기 때문에 즐거운 것이지요.

최고선은 가장 선한 마음의 판단력 자체와 됨됨이에 있습니다.[3] 가장 선한 마음이 주로를 완주하고 자신이 정해놓은 한계를 지키면 최고선은 완성되는 것이며, 더이상은 아무것도 바라지 않습니다. 전체 밖에는 아무것도 없고, 한계 너머에는 아무것도 없으니까요.

그러므로 무엇 때문에 미덕을 추구하느냐고 묻는다면 그것은 잘못된 질문입니다. 그대는 최고선 위에 있는 것을 묻고 있으니까요. 그대는 내가 미덕에서 무엇을 바라느냐고 묻는 것인가요? 미덕 자체입니다. 미덕은 더 나은 것을 갖고 있지 않고, 미덕은 그 자체가 상賞이기 때문입니다. 이것으로는 충분히 위대하지 못한가요? 내가 "최고선은 흔들리지 않는 정신의 힘이며 선견지명이며 숭고함이며 건강이며 자유이며 조화이며 아름다움이다"라고 말한다면, 그래도 그대는 이런 자질들을 포괄하는 더 위대한 것을 요구하겠습니까? 왜 그대는 내게 쾌락을 들먹이는 건가요? 내가 묻고 있는 것은 사람의 선善이지 배〔腹〕의 선이 아닙니다. 배라면 가축 떼와 야수들의 것이 더 널찍하지요.

3 5장 3절과 6장 1절 참조.

# 10
;
# 쾌락과 절제

누군가 이렇게 말하겠지요. “그대는 내가 말하고자 하는 바를 못 알아듣는 것 같습니다. 말하자면 내 주장은 동시적인 것으로, 품위 있게 살지 않고는 어느 누구도 즐겁게 살 수 없는데, 품위 있게 사는 것이 말 못하는 동물이나 배(腹)가 곧 신神인 그런 사람들에게는 불가능한 일이 아니겠습니까. 내 만인 앞에서 분명히 말해두지만, 내가 즐겁다고 말하는 이러한 삶은 미덕 없이는 전혀 불가능합니다.”

좋아요. 그렇지만 누구나 다 알다시피, 가장 어리석은 자들이 그대들이 말하는 쾌락을 가장 많이 즐기고, 즐겁다는 일들에는 방종이 넘쳐나고, 마음에도 비뚤어진 종류의 쾌락을 가져다줍니다. 무엇보다도 오만, 자신에 대한 과대평가, 다른 사람들 위로 잔뜩 부풀어 오른 거드름, 자기 것에 대한 지각 없고 맹목적인 편애, 축 늘어진 사치, 사소하고 유치한 이유에서 기고만장하는 것, 수다, 남을 모욕하기를 좋아하는 교만, 태만, 게으르게 꾸벅꾸벅 조는 마음의 무기력 말입니다.

미덕은 이런 모든 것들을 몰아내며 주의를 주고, 쾌락을 허용하기 전에 먼저 평가를 합니다. 그리고 미덕은 어떤 쾌락을 용인한다 해도 높게 평가하지는 않고, 그것을 즐기는 것이 아니라 절제하는 데서 기쁨을 얻습니다. 그런데 절제라는 것은 쾌락을 감소시키는 까닭에 만약 최고선이 쾌락에 있다면 최고선에 대해 부당한 짓을 하는 것이겠지요. 그대는 쾌락을 포옹하지만 나는 제한합니다. 그대는 쾌락을 즐기지만 나는 이용합니다. 그대는 쾌락을 최고선으로 여기지만 나는 선으로 여기지 않습니다. 그대는 쾌락을 위해서라면 무슨 짓이든 다 하지만 나는 아무것도 하지 않습니다.

## 11
## ;
## 미덕의 자리

쾌락을 위해서는 내가 아무것도 하지 않는다는 말할 때, 그것은 그만이 진정한 쾌락을 누리는 것이라고 그대가 인정하는 현인[4]을 두고 하는 말입니다. 하지만 나는 그 어떤 것에, 특히 쾌락에 종속된 사람이라면 더더욱 현인이라고 부를 수 없습니다. 쾌락에 사로잡혀서야 어찌 고난, 위험, 가난, 인간의 삶 주변을 맴도는 수많은 위협에 맞설 수 있겠습니까? 그토록 유약한 적에게 져서야 어찌 죽음의 광경을, 고통을, 이 세상의 굉음을, 그토록 많은 사나운 적들을 견뎌내겠습니까? "쾌락이 권하는 것은 무엇이든 할 것입니다." 그런데 그대에게는 쾌락이 얼마나 많은 것을 권하게 될지 보이지 않

4 에피쿠로스를 가리키는 것 같다.

습니까?

"쾌락에는 미덕이 따라붙는 만큼 그 어떤 것도 수치스럽게 권하지는 않을 것이오"라고 누군가 말할지 모르겠습니다. 선이 되기 위해 감시자를 필요로 한다면 그것이 대체 어떻게 최고선이 된다는 것인지 그대에게는 보이지 않습니까? 쾌락을 뒤따르면서 어찌 미덕이 쾌락을 지배할 수 있겠습니까? 뒤따르는 것은 복종하는 자의 몫이고, 지배하는 것은 명령하는 자의 몫이라면 말입니다. 그대는 명령하는 자를 뒷줄에다 세우고 있어요. 그대들 곁에서는 미덕이 쾌락을 미리 시식하는 탁월한 임무를 맡고 있군요.[5]

하지만 우리는 미덕이 그토록 자신을 푸대접하는 곳에 머무를 수 있는지 볼 것입니다. 미덕이 제자리를 잃으면 미덕이라는 이름을 유지할 수 없습니다. 우선 나는 우리의 주제와 관련하여 행운이 이들에게 온갖 선물을 쏟아부었지만 그대가 악당들이라고 시인하지 않을 수 없는 수많은 탕아들을 보여주겠습니다.

5 주인에게 음식을 올리기 전에 독이 들었는지 시식하는 것은 노예의 임무였다.

자, 보십시오. 노멘타누스[6]와 아피키우스[7]가 그들 말마따나 산해진미를 차려놓고 식탁 위에서 각지의 짐승을 맛보는 모습을! 또 보십시오, 다름 아닌 그들이 장미로 덮인 침상에서 자신들의 요리를 내려다보며 노랫소리로 귀를, 연극으로 눈을, 맛있는 음식으로 입천장을 즐겁게 하는 모습을! 부드럽고 가벼운 찜질 주머니로 그들은 전신을 자극하고, 그 사이 코도 심심하지 않게끔 사치를 위해 그러한 제물을 바치는 장소 자체가 온갖 향내에 찌들어 있습니다. 그대는 이들이 쾌락 속에서 산다고 말할 수 있겠지요. 하지만 선을 즐기는 게 아니기 때문에 그들은 행복하게 지내는 것이 아닙니다.

**6** 노멘타누스(Lucius Cassius Nomentanus)는 로마의 유명한 미식가로, 많은 재산을 미식으로 탕진했다고 한다.

**7** 아피키우스(Marcus Gavius Apicius)는 아우구스투스와 티베리우스 시대의 미식가로 『요리책』(*De re coquinaria libri X*)의 저자로도 알려져 있다.

## 12

## ;

## 바보들의 쾌락

"그들은 불행하게 지낼 것입니다" 하고 누군가 말하겠지요. "마음을 어지럽게 하는 것들이 많이 끼어들고 상충되는 의견들이 마음을 불안하게 하니까요." 나도 그렇다고 인정합니다. 그럼에도 정서가 불안하고 후회의 고통에 내맡겨진 저 바보들은 쾌락을 느낄 것입니다. 따라서 그들은 건전한 마음에서 멀리 떨어져 있는 만큼 모든 불평불만에서도 멀리 떨어져 있다고, 아니 그들의 경우 많은 사람들에게 나타나듯 광기에 사로잡혀 즐거워하며 미쳤기 때문에 웃는 것이라고 우리는 인정해야 할 것입니다.

그와 달리 현인들의 쾌락은 유보적이고, 절제되고, 활기가 없다시피 하고, 억제되고, 거의 눈에 띄지 않습니다. 그것들은 데리고 와야 하는 것도 아니고, 제 발로 온다 해도 존중

받거나 그것을 느끼는 자들에게 환영을 받지도 못합니다. 현인은 그것들을 마치 진지한 것들에 유희와 농담을 섞듯이 인생에다 섞어넣기 때문이지요.

따라서 그들은 서로 맞지 않는 것들을, 말하자면 미덕과 쾌락을 결합하기를 그만두어야 할 것입니다. 그것은 가장 사악한 자들에게 아부하는 악덕에 지나지 않습니다. 언제나 트림을 해대며 술에 취해 쾌락을 찾는 사람은 자신이 쾌락과 함께 살기 때문에 미덕과도 함께 사는 줄 알고 있어요. 말하자면 그는 쾌락은 미덕과 떼려야 뗄 수 없다는 말을 듣고는 자신의 악덕을 지혜라고 부르며 숨겨야 할 것들을 자랑삼아 털어놓는 것이지요.

그러니까 그들은 에피쿠로스의 조언에 따라 쾌락 속에서 사는 것이 아니라, 악덕에 내맡겨져 자신의 쾌락에 대한 욕구를 철학의 품속에 숨기며 쾌락을 칭찬하는 소리가 들리는 곳으로 몰려가는 것입니다. 그리고 그들은 에피쿠로스가 언급한 쾌락[8]의 개념이 얼마나 냉정하고 건조한지 알지

8 '쾌락'을 뜻하는 라틴어 voluptas는 '즐거움' '기쁨'이라는 뜻의 그리스어 hedone를 옮긴 것이다.

못하고(이것은 내 확신입니다) 자신들의 욕망을 옹호해주고 가려줄 보호자와 핑계를 찾아 이름만 보고는 날아드는 것입니다.

그리하여 나쁜 생활에도 불구하고 그들이 유일하게 간직하고 있던 좋은 것이 소멸되고 맙니다. 죄짓는 데 대한 두려움 말입니다. 왜냐하면 그들은 이제 예전에는 그 앞에서 얼굴을 붉히던 것을 칭송하고, 자신의 악덕을 자랑하기 때문입니다. 그리하여 수치스러운 방탕이 명예로운 이름을 얻게 된 까닭에 젊은이들조차도 다시는 맥을 못 추게 되는 것이지요. 이러한 쾌락의 예찬이 위험한 까닭은 명예로운 가르침은 밑바닥에 깔리고, 해로운 것은 밖으로 드러나기 때문입니다.

## 13
## ;
## 쾌락을 구별하라

에피쿠로스는 도덕적으로 흠잡을 데 없고 올바른 것을, 더 자세히 살펴보면 진지한 것을 가르치고 있다는 견해—아마 우리 학파 사람들[9]은 이에 동의하지 않겠지요—에 나는 물론 동조합니다. 그가 말하는 쾌락은 볼품없이 오그라들어 왜소해지고, 우리가 미덕에 부과하는 법규를 그는 쾌락에 부과하고 있어요. 말하자면 그는 자연에 복종하라고 쾌락에게 명령하는 것이지요. 하지만 자연에게는 충분한 것도 쾌락의 욕구에게는 너무 모자라지요.

그래서 어떻게 될까요? 무위도식하며 미식과 색욕 사이를 번갈아 오락가락하는 자가 행복이라고 부르는 것은, 자

9 스토아 철학자들.

신의 나쁜 짓을 위해 듬직한 보증인을 찾다가 매혹적인 이름에 이끌려 보증인에게 접근하게 되면 그곳에서 배우는 쾌락이 아니라 자신이 가져온 쾌락을 따라갈 수밖에 없습니다. 그리고 자신의 악덕이 그곳의 이론과 일치한다고 믿기 시작하면, 그는 소심하게 숨어서 악덕에 빠져드는 것이 아니라, 이제는 목에 힘을 주며 탐닉하게 되지요. 그래서 나는 에피쿠로스학파는 수치스러운 짓을 가르치는 교사라는 우리 학파 철학자들의 주장에 동조하지 않고, 그 학파는 나쁜 말을 듣고 평판이 나쁘지만 "그것은 부당하다"고 주장하는 것입니다.

입문하지 않고서 누가 그것을 알 수 있겠어요? 그 학파의 외관은 악담의 소지를 제공하고, 악의적인 우려를 낳게 합니다. 그것은 용감한 남자가 여자의 긴 겉옷을 입고 있는 것과도 같습니다. 적절한 것에 대한 감정은 그대로 남아 있고, 남자다움도 그대로 건재하고, 육신은 어떤 수치스러운 일도 겪지 않지만 손에는 탬버린[10]이 들려 있지요. 그래서 품위 있는 명칭과 마음을 고양하는 명패名牌를 선택해야 하는 것입니다. 지금의 명패에는 이런저런 악덕이 꾀어들었으니 말입니다.

미덕을 추종하는 자는 누구나 고귀한 자질의 본보기를 보여주지만, 쾌락을 추종하는 자는 무기력하고 기가 꺾이고 남자다움을 잃고 치욕 속으로 빠져들 것처럼 보입니다. 누군가 그에게 쾌락들을 구별해주어, 어떤 쾌락이 자연스러운 욕구의 테두리 안에 머물고, 어떤 쾌락이 끝없이 곤두박질치며 가득 찰수록 만족할 줄 모르는 것인지 그가 깨닫지 못한다면 말입니다.

자, 미덕이 앞장서게 하십시오. 모든 발걸음이 안전할 것입니다. 그리고 과도한 쾌락은 해로우나, 미덕은 과도하지 않을까 두려워할 필요가 없습니다. 미덕에는 절제가 들어 있기 때문입니다. 과도함 때문에 고통받는 것은 선이 아닙니다. 이성을 타고난 존재에게 이성보다 더 나은 것은 아무것도 제공될 수 없지요! 그리고 이러한 결합이 마음에 든다면, 이런 동반자와 함께 행복한 삶으로 나아가는 것이 마음에 든다면, 미덕이 앞장서고 쾌락은 동행하게 하십시오.

10 탬버린(tympanum)은 소아시아의 지모신(地母神) 퀴벨레(Kybele)의 의식이 치러질 때 제 손으로 자신을 거세한 사제들이 들고 다니던 악기이다. 여기서 탬버린은 여성적 유약함과 관능적 방종을 상징한다.

마치 그림자가 몸 주위를 맴돌듯이 말입니다. 모든 것 가운데 가장 숭고한 미덕을 쾌락에게 하녀로 넘겨주는 것은, 마음속에 위대한 것이라고는 하나도 들어 있지 않은 인간이나 할 수 있는 일입니다.

## 14
## ;
## 위험한 소유물

미덕이 앞장서고, 미덕이 깃발을 들게 하십시오. 그것은 우리가 쾌락을 포기했음을 뜻하는 것이 아닙니다. 우리는 쾌락의 주인 노릇을 하며 쾌락을 절제합니다. 쾌락은 우리에게 무엇인가를 간청하되 아무것도 강요하지는 못합니다. 하지만 쾌락에게 주도권을 넘겨준 사람은 두 가지 다 잃게 됩니다. 그들은 미덕을 잃고, 그 밖에도 그들이 쾌락을 가지는 것이 아니라 쾌락이 그들을 가지고, 쾌락이 모자라 고통받거나 쾌락이 넘쳐나 질식할 것이고, 쾌락에게 버림받으면 비참해지고 쾌락에 묻히면 더 비참해질 것입니다. 그들은 유사流砂에 얹혀 때로는 마른땅에 남겨지는가 하면 때로는 성난 파도에 휩쓸리는 선원의 처지가 될 것입니다.

절제가 턱없이 모자라고 욕망이 맹목적이면 그런 결과

가 나타나기 마련입니다. 좋은 것 대신 나쁜 것을 추구하는 사람에게는 소원을 이룬다는 것이 위험하기 때문입니다. 마치 우리가 위험을 무릅쓰고 힘들여 야수들을 사냥하지만 그것들을 잡는다 해도 위험한 소유물이 되듯이—그것들은 가끔 주인을 갈기갈기 찢어버리니까요—큰 쾌락을 좇는 자들은 결국 큰 곤경에 빠지게 되고, 잡힌 것들이 그들을 잡게 됩니다. 쾌락이 다양하고 강력해서 대중이 행복하다고 일컫는 사람일수록 더욱 작아지고 여러 가지 의미에서 섬길 게 많은 노예로 전락하고 말지요.

지금 이 비유에 좀더 머물러도 괜찮겠지요. 마치 사냥꾼이 야수들의 잠자리를 찾아내어 '올가미로 야수를 잡는 것'과 야수의 발자국을 뒤쫓기 위해 '넓은 숲을 개떼로 에워싸는 것'[11]을 높이 평가하여 더 중요한 일을 뒤로 미루고 많은 임무를 소홀히 하듯이, 쾌락을 좇는 사람도 모든 것을 뒤로 미루면서 무엇보다도 자유를 과소평가하여 배〔腹〕를 위해 자유를 바치지요. 그는 자신을 위해 쾌락을 사는 것이 아니라 쾌락에게 자신을 파는 것입니다.

11 베르길리우스, 『농경시』 1권 139~140행.

## 15

## ;

## 시대의 고난 역시

누군가 말하겠지요. “그렇다 해도 미덕과 쾌락이 혼연일체가 됨으로써 최고선이 생겨나고, 품위 있는 것과 즐거운 것 사이에 아무런 차이도 없어지는 것을 대체 무엇이 방해한단 말이오?” 그야 미덕의 일부도 미덕일 수밖에 없지만, 최고선에 열등한 부분이 포함되면 순수성을 잃게 됩니다.

미덕에서 생겨나는 기쁨이 비록 선하기는 하지만 결코 선의 일부는 아니며, 쾌활함과 평정이 더없이 아름다운 이유에서 생겨날지라도 그 점에서는 역시 마찬가지입니다. 왜냐하면 그것들은 선이기는 해도 최고선의 결과물이지 최고선의 본질을 이루는 것은 아니기 때문입니다.

미덕과 쾌락을 불평등하게 묶는 사람은 한 부분의 허약함으로 다른 부분의 생명력을 빼앗는 것이며 자유를 예속시키는 것입니다. 자유란 자기보다 더 값진 것은 아무것도 없다는 것을 알 때에만 완전해지니까요. 또한 이제 자유는 행운 없이는 더이상 버텨내지 못하게 되는데, 이것이야말로 가장 큰 예속이지요. 그 결과는 불안과 의혹과 두려움으로 가득 차고, 사고를 당할까 전전긍긍하고, 세상의 부침浮沈에 종속되는 삶입니다.

그대는 미덕에게 흔들리지 않는 튼튼한 토대를 제공하는 것이 아니라, 흔들리는 장소에 서 있으라고 명령하는 것입니다. 그런데 우연에 대한 기대와, 육신과 육신에 영향을 주는 사물의 가변성보다 더 변덕스러운 것이 어디 있겠습니까? 쾌락과 고통의 가벼운 자극에도 동요하는 자가 어찌 신에게 복종하고, 무슨 일이 일어나든 담담하게 받아들이고, 운명에 불평하지 않고 자기가 당한 일들을 좋게 해석할 수 있겠습니까? 쾌락을 추구하는 자는 조국의 든든한 보호자나 수호자가 될 수도 없고, 친구를 지켜주는 보루가 될 수도 없습니다.

그러므로 최고선은 어떤 폭력으로도 끌어내릴 수 없고, 고통도, 희망도, 공포도, 최고선의 권리를 축소할 수 있는 그 어떤 것도 다가갈 수 없는 높은 곳으로 올라가야 합니다. 하지만 미덕만은 그곳으로 올라갈 수 있어요. 미덕과 함께해야만 그 정상에 오를 수 있습니다. 미덕만이 용감하게 버티고, 무슨 일이 일어나든 참을성 있게 기꺼이 참고 견딜 것이며, 시대의 모든 고난을 자연의 법칙이라고 받아들일 것이며, 훌륭한 전사처럼 부상을 참고 견디며 흉터를 세어볼 것이며, 날아온 무기에 꿰뚫려 죽어가면서도 지휘관을 사랑하여 그를 위해 전사할 것입니다. 또한 미덕은 "신에게 복종하라!"는 오래된 표어를 명심할 것입니다.

하지만 비탄하고, 울고, 탄식하는 자는 명령받은 대로 하도록 강요받은 것이며, 자신의 의사에 반해 명령받은 것을 이행하도록 끌려가는 것이지요. 그런데 자발적으로 따라가기보다 차라리 끌려가기를 바란다면 미친 짓이 아니고 무엇이겠습니까? 무엇이 없다거나 가혹한 일을 당했다고 해서 괴로워하거나, 또한 나쁜 자들과 선한 자들에게 똑같이 일어나는 일들, 이를테면 질병, 사망, 장애, 인생의 걸림돌이 되는 일을 당했다고 해서 호들갑을 떨거나 불쾌하게 여긴다면 이 역시 정말로 어리석은 짓이고 제 처지를 모르는 일이 아니고 무엇이겠습니까?

우주의 법칙에 따라 참아야 하는 것은 의연하게 참아야

합니다. 인간의 운명을 참고 견디고 우리의 힘으로는 회피할 수 없는 일들 때문에 당황하지 않는 것이 우리가 맹세한 충성의 서약이지요. 우리는 왕국에서 태어났고, 신에게 복종하는 것이 자유인 것이지요.[12]

**12** 인간은 군주, 즉 신의 뜻에 따라야 하는 만큼 어차피 피할 수 없는 일이라면 기꺼이 행함으로써 속박에서 벗어나 자유로워진다는 뜻이다.

## 16
## ;
## 강요받지도 종속되지도 않아야

따라서 진정한 행복은 미덕에 있습니다. 이 미덕은 그대에게 어떻게 조언할까요? 미덕이나 악의 결과가 아닌 것은 그 어느 것도 선이나 악으로 여기지 말라고 하겠지요. 그다음에는 그대가 되도록이면 신을 닮도록, 선에서 악이 생겨난다 해도 동요하지 말라고 하겠지요.

이러한 투쟁의 대가로 미덕은 그대에게 무엇을 약속하나요? 엄청난 것을, 신과 같은 것을 약속하지요. 즉 그대는 아무것도 강요받지 않을 것이며, 누구에게도 종속되지 않을 것입니다. 그대는 자유로울 것이며, 안전할 것이며, 피해를 입지 않을 것입니다. 그대는 어떤 것도 헛되이 시도하지 않을 것이며, 어디서도 방해받지 않을 것입니다. 모든 것이 그대 뜻대로 될 것이며, 역겨운 일은 결코 일어나지 않으며, 어떤 일도 뜻밖에 그대의 뜻을 거슬러 일어나지는 않을 것입니다.

그렇다면 어때요? 행복하게 사는 데는 미덕이면 충분한가요? 미덕이 완전하고 신적인 것이라면 어찌 충분하지, 아니 충분하고도 남지 않겠어요? 왜냐하면 모든 소원을 초월한 사람에게 무엇이 부족하겠어요? 자기의 모든 것을 자기 안에 갖고 있는 사람에게 그 밖에 무엇이 더 필요하겠어요? 그러나 미덕을 추구하는 사람은 비록 앞으로 많이 나아갔다 해도 운명의 호의 같은 것이 필요하겠지요. 그는 저 매듭[13]과 인간으로서의 모든 사슬을 풀기까지 아직 인생사와 싸워야 하기 때문이지요. 그래서 무슨 차이가 있다는 것입니까? 더러는 매여 있고, 더러는 묶여 있고, 또 더러는 꽁꽁 묶여 있지만, 앞으로 나아가 더 높은 곳에 오른 사람은 느슨한 사슬을 차고 다녀 아직은 자유롭지 못해도 자유로운 것이나 다름없다는 것이지요.

13 영혼과 육체의 결합을 말한다.

## 17

;

## 왜 그대는

철학을 향해 짖는 자들 가운데 누군가는 평소 버릇대로 이의를 제기할 수 있겠지요. "그렇다면 왜 그대는 생활에서보다 말에서 더 용감하시오? 왜 그대는 더 높은 사람에게 아부의 말을 하며, 돈을 필수품으로 보며,[14] 손해를 보면 동요하며, 아내나 친구가 죽었다는 소식을 듣고 눈물 흘리며, 자신에 대한 평판에 신경을 쓰며, 악담에 기분이 상하나요?

왜 그대의 농원農園은 자연스러운 용도에 필요한 것 이상으로 잘 손질되어 있나요? 왜 그대는 스스로 정해놓은 규칙에 따라 식사를 하지 않나요? 왜 그대의 살림살이는 반짝

14 세네카는 네로와 가까이 지내며 3억 세스테르티우스(sestertius)라는 거금을 모았다고 한다. 타키투스, 『연대기』 13권 42장 4절 참조.

반짝 윤이 나나요? 왜 그대의 집에서는 그대의 나이보다 더 오래된 포도주를 마시나요? 황금 식기는 왜 진열되어 있나요? 그늘밖에 주지 않을 나무들은 왜 심어놓았나요? 왜 그대의 아내는 부잣집 재산에 맞먹는 귀고리를 하고 다니나요? 왜 그대의 하인은 값비싼 옷을 입고 있나요? 왜 그대의 집에서는 시중드는 것이 예술이며, 은식기는 아무렇게나 되는대로가 아니라 세련되게 식탁에 올려지며, 고기나 생선 요리를 썰어주는 사람이 따로 있나요?" 원하는 대로 더 덧붙이시구려. "왜 그대는 해외에 재산을 갖고 있나요?[15] 왜 그대는 본인이 다 알지 못할 만큼의 재산을 가지고 있나요? 창피하게도 그대는 하인의 얼굴도 모를 만큼 소홀하거나, 아니면 하인이 너무 많아서 다 기억할 수 없을 만큼 하인을 많이 두고 있으니 사치가 심한 편입니다."

나는 나중에 그대의 비난을 지지할 것이고 그대가 생각하고 있는 것보다 더 심하게 나를 비난하겠지만, 지금은 그대에게 이렇게 대답하겠습니다. "나는 현인이 아니며, 또한 그대가 나에 대해 악의를 키울 수 있도록 현인이 되지도 못

15 세네카는 이집트에 토지를 소유하고 있었다고 한다.

할 것입니다. 그러니 그대는 내가 가장 탁월한 자와 동등해지기를 요구할 것이 아니라, 사악한 자보다 더 낫기를 요구하시오. 내게는 날마다 내 악덕 가운데 어떤 것을 제거하고 내 과오를 자책하는 것으로 충분합니다.

나는 건강하지 못했고, 또한 건강하지 못할 것입니다. 나는 내 통풍痛風에 대해 치료제보다는 진정제를 구하려고 노력하며, 통풍이 더 드물게 찾아오고 덜 쑤시기만 해도 그것으로 만족합니다. 그러나 그대들의 발에 견주면, 그대들 허약한 자들이여, 나는 달리기 선수요. 이것을 나는 내 처지—나는 아직 악덕의 심연 속에서 살고 있소—에서가 아니라 이미 무엇인가를 이룩한 사람의 처지에서 말하는 것입니다."

## 18
## ;
## 독

그대는 말하겠지요. “그대는 말과 행동이 다르군요.” 나는 이렇게 답하겠습니다. 가장 탁월한 것이면 무엇이나 적대시하는 가장 사악한 자들이여, 그것은 플라톤[16]이, 에피쿠로스[17]가, 제논[18]이 들었던 비난입니다. 그들은 자신이 어떻게 살고 있는지가 아니라, 어떻게 살아야 하는지를 말해주었습니다. 나는 미덕에 관해 말하는 것이지, 나 자신에 관해 말하는 것이 아닙니다. 또한 내가 악덕을 비난할 때 맨 먼저 생각하는 것은 내 악덕입니다. 나는 할 수만 있다면 살아야 하는

16 『마음의 평정에 관하여』 주 23 참조.
17 『인생의 짧음에 관하여』 주 71 참조.
18 『마음의 평정에 관하여』 주 3 참조.

방식대로 살아갈 것입니다.

그리고 저 독毒에 찌든 악의도 내가 놀라서 최선의 것으로부터 물러서게 하지 못할 것입니다. 그대들이 다른 사람들에게 뿌려대고 그대들 스스로를 죽이는 데 쓰고 있는 저 독도 내가 살고 있는 것이 아니라 살아야 하는 것으로 알고 있는 삶을 계속 찬양하는 것을, 그리고 미덕을 찬미하며 멀리까지 슬슬 기어서라도 뒤따라가려는 것을 방해하지는 못할 것입니다.

악의에게는 루틸리우스[19]와 카토[20]조차도 신성한 존재가 아니었거늘, 그 어떤 것이 악의에게 불가침의 존재이기를 기대할 수 있겠습니까? 그들에게는 견유학파[21] 철학자 데메트리오스[22]도 충분히 가난하지 못했거늘, 어느 누군들 너무 부유하다고 여기지 않겠습니까? 데메트리오스는 자연의 모든 욕구에 맞서 싸우던 가장 엄격한 사람으로, 다른 견유학파 철학자들이 자신에게 소유를 금했던 것을 자신이 소

19 『마음의 평정에 관하여』 주 51 참조.
20 『마음의 평정에 관하여』 주 25 참조.
21 『인생의 짧음에 관하여』 주 73 참조.
22 『섭리에 관하여』 주 4 참조.

망하는 것조차 금했을 만큼 가난했는데도, 그들은 그도 충분히 가난하지 못하다고 비난했지요. 하지만 그대도 알다시피, 그는 미덕에 관한 지식뿐 아니라 가난을 가르친 스승이었습니다.

# 19

;

# 운명의 노정

며칠 전에 스스로 삶을 마감한 에피쿠로스학파 철학자 디오도로스[23]가 제 목을 딴 것은 에피쿠로스의 가르침을 따르지 않은 것이라고들 말하고 있어요. 더러는 그의 행위를 미친 짓으로, 더러는 무모한 짓으로 보려고 하지요. 하지만 그는 삶을 마감하며 행복감에 젖어 마음에 거리끼는 것 없이 자신에게 증언했고, 항구에 들어가 닻을 내린 인생의 안식을 찬양했으며, 마치 그대들도 따라 해야 하는 양 그대들에게는 듣기 싫을 말을 했던 것입니다.

23 디오도로스(Diodoros)는 기원전 1세기의 에피쿠로스학파 철학자라는 것 말고는 달리 알려진 것이 없다.

나는 내 인생을 살았고, 운명이 나에게 정해준 노정을 모두 마쳤노라.[24]

그대들은 때로는 어떤 사람의 삶을, 때로는 어떤 사람의 죽음을 갑론을박하면서 어떤 탁월한 업적 때문에 위대해진 사람들의 이름에다 대고 마치 낯선 사람과 마주친 강아지들처럼 짖어댑니다. 다른 사람의 미덕은 그대들의 온갖 못된 짓에 대한 비난인 만큼, 아무도 선해 보이지 않는 것이 그대들에게는 도움이 되기 때문이지요. 그대들은 시기하는 마음에서 찬란히 빛나는 것을 그대들의 더러움에 견주는데, 그러한 짓이 그대들 자신에게 얼마나 해가 되는지 모르고 있습니다. 미덕의 추종자들이 탐욕스럽고 음탕하고 야심이 많다면, 미덕이라는 이름조차 듣기 싫어하는 그대들은 어떻겠습니까?

약속대로, 말한 것을 지키며 사는 사람은 아무도 없다고 그대들은 말합니다. 위대한 사람들은 인생의 온갖 풍상을 겪었으니 영웅적이고 엄청난 것들에 관해 말한다고 해서 뭐

24 베르길리우스, 『아이네이스』(*Aeneis*) 4권 653행.

가 그리 놀라운 일인가요? 그들은 쾌락이라는 십자가에서 벗어나려고 하는데 그대들은 저마다 그 십자가에 손수 못을 치고 있습니다. 그들은 처형장으로 끌려가 하나의 십자가에 매달리지만, 자신을 벌주며 사는 자들은 자신이 좇는 쾌락만큼 많은 십자가들에 의해 갈기갈기 찢깁니다. 그자들은 헐뜯기 좋아하여 남을 모욕할 때는 재치가 넘칩니다. 그자들 가운데 어떤 자가 교수대에서만이라도 관중을 향해 침을 뱉지만 않는다면 나는 그자들이 헐뜯기를 그만두리라고 믿을 수 있으련만!

## 20

## ;

# 자연은 나를 만인에게 선사했다

"철학자들은 약속을 지키지 않지요." 그러나 그들은 품위 있는 것들의 이상理想을 제시함으로써 약속을 상당히 지키는 셈입니다. 그들의 행동이 약속과 일치한다면 정말이지 누가 그들보다 더 행복하겠습니까? 하지만 그렇다고 해서 좋은 말과 좋은 생각으로 가득 찬 마음을 경멸해서는 안 됩니다. 유익한 공부에 정진하는 것은 설령 성과를 내지 못해도 칭찬받아 마땅합니다.

가파른 곳을 오르는 자가 정상까지 오르지 못한다고 해서 뭐가 그리 놀랄 일인가요? 그대가 남자라면, 큰일을 시도하는 사람들은 비록 넘어지더라도 존중해야 합니다. 자신이 가진 힘보다 본성의 힘을 믿고 무엇인가를 시도하고, 높은 목표를 세우며, 엄청난 의지의 소유자만이 해낼 수 있는 것보다 더 큰 계획을 마음에 품는다는 것은 고귀한 일입니다.

그가 세운 원칙은 이러할 것입니다. "나는 무대 위의 죽음을 구경하는 것과 같은 표정으로 죽음을 응시할 것입니다. 나는 정신력이 몸을 떠받쳐줄 것이므로 아무리 큰 노고라도 받아들일 것입니다. 나는 부를 갖고 있든 그렇지 않든 무시할 것이며, 그것이 다른 곳에 가 있다고 해서 의기소침해지지 않을 것이고, 내 주위에서 그것이 번쩍인다고 해서 기고만장하지도 않을 것입니다. 나는 행운이 오든지 가든지 무관심할 것입니다. 나는 모든 토지를 내 재산으로, 내 토지는 만인의 것으로 간주할 것입니다. 나는 내가 남들을 위해 태어났음을 의식하며 살아갈 것이고, 그에 대해 자연에 감사할 것입니다. 자연이 어떻게 나를 이보다 더 잘 보살필 수 있겠습니까? 자연은 나를 만인에게 선사했고, 나에게 만인을 선사했으니 말입니다.

나는 내 재산을 인색하게 지키지도 않을 것이고 마구 탕진하지도 않을 것입니다. 나는 모든 것을 소유하고 있다기보다는 선사받은 것으로 여길 것입니다. 나는 내 선행을 숫자와 무게가 아니라 수혜자의 생각에 따라 잴 것입니다. 나는 받을 만한 사람이 받은 것을 결코 많다고 여기지 않을 것입니다. 나는 어떤 것도 남의 평판 때문에 행하지는 않을 것이며, 모든 것을 내 양심에 따라 행할 것입니다. 내가 하는 일을 아는 사람은 나밖에 없다 해도 나는 그것이 만인이 보는 앞에서 행해지고 있다고 생각할 것입니다.

내게는 먹고 마시는 목적이 자연의 욕구를 충족시키는 데 있지, 배를 채우고 비우는 데 있지는 않습니다. 나는 친구들에게는 상냥하고 적들에게는 온유하고 너그러울 것이며, 간청을 받기 전에 간청을 들어줄 것이며, 점잖은 부탁에는 기꺼이 응할 것입니다. 전 세계가 내 조국이며, 신들이 전 세계를 지켜주신다는 것을 그리고 신들은 내 머리 위와 주위에 서서 내 행동과 말을 심판하신다는 것을 나는 잊지 않을 것입니다. 언젠가 자연이 내 목숨을 돌려달라고 요구하거나 또는 이성이 내게 목숨을 버리라고 권한다면,[25] 나는 가책받을 것 없는 양심과 선의의 노력을 좋아했으며, 나 때문에 어느 누구의 자유도, 특히 나 자신의 자유는 제한되지 않았다고 증언하며 세상을 떠날 것입니다." 이렇게 하기로 작정하고, 원하고, 시도하는 사람은 이미 신들을 향하여 길을 가고

25 자살을 암시하는 말로 생각된다.

있는 것이며, 설령 그가 길에서 이탈한다 해도 그는

큰일을 감행하다가 떨어졌소.[26]

라고 할 수 있겠지요.

그대들이 미덕과 미덕의 숭배자를 증오한다는 것은 사실 새로운 일도 아니지요. 병든 눈은 햇빛을 싫어하며, 야행성 동물은 밝은 날을 피하려고 날이 새기만 하면 어리둥절하여 사방에서 은신처를 찾고, 햇빛이 무서워 구멍 속으로 들어가 숨으니 말입니다. 그대들은 탄식하며 선한 자에 대한 욕설로 자신의 불행한 혀를 단련하십시오. 그대들은 입을 쩍 벌리고 덥석 무십시오. 그대들은 이빨을 박기도 전에 먼저 이빨을 잃게 될 것입니다.

**26** 오비디우스, 『변신 이야기』(*Metamorphoses*) 2권 328행.

## 21
## ;
## 부가 사랑스러운가

"왜 그는 철학을 공부하면서도 그렇게 부자로 살아가는가? 왜 그는 재산을 경멸해야 한다면서도 재산을 갖고 있는가? 왜 그는 삶은 경멸해야 한다면서도 살고 있는가? 왜 그는 건강을 경멸해야 한다고 생각하면서도 더없이 알뜰하게 건강을 챙기며 최고의 건강을 원하는가? 그리고 그는 추방을 내용 없는 빈말로 여겨 '사는 곳을 바꾸는 것이 뭐 그리 대수인가?'라고 말하면서도 가능하다면 조국에서 늙어가려고 하는가? 왜 그는 긴 수명과 짧은 수명 사이에는 아무 차이도 없다고 말하면서 방해만 없다면 수명을 연장하며 고령이 되어서도 편안하게 살아가고 있는가?"

물론 그는 그런 것들을 경멸하라고 말하고 있지요. 하지만 이는 그런 것들을 갖지 말라는 뜻이 아니라 그런 것들에 매달리지 말라는 뜻입니다. 그는 그런 것들을 버리는 것이 아니라, 그런 것들이 곁을 떠나게 되면 담담하게 바래다줍니다. 돌려주는 자가 아무 불평 없이 부를 되돌려준다면, 행운이 이보다 더 안전하게 부를 맡길 수 있는 곳이 또 어디 있겠어요?

마르쿠스 카토는 쿠리우스[27]와 코룽카니우스[28]와, 얼마 안 되는 은화라도 감찰관이 처벌해야 하는 범죄로 여기던 시대를 찬양했지만, 자신은 400만 세스테르티우스[29]나 갖고 있었습니다. 의심할 여지 없이 크랏수스[30]보다는 적지만, 감찰관 카토보다는 많았습니다. 서로 비교해보면 그는 재산에서 크랏수스에게는 미치지 못했어도 증조부[31]보다는 앞

27 『마음의 평정에 관하여』 주 20 참조.

28 코룽카니우스(Tiberius Coruncanius)는 기원전 280년에 집정관을 지낸 법률가이다.

29 세스테르티우스(sestertius)는 2와 2분의 1아스(as)의 가치를 지닌 로마의 은화로, 로마 시대 재산 평가의 단위로 사용되었다.

30 크랏수스는 술라(Sulla)의 부관으로 있을 때 정치적인 격동기를 틈타 거부(巨富)가 되었다. 크랏수스에 관해서는 『인생의 짧음에 관하여』 주 28 참조.

31 마르쿠스 카토(Marcus Porcius Cato Censorius 기원전 234~169년)를 말한다. 대(大)카토(Cato Maior)라고도 하는데, 이는 그의 증손자로 율

섭니다. 그래도 더 큰 재산이 생겼더라면 그는 이를 거절하지 않았을 것입니다.

현인은 요행僥倖이 어떤 선물을 하든지 자기가 그것을 받을 자격이 없다고는 여기지 않기 때문이지요. 그는 부를 사랑하지는 않지만 선호합니다. 그는 부를 마음속이 아니라 집으로 받아들이며, 재산을 물리치지 않고 모아두며, 자신의 미덕이 더 많은 수단을 사용할 수 있기를 바라지요.

리우스 카이사르와의 타협을 끝까지 거부한 이른바 소(小)카토(Marcus Porcius Cato Uticensis 기원전 95~46년)와 구별하기 위해서이다. 대카토는 평민 집안에서 태어나 자수성가한 사람으로 자신과 남에게 엄격하고, 선조의 관습을 존중하여 그리스 문화를 받아들이는 것에 반대하며, 카르타고를 적대시하여 원로원에서 자기 의견을 말할 기회가 주어질 때마다 주제와 관계없이 "카르타고는 멸망해야 한다"(Carthago delenda est)고 말했다 한다.

## 22

;

# 부의 주인과 노예

의심할 여지 없이 가난할 때보다 부자일 때 현인에게 자신의 마음을 계발할 수 있는 수단이 더 많이 제공되겠지요. 가난할 때는 미덕이 주눅 들지 않고 억압당하지 않는다는 한 가지밖에 없지만, 부유할 때는 절제와 선심과 알뜰함과 배분과 아량을 위해 넓은 운동장이 열려 있기 때문입니다.

체격이 몹시 왜소하다고 해서 자신을 경멸하지는 않겠지만, 현인은 이왕이면 키가 더 컸으면 싶을 것입니다. 신체적으로 허약하다거나 눈 한쪽을 잃었어도 견디어내겠지만, 그래도 현인은 건강한 체력이 있었으면 싶을 것입니다. 물론 그는 더 값진 것은 자신의 내면에 있다고 확신하겠지만 말입니다. 그는 건강이 나빠도 참고 견디겠지만, 건강이 좋아지기를 바랄 것입니다.

어떤 것은 그 자체로는 보잘것없고 또 가장 중요한 선에 피해를 주지 않고도 제어되지만, 그래도 미덕에서 생겨나는 지속적인 기쁨을 얻는 데 이바지합니다. 부유함은 현인에게 자극을 주고 사기를 드높일 수 있어요. 마치 항해할 때 순풍이 그러하듯, 겨울 혹한에 좋은 날씨와 양지바른 장소가 그러하듯 말입니다.

현인들—미덕을 유일한 선으로 여기는 우리 학파 철학자들[32]—가운데 누가 부인할 수 있겠습니까? 우리가 중요하지 않다고 여기는 것들도 어떤 가치를 지니고 있으며 어떤 것들[33]은 다른 것들[34]보다 더 중요하다는 것을 말입니다. 그 가운데 어떤 것들에는 약간의 명예가, 다른 것들에는 많은 명예가 주어지지요. 그대가 착각하는 일이 없도록 분명히 말해두거니와, 부는 중요한 것에 속하지요.

그대는 말하겠지요. "부유함이 그대와 나에게서 똑같은 자리를 차지한다면 어째서 그대는 나를 비웃는 것이오?"라

32 스토아학파 철학자들.

33 부, 건강, 삶 같은 것.

34 가난, 질병, 죽음 같은 것.

고. 부유함이 어째서 똑같은 자리를 차지하는 것이 아닌지 알고 싶은가요? 부가 내게서 없어지더라도 자기 자신 외에는 아무것도 가져가지 않겠지만, 그대는 부가 그대 곁을 떠나고 나면 어리둥절할 것이며 버림받은 듯한 느낌을 받겠지요. 나에게서 부는 어떤 자리를 차지할 뿐이지만, 그대에게서는 최고의 자리를 차지하고 있어요. 간단히 말해, 나는 부의 주인이지만 그대는 부의 노예입니다.

## 23
## ;
## 정직한 재산

그러니 그대는 철학자들이 돈을 갖지 못하게 금지하는 일을 멈추십시오! 어느 누구도 지혜는 가난해야 한다고 선고한 자는 없습니다. 철학자도 큰 재산을 소유할 수 있지만, 그것은 남에게서 빼앗은 것도, 남의 피가 뚝뚝 떨어지는 것도 아니고, 누구에게 불의를 저지르고 마련한 것도 아니며, 더럽게 모은 것도 아니며, 수입과 지출이 정직하여 시기하는 자 외에는 아무도 그것을 보고 한숨짓지 않아요. 그런 재산이라면 그대가 원하는 만큼 쌓아올리십시오. 아무리 많아도 그것은 정직한 재산이지요. 그중에는 남들이 저마다 자기 것이라고 말하고 싶어하는 것이 많을지라도 자기 것이라고 말할 수 있는 것은 하나도 없으니까요.

현인은 행운의 호의를 물리치지 않을 것이며, 정직하게

모은 재산을 자랑하지도 부끄러워하지도 않을 것입니다. 하지만 그가 자기 집 대문을 열고 모든 시민을 자신의 재산 앞으로 다가오게 하여 "누구든 자기 재산이다 싶은 것이 여기 있다면 가져가시오!"라고 말할 수 있다면, 그것은 그에게 자랑거리가 되겠지요. 이렇게 말한 뒤에도 재산이 줄지 않는다면 그는 위대한 사람이고 최선의 부자인 셈이지요. 말하자면 그는 아무 탈 없이 안전하게 만인에게 수색을 허용하고, 그런데도 아무도 그에게서 압수할 수 있는 것을 발견할 수 없다면, 그는 만인 앞에 떳떳한 부자인 것이죠.

현인은 부당하게 번 돈은 한 푼도 자기 집 문턱을 넘어오지 못하게 하겠지만, 그것이 행운의 선물이든 미덕의 결실이든 큰 재산을 문전박대하지도 않을 것입니다. 그런 큰 재산이 좋은 자리를 차지하면 안 될 이유라도 있습니까? 그런 재산이라면 올 테면 오라지, 하고 손님으로 맞아줍시다. 현인은 재산을 자랑하지도 감추지도 않을 것이며—하나는 진부한 사람의 태도이고, 다른 하나는 겁 많고 소심하여 이를테면 큰 선善을 주머니 속에 넣고 다니는 사람의 태도입니다—앞서 말했듯이 문전박대하지도 않을 것입니다.

그는 뭐라고 말할까요? 그가 "재산, 너는 필요 없어"라고 할까요? 아니면 "나는 부를 쓸 줄 몰라"라고 말할까요? 그는 제 발로 걸어서 길을 갈 수 있는데도 마차 타는 것을 선호하듯이, 가난해도 되지만 부자이기를 원할 것입니다. 마찬가지로 그는 재산을 가지되 그것이 마치 경박하고 덧없는 것인 양 다른 사람이나 자신에게 짐이 되는 것을 용납하지는 않을 것입니다.

그는 부를 선사할 것입니다. (왜 그대들은 귀를 쫑긋 세우며, 왜 주머니를 여는 거죠?) 그는 선한 사람들이나 선하게 만들 수 있는 사람들에게 선사할 것입니다. 이때 그는 수입과 마찬가지로 지출에 관해서도 해명해야 한다는 점을 명심하고는 심사숙고하여 가장 자격이 있는 사람들을 선발할 것이며, 정당하고 납득이 가는 이유에서 선사할 것입니다. 잘못 선사하는 것은 수치스럽게 잃어버리는 것과 다름없기 때문이지요. 그의 주머니는 열려 있어서 많이 나오기는 하지만 새어나가는 것은 없도록, 구멍이 나 있지는 않을 것입니다.

## 24

## ;

## 선행을 베푸는 것

선사하는 것을 쉬운 일이라고 생각한다면 그것은 오해입니다. 그때그때 기분 내키는 대로 흩뿌리는 것이 아니라 신중하게 나눠주려 한다면 여러 가지 어려움이 따르는 법이지요. 이 사람에게는 내가 먼저 공을 세우는 것이고, 저 사람에게는 되갚아주는 것입니다. 이 사람은 내가 도와주는 것이고, 저 사람은 내가 동정하는 것이지요. 어떤 사람은 가난 때문에 탈선하거나 가난에 사로잡혀 있어서는 안 되겠기에 지원해주는 것이고, 어떤 사람에게는 궁핍해도 아무것도 주지 않는데, 그것은 준다 해도 궁핍에서 벗어나지 못할 것이기 때문입니다. 어떤 사람에게는 제공하고, 어떤 사람에게는 강요할 것입니다. 나는 이런 일에 결코 소홀할 수가 없어요. 나는 선사할 때 가장 꼼꼼하게 장부를 정리합니다.

그대는 말하겠지요. "뭐라고요? 그대는 반대급부를 바라고 나누어준다는 것인가요?" 그건 아닙니다. 헛되이 잃어버리지는 않겠다는 것입니다. 나의 선물을 돌려달라고 요구해서는 안 되겠지만, 상환한다면 받을 수는 있습니다. 선행은 필요하지 않으면 캐낼 수 없을 정도로 깊이 묻어둔 보물처럼 투자되어야 합니다.

어때요? 부자의 살림살이는 선행을 베풀 수 있는 많은 가능성을 제공하지 않나요? 로마 시민들에게만 선심을 쓰라고 누가 제한하겠습니까? 자연은 내게 같은 인간을 도우라고 명령합니다. 그들이 노예든 자유민이든, 자유민으로 태어났든 해방노예든, 법적 절차에 따라 해방되었든 친구가 해방시켜주었든, 그게 뭐 그리 중요한가요? 인간이 있는 곳이면 어디서나 선행의 기회가 주어지는 법입니다. 따라서 자신의 집안에서도 돈을 나눠줄 수 있고 선심을 쓸 수는 있습니다. 선심은 자유민에게만 물려주는 것이 아니라 자유로운 정신에서 유래한 까닭에 그러한 이름이 붙은 것입니다.[35]

35 선심(liberalitas)과 자유민들(liberi)과 자유로운 정신(liber animus)의 발음이 비슷한 것을 가지고 언어유희를 하고 있다.

현인의 선심은 그럴 자격도 없는 수치스러운 자에게 베풀라고 강요되는 일도 없지만, 그럴 자격이 있는 사람을 만날 때마다 콸콸 흘러나오지 못할 만큼 길을 잃고 헤매다 지치는 일도 없습니다.

따라서 그대들은 지혜를 공부하는 사람들이 정직하게, 용감하게, 기백 있게 말하는 것을 곡해할 필요는 없습니다. 무엇보다도 그대들은 지혜를 공부하는 사람 다르고 지혜에 입문한 사람 다르다는 점에 유의하십시오. 지혜를 공부하는 사람은 그대에게 말할 것입니다. "나는 말은 이렇게 자주 하면서도, 아직도 과오 속에 깊숙이 빠져 있습니다. 그대는 내가 원칙에 충실하기를 요구하지 마시오. 나는 그 어느 때보다도 까다로운 본보기에 따라 나를 만들고, 형성하고, 고양하고 있으니 말입니다. 내가 계획한 만큼 진전이 있게 되면, 그때 가서 내 말이 행동과 일치하기를 요구하시오." 반면 최고의 인간 가치를 획득한 사람은 그대에게 다르게 말하고 행동할 것입니다. "무엇보다도 그대는 자신보다 더 나은 사람을 감히 판결을 내려서는 안 됩니다. 내가 악인의 마음에 들지 않는 데 벌써 성공했다면, 그것은 내가 바른길을 가고 있다는 증거입니다.

나는 어느 누구에게도 설명하기를 거절한 적이 없거늘 그대에게도 설명할 것이니, 내가 그대에게 무엇을 약속하며 개개의 사물을 어떻게 평가하는지 들으시오. 나에게 부는 선이 아닙니다. 부가 선이라면 사람을 선하게 만들어야 할 것입니다. 그러나 악인도 갖고 있는 것은 선일 수 없으므로 부는 선이라고 할 수 없습니다. 물론 부를 소유하는 것은 허용되며, 부가 쓸모 있고 인생에 큰 편의를 제공한다는 점은 나도 인정합니다.

# 25

;

# 부와 선

어째서 내가 부를 선으로 여기지 않는지, 우리 양쪽 다 부를 소유하는 것은 허용된다고 동의했거늘 우리 사이에 어떤 견해 차이가 있는지 그대들은 들으시오. 그대는 금과 은이 온갖 용도로 쓰이는 가장 큰 부잣집에다 나를 앉히시오. 나는 내 집에 있다 해도 내 안이 아니라 내 밖에 있을 그런 것들 때문에 우쭐해하지는 않을 것입니다. 나를 말뚝다리[36] 아래로 옮기고 가난한 자들 사이로 데려가시오. 나는 내가 동냥하며 손을 내미는 무리 속에 앉아 있다고 해서 나를 부끄럽게 여기지 않을 것입니다. 불멸할 수 없는 사람에게 지금 빵 한

36 말뚝다리(pons Sublicius)는 로마 티베리스(Tiberis)강의 가장 오래된 다리로, 거지들이 즐겨 머물렀다고 한다.

조각이 없다는 것이 뭐가 그리 중요하겠소? 그렇지만 나는 다리 밑보다는 으리으리한 집을 선호합니다.

나를 으리으리한 가구와 엄선된 사치품 사이에다 앉혀 놓으시오. 나는 부드러운 외투가 있고 손님이 자줏빛 쿠션에 몸을 기댄다고 해서 조금도 더 행복하다고 여기지 않을 것입니다. 내 이불을 바꿔보시오. 지친 내 머리가 건초 자루 위에서 쉬고, 원형경기장에서처럼 꿰맨 자리가 터져 속이 비어져 나오는 짚방석에 기대 누워 있다고 해서 나는 조금도 더 비참해지지 않을 것입니다. 하지만 나는 어깨를 드러내놓기보다는 성장盛裝을 하고 내 마음이 어떠한지 보여주기를 선호할 것이오.

하루하루가 내 뜻대로 지나가고, 이전의 축하연에 새 축하연이 이어진다 해도, 그러한 이유로 내가 나를 더 마음에 들어하지는 않을 것이오. 그러한 유리한 시운時運이 기울고 바뀌어 여기저기에서 상실과 슬픔과 온갖 사고가 찾아와 마음을 뒤흔들고, 한시도 불평 없이는 지나가지 않는다 해도, 그것으로 나는 가장 비참한 처지에서도 나를 비참한 신세라고 말하지 않을 것이며, 그것으로 어떤 날을 저주하지는 않을 것이오. 언젠가 그런 날도 찾아올 수 있다고 미리 예상해

보았기에 나는 불운한 날이 없도록 미리 대비해놓은 셈이지요. 하지만 나는 고통을 억제하기보다 기쁨을 적당히 즐기고 싶습니다."

저 유명한 소크라테스[37]도 그대에게 이렇게 말할 것입니다. "나를 모든 민족들을 이긴 승리자로 만들고, 리베르[38]의 저 화려한 수레가 나를 개선장군으로서 해 뜨는 곳[39]에서 테바이[40]로 태워 나르게 하시오. 왕들이 내게 법을 내려주기를 청하게 하시오. 나는 사방에서 신으로 추앙받을 때 내가 인간임을 가장 강하게 의식하게 될 것입니다. 이토록 높은 명예에 갑작스러운 몰락이 이어지게 하시오. 나를 남의 들것에 앉혀 교만하고 사나운 승리자의 개선 행렬에서 특별한 구경거리가 되게 하시오. 누군가의 전차 뒤에 실려간다고 해서 나 자신의 전차에 서 있을 때보다 더 보잘것없어지지 않을 것입니다. 하지만 나는 포로보다는 승리자가 되고

37 『마음의 평정에 관하여』 주 19 참조.
38 『마음의 평정에 관하여』 주 59 참조.
39 박코스는 인도를 정복한 것으로 알려져 있다.
40 테바이(Thebai)는 그리스 중동부 보이오티아 지방의 수도이며, 주신 박코스가 태어난 곳이다.

싶습니다.

나는 운명의 권세를 전적으로 무시하지만, 선택할 수 있다면 더 쾌적한 것을 고를 것입니다. 내게 다가오는 것은 무엇이든 선한 것이겠지만, 더 쉽고 더 즐겁고 덜 부담스러운 것이 왔으면 좋겠습니다. 그대는 노고 없이 어떤 미덕도 얻을 수 없다고 생각하겠지만, 어떤 미덕은 독려가 필요하고 어떤 미덕은 고삐가 필요합니다.

내리막길을 내려갈 때는 몸을 붙잡아주고 오르막길을 오를 때는 몸을 밀어주어야 하듯이, 미덕도 어떤 것은 내리막을 내려가고 어떤 것은 오르막을 올라야 합니다. 의심할 여지 없이 참을성, 용기, 끈기, 그 밖에도 어려움에 맞서 운명을 극복하고자 하는 미덕은 위로 오르고 버티고 몸부림칠 것입니다.

그렇다면 선심과 절제와 온유가 아래로 행한다는 것도 그와 마찬가지로 명백하지 않겠소? 이런 미덕들은 미끄러지지 않도록 마음을 다잡아야 하지만 앞서 말한 미덕들은 격려하고 힘껏 부추겨야 한다는 말입니다. 따라서 우리가 가난할 때는 싸움에 능한 더 용감한 미덕을 사용해야 하고, 부유할 때는 발걸음을 떼어놓을 줄 알고 제 무게를 지탱할

줄 아는 더 조심스러운 미덕을 사용해야 합니다.

이런 구분이 옳다면, 나는 피와 땀을 요구하는 미덕들보다는 오히려 평온함을 유지해야 하는 미덕들을 사용하고 싶습니다. 따라서 내가 말하는 것과 다르게 살고 있는 것이 아니라면 그대들은 나를 잘못 이해한 것입니다. 그대들은 말소리만 귀로 들었을 뿐, 그것의 뜻은 묻지 않았던 것입니다." 이렇게 현인은 말합니다.

## 26
;
## 부의 두 얼굴

“우리 둘 다 부를 소유하기를 원한다면, 바보인 나와 현인인 그대 사이에 무슨 차이가 있단 말이오?” 아주 큰 차이가 있지요. 부는 현인에게는 종노릇을 해주지만 바보에게는 주인 행세를 합니다. 현인은 부에게 아무 가치도 허용하지 않지만, 그대에게 부는 모든 것을 의미하지요. 그대는 부에 익숙해지고, 마치 누가 그대에게 부의 영원한 소유를 약속이나 한 것처럼 거기에 매달리지요. 현인은 부에 둘러싸여 있을 때 가난을 가장 많이 생각합니다.

장군은 설령 전쟁이 일어나지 않을 때라도 예고된 전쟁에 대비하지 않을 만큼 평화를 믿지 않습니다. 그런데 그대들은 마치 불타거나 무너져 내릴 수 없는 양 아름다운 저택에 우쭐해하고, 마치 절대로 위험에 빠질 수 없고 운명조차도 그것을 완전히 소진할 수 없다는 양 재물에 정신이 마비되어 있습니다.

그대들은 부를 갖고 놀면서도 안일하게도 그것이 얼마나 위험한 것인지 보지 못합니다. 그대들은 공성 무기가 얼마나 멀리까지 미치는지 모르기 때문에 자신을 포위한 자들의 작업을 멀뚱멀뚱 바라보고 있는 무식한 야만족과도 같습니다. 자신의 처지를 모르기는 그대들도 마찬가지입니다. 그대들은 그대들의 재산에 무기력해진 나머지 머지않아 값진 전리품들을 앗아갈 사고가 여기저기서 얼마나 많이 도사리고 있는지 생각조차 않으니 말입니다. 현인도 재산을 빼앗길 수 있습니다. 하지만 그의 진정한 재산은 고스란히 남습니다. 그는 미래는 개의치 않고 현재를 즐겁게 살아가니 말입니다.

소크라테스나 그와 마찬가지로 인간사의 우연에 대해 권능을 갖고 있는 다른 사람은 말합니다. "나의 원칙들 가운데 어느 것도 내 인생을 다른 사람의 의견에 따라 정돈하지 않는다는 원칙만큼 확고하지는 않습니다. 그대들은 사방에서 귀에 익은 말을 쏟아내시오. 나는 그대들을 욕하는 것으로 보지 않고, 더없이 불쌍한 아이들이 울어대는 것으로 볼 것입니다."

이것은 지혜로운 사람의 말입니다. 그의 자유로운 마음이 다른 사람을 꾸짖으라고 명령하는 것은 그가 다른 사람을 미워해서가 아니라 개선하고 싶기 때문이지요. 그는 이런 말을 덧붙일 것입니다. "나에 대한 그대들의 평가에 내 마음이 아픈 것은 내가 아니라 그대들을 위해서요. 미덕을 미워하고 공격하는 것은 모든 희망을 포기하는 것을 뜻하기 때문입니다. 그래도 그대들은 나를 해코지하지 못할 것입니다. 제단을 뒤엎는 자들이 신들을 해코지하지 못하듯이 말입니다. 오히려 해코지하지 못하는 경우에도 그대들의 나쁜 의도와 계획만 드러날 뿐이겠지요.

나는 그대들의 허튼소리를 참고 견딜 것입니다. 가장 선하고 가장 위대한 제우스가 시인들의 어리석은 말을 참고 견디듯이 말입니다. 시인들 가운데 어떤 이는 그분에게 날개[41]를 가져다 붙이고, 어떤 이는 뿔[42]을 가져다 붙이고, 어떤

41 제우스는 레다(Leda)를 유혹할 때 백조로 변신한다.

42 제우스는 에우로페(Europe)를 유혹할 때 황소로 변신한다.

이는 그분을 샛서방과 외박하는 자[43]로, 어떤 이는 신들에게 행패를 부리는 자로, 어떤 이는 인간에게 부당한 짓을 하는 자로, 어떤 이는 자유민과 인척의 납치범[44]으로, 어떤 이는 친부 살해범[45]과 아버지의 왕국과 남의 왕국을 강탈한 자로 무대 위에 올리니 말입니다. 그 결과 신들도 그러한 짓을 했다고 믿게 되면서 인간들에게는 죄짓는 데 대한 부끄러움이 없어지게 된 것입니다.

그런 것들은 나에게는 해당되지 않지만 그대들을 위해 경고해두고 싶습니다. 그대들은 미덕을 우러러보시오! 오랫동안 미덕을 좇으며 미덕이야말로 날마다 더 커 보이는 뭔가 위대한 것이라고 그대들에게 일러주는 분들의 말을 믿으시오! 미덕을 신처럼, 미덕의 고지자를 사제처럼 공경하시오! 그리고 미덕의 신성한 이름이 언급될 때마다 경건하게 침묵하시오favete linguis! 이 말은 대부분의 사람들이 생각

43 헤라클레스의 어머니 알크메네(Alkmene)를 유혹할 때.

44 미소년 가뉘메데스(Ganymedes)의 납치를 말한다.

45 크로노스(Kronos)와 다른 티탄 신족을 저승의 가장 깊은 곳인 타르타로스(Tartaros)에 가둔 일을 말한다.

하고 있듯이 파보르favor[46]라는 말에서 유래한 것이 아니라, 제물이 불길한 말로 중단되지 않고 격식에 따라 바쳐질 수 있도록 침묵을 명하는 것입니다. 하지만 저 신탁[47]이 무엇인가를 고지할 때마다 조용히 귀담아들으라고 명령하는 것이 그대들에게는 훨씬 더 필요하겠지요.

누가 이시스 축제 때 딸랑이를 흔들어대며 권위를 내세워 거짓말을 하면, 문신 전문가가 손을 들어 팔과 어깨를 피투성이로 만들면, 어떤 여인이 무릎으로 기어다니며 비명을 지르거나 무명옷을 입은 어떤 노인이 대낮에 월계수 가지와 등불을 들고 어떤 신이 노여워하고 있다고 외치면, 그대들은 달려가 귀기울이고 서로 놀라움을 부추기며 그가 신의 예언자라고 믿어 의심치 않으니 말입니다."

46 '호의의 표시' '박수갈채'라는 뜻이다.

47 철학자들의 저술을 말한다.

## 27
## ;
## 독기 있는 재담을 쏟아내는 사람들

보십시오, 소크라테스는 감옥에 들어감으로써 그곳을 정화하여 어떤 회의장보다 더 명예롭게 만들었거늘, 그가 지금 감옥에서 외치고 있습니다. "미덕을 조롱하고 신성한 것을 악담으로 더럽히는 것은 무슨 광기이며, 신과 인간에 대한 무슨 적대 행위인가? 그대들은 할 수 있다면 선한 자를 찬양하고, 그리 할 수 없다면 그냥 지나가시오! 그러한 혐오스러운 방종이 마음에 든다면 그대들끼리 서로 주고받으시오! 그대들의 광기가 하늘 높은 줄 모르고 미쳐 날뛰더라도 그것이 신성 모독이 아니라 다만 헛수고를 하고 있으니 말입니다.

나는 전에 아리스토파네스[48]에게 조롱거리가 되었고, 희극작가 무리가 내게 독기 있는 재담을 쏟았소. 하지만 그런 공격 덕분에 내 미덕은 더욱 유명해졌소. 앞으로 불려나와 시험을 치르는 것은 내 미덕에 도움이 되기 때문입니다. 그리고 내 미덕에 도전함으로써 그것의 힘을 느껴본 자들이 그것의 가치를 가장 잘 알고 있습니다. 부싯돌이 얼마나 단단한지는 그것을 쳐본 사람이 가장 잘 아는 것처럼 말입니다.

나는 얕은 바닷가의 외딴 바위처럼 버티고 있습니다. 사방에서 쉴 새 없이 거센 파도가 몰려와 매질을 합니다. 그럼에도 바위는 끄떡없습니다. 몇 세기 동안 수시로 덤벼들지만 없어지지 않는 바위 말입니다. 덤벼들어 공격해보십시오! 나는 견뎌냄으로써 그대들을 이길 것입니다. 단단해 이길 수 없는 것에 덤벼드는 자는 오직 자신을 해롭게 하려고 제 힘을 쓰는 것입니다. 따라서 그대들은 그대들의 화살이 꽂힐 수 있는 부드럽고 말랑말랑한 희생물을 찾아보시오!

그런데 그대들에게는 남의 결점을 찾아내어 누구를 심

**48** 아리스토파네스(Aristophanes 기원전 445년 또는 그 이전~385년경)는 그리스의 희극작가로 자신의 희극 『구름』(*Nephelai*)에서 소크라테스를 소피스트로 조롱한다.

판할 여가는 있다고요? '왜 이 철학자는 널찍하게 사는 거지? 왜 저 사람은 매일 진진한 식사를 하는가?' 그대들 자신은 온통 흉터로 덮여 있으면서 남의 땀띠는 눈에 띄나요? 그것은 마치 보기 흉하게 옴에 걸린 사람이 다른 부위는 더없이 아름다운 신체의 주근깨나 사마귀를 보고 비웃는 것과 같소.

그대들은 플라톤은 돈을 밝혔고, 아리스토텔레스는 돈을 받았다고, 데모크리토스는 돈을 등한시했고, 에피쿠로스는 돈을 탕진했다고 나무라시오! 그대들은 나를 알키비아데스와 파이드로스[49]와 사귄다고 욕하시오. 우리의 결함을 모방하는 데 성공하기만 해도 그대들은 가장 행복할 테니까!

왜 그대들은 자신들의 악덕은 보지 못하시오? 그것들이 더러는 밖에서 날뛰고 더러는 내장 안에서 불타며 사방에서 상처를 입히고 있는데 말입니다. 아무리 그대들이 자기 처지를 모른다 해도, 혀를 놀려 더 나은 사람을 험담할 여가가 그대들에게 충분히 주어지게끔 인간사가 그렇게 정해져 있지는 않습니다.

49 알키비아데스(Alkibiades)와 파이드로스(Phaidros)는 소크라테스의 젊은 친구들이다.

## 28
;
## 자신의 불행도 모르고서

그것도 모르면서 그대들은 처지에 맞지 않는 표정을 짓고 있습니다. 마치 집에는 초상이 났는데도 원형경기장이나 극장에 앉아 자신의 불행을 모르고 있는 사람들처럼 말입니다. 하지만 나는 높은 곳에서, 어떤 폭풍이 잠시 뒤에 먹구름을 찢으며 그대들을 위협할지, 또는 그대들과 그대들의 재산을 낚아채려고 이미 가까이 와 있는지 내다보고 있습니다. 그래서? 그대들은 거의 느끼지 못해도, 같은 것을 회피하기도 하고 추구하기도 하며 때로는 높은 곳으로 들어올려졌다가 때로는 심연 속으로 내팽개쳐지는 그대들의 영혼을 어느새 회오리바람 같은 것이 돌리고 굴리지 않는가?"[50]

50 나머지 부분은 없어졌다.

옮긴이 해설

;

# 로마의 정신문화의 리더, 세네카

루키우스 안나이우스 세네카Lucius Annaeus Seneca는 히스파니아Hispania의 코르두바Corduba, 오늘날의 Cordoba에서 교양 있고 유복한 기사 가문의 둘째아들로 태어났다. 이름이 같은 아버지와 구별하기 위해 아들을 '소세네카' 또는 '철학자 세네카', 아버지를 '대세네카' 또는 '수사학자 세네카'라고 부른다.

세네카는 어릴 때부터 로마에서 신퓌타고라스학파의 철학자 소티온Sotion과 스토아 철학자 아탈로스Attalos와 파피리우스 파비아누스Papirius Fabianus에게서 수사학과 철학을 공부하면서 스토아 철학에 대단한 관심을 나타낸다. 33년경 재정관에 임명된 세네카는 웅변가와 문필가로도 대단한 명성을 날린다. 로마에서 웅변가란 폭넓은 교양을 바탕으로 탁월한 인성과 달변으로 대의명분을 부르짖는 사람이었으며, 로마는 그런 웅변가를 교육의 목표로 삼았다. 그렇지만 너무 탁월했던 세네카는 황제 칼리굴라의 시샘을 사게 되어 죽을 위험에 처하게 되는데, 그의 건강이 좋지 않아 어차피 오래 살지 못한다는 주위의 만류로 가까스로 죽음을 면한다. 41년 칼리굴라에 이어 클라우디우스Claudius가 제위에 오르자 세네카는 게르마니쿠스Germanicus와 대大아그립피나Agrippina의 막대딸이자 칼리굴라의 누이인 율리아Iulia, 일명 리빌라Livilla와 간통했다는 죄목으로 코르시카섬으로 추방당한 뒤 그곳에서 8년을 보내게 된다. 사료에 따르면 클라우디우스 황제의 세 번째 아내 멧살리나Messalina가 남편과 가까이 지내던 리빌라를 견제하려고 세네카를 얽어넣었던 것으로 추측된다.

49년 세네카는 리빌라의 언니이자 네로Nero의 어머니인 소아그립피나의 주선으로 로마로 돌아와 클라우디우스 황제의 의붓아들 네로의 개인교사가 된다. 그는 네로에게 스토아학파의 가르침을 전달하며 자기통제, 이성, 도덕적 의무 등을 가르쳤다. 권력욕이 강한 소아그립피나는 네로를 제위 후계자로 만들었고, 끊임없이 음모를 꾸민 어머니의 노력으로 17세도 채 안 된 네로가 54년 로마의 제5대 황제가 된다. 네로의 노스승 세네카와 친위대장 부르루스Burrus는 어린 황제의 충성스러운 정치고문이 되어 네로 황제가 처음 5년 동안 그런대로 선정을 베푸는 데 영향력을 행사한다. 그 기간 네로는 해방노예를 중용하고, 매관매직의 폐해를 시정하고 원로원을 존중하며 선정을 베풀었다. 비록 소아그립피나 덕분에 세력을 얻었지만 세네카는 그녀의 영향권 안에 들기를 원치 않았고, 네로에게도 어머니에게서 벗어날 것을 권했다. 모자 관계는 점점 냉담해졌고 소아그립피나가 결국 네로의 이복동생 브리탄니쿠스를 지원하자 네로는 브리탄니쿠스를 독살하고 정부情婦의 꼬임에 넘어가 자신의 생모마저 살해하기에 이른다. 그러나 이것은 네로의 야만적인 행동의 시작에 불과했다.

갈수록 네로는 세네카의 조언을 멀리하고 세네카는 네로의 폭정에 실망하는 상황인데 친위대장 부르루스마저 62년 세상을 떠나자 세네카는 정계에서 물러나 철학 공부와 저술 활동에만 전념하고자 한다. 세네카가 은퇴하자 네로의 폭군적인 행동은 극에 달했고 65년 원로원 의원 피소Gaius Calpurnius Piso가 주도한 네로 암살 음모가 발각된다. 네로는 이 사건에 연루되었다는 이유를 들어 '세네카는 즉시 스스로 목숨을 끊어야 한다'는 명을 내린다. 세네카의 죽음은 네로와 그의 어머니 소아그립피나가 공동으로 결정한 것으로 알려져 있다.

세네카는 스토아학파의 철학자답게 동요하지 않고 흐느끼는 동료들의 눈물을 나무라며 평정한 가운데 자결했다고 전해진다. 세네카는 자신의 죽음을 통해 로마 제국의 정치적 혼란과 불안정한 상황이 매듭지어지길 원하며 죽음에 임했지만, 그의 바람은 이루어지지 않았다. 그는 발목과 무릎 뒤쪽의 정맥을 끊었지만 피가 빨리 흘러나오지 않아 다시 독약을 마셨다. 그러나 그 역시 효력이 나타나지 않았다. 그는 증기탕 안에 자신을 넣어줄 것을 부탁한 후 거기서 고통스럽지만 평정을 잃지 않은 채 서서히 질식사했다. 소크라테스의 죽음과 함께 철학적 죽음의 상징이 된 세네카의 죽음은 역사가 타키투스Tacitus의 『연대기』*Annales* 15권 64장에 실감나게 묘사되어 있으며 로마 시대 이후 다수의 그림으로 그려졌다.

세네카는 산문과 운문으로 된 많은 작품을 남겼다. 우선 산문으로 된 철학적 저작을 살펴보면 다음과 같다.

1) 먼저 '대화들'dialogi이란 이름이 붙은 10편의 철학 에세이로 『섭리에 관하여』*De providentia*, 『현인의 불변성에 관하여』*De constantia sapientis*, 『분노에 관하여』*De ira*, 『마르키아에게 보내는 위로의 글』*De consolatione ad Marciam*, 『행복한 삶에 관하여』*De vita beata*, 『여가에 관하여』*De otio*, 『마음의 평정에 관하여』*De tranquillitate animi*, 『인생의 짧음에 관하여』*De brevitate vitae*, 『폴뤼비오스에게 보내는 위로의 글』*De consolatione ad Polybium*, 『어머니 헬비아에게 보내는 위로의 글』*De consolatione ad Helviam matrem* 등이 있다.

① 『마르키아에게 보내는 위로의 글』은 역사가 크레무티우스 코르두스Cremutius Cordus의 딸이 3년 전 아들을 여읜 것을 위로하기 위해 쓴 글로, 자식을 여읜 어머니들을 예로 들면서 슬픔을 억제할 수 있는 여러 가지 방법을 일러주고 있다.

② 『어머니 헬비아에게 보내는 위로의 글』은 세네카가 유배지인 코르시카에서 어머니에게 쓴 글로, 외적인 것에

무관심하기만 하면 어떤 상황에서도 행복할 수 있으며 자신은 철학 공부에 전념하고 있으니 염려하지 말라며 어머니를 위로하는 내용이다.

③『폴뤼비오스에게 보내는 위로의 글』은 클라우디우스의 궁전에서 막강한 영향력을 행사하던 해방노예 폴뤼비오스가 형을 여읜 것을 위로하며 쓴 글로, 이 글에서 세네카는 복권復權을 위해 폴뤼비오스와 그의 주인에게 거리낌 없이 아부를 한다.

④『섭리에 관하여』는 '섭리가 있다면 왜 선한 사람들에게 불행이 자주 닥치는가'라는 부제를 달고 있다. 그에 대해 세네카는 '세계는 가장 잘 다스려지고 있는 만큼 고통도 반드시 좋은 목적에 이바지할 것이다. 그리고 무엇보다도 인간은 고통과 시련을 통하여 더 강해진다'는 답을 한다.

⑤『현인의 불변성에 관하여』는 제목처럼 현인은 결코 학대받거나 모욕당할 수 없다는 내용을 담고 있다.

⑥『분노에 관하여』는 이 가운데 가장 긴 글로 3권으로 되어 있다. 세네카는 갈리오Gallio가家에 입양된 자신의 형 노바투스Novatus에게 헌정한 이 글에서 분노의 본성을 논한 다음 분노를 억제할 수 있는 방법들을 적절한 사례와 일화

를 통해 들려주고 있다.

⑦『행복한 삶에 관하여』도 세네카가 노바투스에게 헌정한 글로, 행복은 무엇으로 이루어져 있으며 어떻게 구할 수 있는지 논하고 있다. 세네카는 행복은 미덕을 추구하며 자연에 맞게 사는 데 있다는 스토아 철학에서 답을 구하면서도 건강과 부富 같은 것들이 지닌 나름대로의 가치를 이야기한다.

⑧『여가에 관하여』는 특히 나이 많은 사람들은 공적인 활동을 그만두고 철학적 명상과 학문 연구에 전념하는 것이 바람직하다는 내용을 담고 있다.

⑨『마음의 평정에 관하여』는 스토아 철학에 대한 확신에도 불구하고 세속의 향락과 매력에 휘둘릴 때가 많은 친구 세레누스가 정신적 동요를 치유할 수 있는 방법을 묻는 것에 대해 세네카가 답변하는 형식으로 되어 있다. 인간이 자신에게 만족하려면 마음의 평정이 필요한데, 이것은 어떤 조건에서도 능력껏 공동체에 봉사하고 언제 어디서나 불행과 죽음을 각오하고 있을 때 얻을 수 있다는 것이 세네카의 주장이다.

⑩『인생의 짧음에 관하여』에서 세네카는 사람들이 쓸

데없는 일로 시간을 허송하는 만큼 인생의 길이는 햇수가 아니라 얼마나 유용하게 시간을 사용하느냐에 달려 있으며, 철학이야말로 모든 시대의 위대한 인물들과 사귀며 과거의 경험을 공유할 수 있게 해주는 까닭에 짧은 인생을 길게 만들어준다고 주장한다.

2) 그 밖에 '대화들'과 비슷한 성격의 긴 에세이 『관용에 관하여』*De clementia*, 『자선에 관하여』*De beneficiis*가 있다.

① 『관용에 관하여』는 전 3권 중 1권과 2권의 일부만 남아 있는데 세네카가 18세 된 네로에게 헌정한 글로 그를 인간적인 통치자로 교육하기 위해 쓴 것으로 보인다.

② 『자선에 관하여』는 7권으로 된 에세이로 자선과 보은과 배은망덕의 본성을 논하며 자선을 주고받는 데 따르는 여러 가지 문제점들을 다루고 있다.

3) 『도덕 서한집』

『도덕 서한집』*Epistulae morales*은 세네카가 친구 루킬리우스*Lucilius*에게 보낸 124통의 편지를 묶은 것으로, 행복, 최고선, 부富, 죽음의 공포 등에 관한 짤막한 철학 에세이라고 할 수 있다. 이런 의미에서 세네카의 『도덕 서한집』은 키케로보다는 플라톤의 서한집에 더 가깝다고 할 수 있다. 그러면서도

『도덕 서한집』은 여행, 투병, 원형경기장과 해변의 휴양지 방문과 같은 개인적인 경험도 담고 있어 큰 부담감 없이 읽을 수 있었던 까닭에 중세에는 특히 인기 있는 읽을거리였다.

4) 7권으로 된 『자연의 의문들』*Naturales quaestiones*은 천둥, 번개, 비, 우박, 지진, 혜성 같은 자연 현상을 과학적 시각이 아니라 스토아 철학의 시각에서 고찰한 저술로 자연에 관한 사실을 모아놓은 것에 불과하지만 아리스토텔레스가 서양에 알려지기 전까지는 서양 중세의 과학 교과서 노릇을 했다.

5) 그 밖에 운문과 산문을 섞어가며 쓴 『아포콜로퀸토시스』*Apocolocynthosis*라는 풍자극이 있는데, '신격화'apotheosis와 '호박'colocynta의 합성어로 제목을 굳이 우리말로 번역하자면 '호박화'인데, 여기서 호박은 '아둔함'을 의미한다. 네로가 즉위한 뒤 선황先皇 클라우디우스의 신격화를 조롱하기 위해 쓰인 이 작품의 줄거리는 다음과 같다. 클라우디우스는 하늘에 도착하지만 말을 더듬는 탓에 자신이 누구라고 밝히기 어렵게 되자, 신격화된 아우구스투스 황제가 그의 살인을 문제 삼아 저승으로 내려보내자고 제안한다. 저승에서 자신에게 희생당한 이들을 만난 클라우디우스는 재판 받

기 위해 판관 아이아코스Aiakos 앞으로 끌려 나간다. 그리고 아이아코스는 클라우디우스가 만든 제도에 따라 피고의 주장은 듣지 않고 원고의 주장만 듣고 판결을 내린다. 그리하여 클라우디우스는 자신의 해방노예의 서기가 된다.

운문으로 된 세네카의 작품은 모두 10편의 비극, 『미친 헤라클레스』*Herakles mainomenos* 라/Hercules furens), 『메데이아』*Medeia* 라/Medea, 『트로이아의 여인들』*Troiades* 라/Troades, 『파이드라』*Phaidra* 라/Pbaedra), 『아가멤논』*Agamemnon*, 『오이디푸스』*Oidipous* 라/Oedipus, 『오이테산의 헤라클레스』*Herakles Oitaios* 라/Hercules Oetaeus, 『포이니케 여인들』*Phoinissai* 라/Phoenissae, 『튀에스테스』*Thyestes*, 『옥타비아』*Octavia*가 있다. 이 중 앞의 9편은 그리스 비극, 특히 에우리피데스Euripides의 비극을 모델로 삼았고, 『옥타비아』는 세네카의 작품이 아닌 것으로 추정된다. 네로의 첫 번째 아내 옥타비아의 운명을 드라마화한 이 비극에서 네로 어머니의 유령이 아들의 운명에 관하여 예언하는데, 그 예언이 너무나 사실에 가까워 이 비극이 네로가 자살한 68년 이후, 그러니까 세네카의 사후에 쓰인 것이 확실하기 때문이다.

세네카의 비극도 그리스 비극처럼 단장격 삼절운율

iambictrimeter로 된 에피소드들이 서정시 운각, 주로 단단장격anapaest으로 된 몇 편의 합창 서정시들로 나뉘는데, 날카로운 심리 분석과 과장된 수사와 플롯의 섬뜩한 요소들에 치중하고 있다는 점에서 공연보다는 낭독을 위해 쓰인 듯하다.

그러나 세네카의 비극에서는 등장인물이 한 행씩 대사를 주고받는 격행 대화stichomythia가 자주 사용되고 있는데, 이런 기법은 격한 감정을 표현하는 데는 모델이 된 그리스 비극보다 더 효과적이다. 그리고 에우리피데스의 『메데이아』에서는 메데이아의 자식들도 어머니와 함께 추방당하지만 세네카의 비극에서는 메데이아의 자식들은 추방당하지 않는다. 오히려 메데이아가 자식들을 데리고 망명길에 오르게 해달라고 간청하지만, 자식들을 사랑하는 남편 이아손이 허락하지 않자 그녀는 남편의 아픈 데가 어디인 줄 알고는 복수하려고 손수 자식들을 죽이는데 이러한 결말은 에우리피데스의 비극보다 더 극적이다.

그 밖에 섬세한 심리 묘사와 적절한 경구와 도덕적 금언도 세네카의 비극이 가지고 있는 무시할 수 없는 매력으로, 그의 비극들이 왜 이탈리아의 르네상스 극, 라신Racine과 코르네유Corneille의 프랑스 고전주의 비극, 세익스피어의 비극에 큰 영향을 주었는지 설명해줄 수 있을 것이다. 그것은 세네카가 이런 극적 효과 외에도 이들에게 언어의 장벽 등으로 직접 접하기 어려웠던 그리스 비극의 놀라운 세계를 간접적으로나마 보여주었기 때문일 것이다.

### 스토아 철학 또는 철학적 배경

세네카는 키케로 못지않은 탁월한 문장가임에는 틀림없지만 그가 철학 에세이와 서한을 쓴 것은 문필가로서의 재능을 과시하려는 것이 아니라 독자에게 더 나은 삶을 위해 철학을 공부하라고 권유하려는 의도에서였다. 그는 문학적 재능과 개인적 경험, 상식을 동원해 독자에게 도덕적 감화를 주고자 했다. 그의 신념은 주로 헬레니즘 시대의 그리스 세계에서 발전한 주요 학파 가운데 하나인 스토아 철학에 바탕을 두고 있었다. 세네카의 저술을 이해하기 위해서는 로마 제국에서의 스토아 철학에 관해 간략하게나마 살펴보는 게 도움이 될 것이다.

전성기의 로마 제국에서는 경제적인 번영과 함께 사회적 문화적 다양성이 증가했다. 서로 다른 문명이 섞여 서로 자극을 주고받는 가운데 원숙하고 세련된 문화를 꽃피웠던 로마인은 철학적 사고에서도 독창적이라기보다는 그리스적 사고방식을 받아들여 자신의 필요와 성향에 따라 수용하는 방법을 택했다. 세네카 역시 틀에 갇힌 스토아 철학자가 아니라 필요에 따라서는 다른 학파의 세계관과 도덕관도 받아들이는 절충주의자였다. 그는 독창적인 사상을 설파하기보다는 자신이 수용한 사상을 위해 탁월한 수사를 구사하고 설득력 있게 표현한 해설자이자 열렬한 선전원이었으며, 그리스어로 된 철학적 용어를 라틴어로 옮긴 그리스 사상의 전달자였다. 수사학적 도구와 생생한 은유, 인상적인 어휘와 연설, 정확한 논점으로 그의 철학 에세이와 서한은 에픽테토스Epiktetos와 마르쿠스 아우렐리우스Marcus Aurelius 황제의 저술과 더불어 로마화한 그리스 스토아 철학의 중요한 자료로 꼽힌다.

스토아 철학은 알렉산드로스 대왕이 거대 제국을 건설하면서 도시국가라는 자족적인 활동 공간을 잃게 된 개인들이 새로운 사회 환경에 적응해나가는 과정에서 발생한 여러 대응 방안 가운데 하나였다. 거대 제국과 상대적으로 왜소해지고 몰락한 개인의 불균형을 시정하려면 인간을 더 중시하거나 세계를 덜 중시하는 방법밖에 없었다.

첫 번째 방법을 택한 것이 스토아학파이고, 두 번째 방법을 택한 것이 에피쿠로스Epikouros학파이다. 에피쿠로스학파는 철저한 유물론의 신봉자들로 세계는 원자原子들의 우연한 결합 외에 아무것도 아니라고 믿었다. 거기에는 계획도 섭리도 없다. 신들이 존재하기는 하지만, 그들 역시 원자들의 우연한 결합으로 인간과 아무런 관계도 없다는 것이다. 죽음은 원자들의 이산離散일 따름이다. 인간은 고통에서 벗어나기 위하여 자력으로 행복, 즉 쾌락을 추구해야 하지만 부동심不動心 ataraxia을 훼손할 정도로 추구해서는 안 된다. 에피쿠로스학파는 개인의 자유를 철저히 주장한 까닭에 사회의 지배계층과 다른 학파, 이를테면 플라톤의 사상을 계승한 아카데메이아학파와 스토아학파에 의해 매도되기도 했다. 후세 사람들이 에피쿠로스학파에 대해 부정적인 편견을 갖게 된 것은 이들 탓이라고 해도 과언이 아닐 것이다.

에피쿠로스학파의 우주가 무정부적이라면 스토아학파의 우주는 질서정연하다. 우주 또는 자연은 이성에 의해 지배되며, 이성은 신, 운명 또는 섭리와 같은 것이다. 무슨 일이 일어나든 그것은 신적인 이성에 따른 것이므로 인간은 꿋꿋하게 참고 견뎌야 한다. 이런 진리를 알고 있는 현인賢人이 추구해야 할 일은, 무슨 일이 일어나든 기꺼이 받아들이고 '자연에 맞게' 사는 것이다. 그 밖의 외적인 가치들은 모두 중요하지 않다. 외적인 가치들은 전혀 갖지 못하더라도 현인은 행복한 반면, 외적인 가치를 모두 갖춘 왕이라 하더라도 현인이 아닌 한 행복하지 못하기 때문이다.

스토아 철학은 변화를 추구하면서도 그것을 개인의 자아 완성으로, 또 개인의 자아 완성은 도덕적 수양으로 한정하고 있다. 그리고 행복과 불행은 현실 자체보다는 현실을 대하는 태도가 결정하는 것으로 보고 있다. 에피쿠로스학파가 개인의 철저한 자유를 주장한 것과는 달리 스토아 철학은 개인주의적 경향을 띠면서도 공동체에 대한 봉사를 권장하고 있다. 이런 절충주의적 경향 때문에 로마인들은 스토아 철학에 공감했던 것이다.

대략 기원전 300년부터 기원후 200년까지 서양 철학사에 영향을 주었던 스토아 철학은 퀴프로스Kypros섬 키티온Kition시 출신인 제논Zenon에 의해 창시되었다. 그는 기원전 311년경 아테나이로 건너가 학교 부지를 살 재원을 마련할 수 없어 그곳의 '채색 주랑'Stoa Poikile에서 강의한 까닭에 그 제자들을 스토아학파라고 불렀다. 스토아 철학의 연구 대상은 논리학과 자연학과 윤리학으로 삼분되지만 차츰 윤리학이 압도적인 비중을 차지했다.

스토아 철학은 제논과 클레안테스Kleanthes와 이론적 토대를 완성한 크뤼십포스Chrysippos가 주도한 전기前期, 스토아 철학을 로마의 지식인이 받아들일 수 있도록 완벽주의적 요구를 완화하고 소요학파逍遙學派와 아카데메이아학파의 이론도 일부 수용했던 파나이티오스Panaitios와 포세이도니오스Poseidonios와 헤카톤Hekaton이 주도한 중기, 로마적 절충주의를 표방한 세네카와 에픽테토스와 마르쿠스 아우렐리우스 황제가 주도한 후기로 나뉜다.

3세기에 스토아학파는 점점 쇠퇴의 길로 접어들었으나, 그들의 이론은 신플라톤주의와 기독교 교부敎父들에 의해 수용됨으로써 많은 서양 사상가의 삶과 사상에 지속적인 영향을 주었다.

현대에 와서는 심리학, 자기계발, 리더십 분야에서 세네카를 필두로 한 스토아 철학의 영향력이 견고하다. 영성 지도자와 전문가들은 스토아 철학의 가르침을 참고해 그들의 이론과 실천 방법들을 발전시키고 있다. 스토아 철학이 개인적인 성장과 행복, 그리고 삶의 도전에 대한 대처 방안에 대한 귀중한 통찰력을 제공하기 때문이다.

스토아 철학의 핵심 가르침 중 하나는 자기 통제와 수용이다. 우리는 우리가 통제할 수 있는 것과 통제할 수 없는 것을 구분하고, 통제할 수 있는 것에 집중해 우리의 태도와 행동을 조절할 수 있다. 또한 스토아 철학은 내면의 평화를 추구하고 감정적인 안정을 유지하는 방법을 제시한다.

이 책의 도움으로 과도한 욕망이나 두려움에 사로잡히지 않고, 현재의 순간에 집중하며 내면의 평화를 찾을 수 있게 되길 바란다.

옮긴이 천병희

부록

;

# 로마의 통치구조

## I. 공공 단체

### 1. 원로원(senatus)

원로원은 왕정 시대에는 왕을 자문하는 귀족 단체였지만, 공화정 시대에는 민회와 고위 관리들과 더불어 중추적인 통치기구였다. 원로원은 전직 고위 관리로 이루어졌으며 무보수 종신직이었다. 공화정 초기에 300명이던 인원이 술라 시대에는 600명으로, 카이사르 시대에는 900명으로 늘어났다가 아우구스투스가 다시 600명으로 감축했다. 사실상 로마의 부유하고 유력한 귀족들로 구성된 원로원이 고위 관리들의 자문에 응하는 형식으로 '원로원 결의'(senatus consultum)라는 결정을 내리면 법적 구속력은 없어도 강력한 영향력을 행사했다. 그러다가 제정 시대에 이르러 점점 권위는 있으나 실권은 없는 유명무실한 기구가 되었다.

2. 민회(comitia)

민회는 로마 평민의 이익을 대변하는 단체로서 관리들이 제출한 안건에 표결권을 행사했다. 로마의 평민은 쿠리아(curia 로마에는 초기에 각 트리부스마다 10개의 쿠리아가 있었다), 켄투리아(centuria 로마 군단의 최소 단위로 100명으로 구성된다. 흔히 '백인대'라고 부른다), 트리부스(tribus '부족'이라는 뜻으로, 로마에는 초기에 3개의 트리부스가 있었다)로 나누어졌다. 그래서 민회도 쿠리아 민회(comitia curiata), 켄투리아 민회(comitia centuriata), 트리부스 민회(comitia tributa, 일명 평민 집회 concilium plebis)의 세 종류가 있었다. 특정 집단이 아니라 평민 전체가 소집될 때는 총회(contio)라고 했다.

■ 쿠리아 민회 _ 왕정 시대부터 로마 평민은 30개의 쿠리아('구역'으로 번역할 수 있다)로 나뉘는데, 이들의 집회는 입법권은 없고 자신들의 구역에 관계되는 사안을 경청했다. 형식적이지만 왕위 계승이나 선전포고 같은 주요 사안을 비준했으며, 공화정 시대에는 신임 고위 관리에게로의 권력 이양을 비준했다. 그 밖에도 유언이나 입양 같은 문제에 증인이 되기도 했다. 후기로 갈수록 점점 권한이 축소되었다.

■ 켄투리아 민회 _ 이 민회는 기원전 450년 이후 부유한 계급에

게 더 많은 권한을 부여하기 위해 생긴 것으로 원래는 군대의 집회였다. 따라서 이들의 집회는 시내가 아니라 티베리스 강변의 마르스 들판(Campus Martius)에서 열렸다. 공화정 시대에는 이들이 모든 고위 관리들을 선출했고, 선전포고 권한이 있었으며, 집정관과 그 밖에 명령권(imperium)을 가진 다른 고위 관리의 발의에 따른 입법권을 행사했고, 사형이 선고된 사건의 항소 법정 노릇도 했다. 이들이 가결한 법안은 원로원이 부결할 수 있었으나, 나중에는 이러한 제한도 사실상 철폐되었다.

■ 트리부스 민회 또는 평민 집회 _ 이 민회는 트리부스별 평민 집회로 호민관들(tribuni plebis)의 주재 아래 개최되었으며, 귀족들은 참석할 수 없었다. 그들의 결의, 이른바 평민 결의(plebiscitum)는 점점 구속력이 강해져 기원전 287년 이후에는 평민뿐만 아니라 귀족에게도 구속력이 있는 것으로 인정되었다. 이들은 호민관과 평민 조영관들(aediles plebi)을 선출했다.

### II. 고위 관리

고위 관직 또는 고위 관리는 마기스트라투스(magistratus)라고 하는데 집정관·독재관·법정관·조영관·재정관·호민관·감찰관이 여기에 속한다. 독재관 이외에는 모두 복수로 선출되었으며 연임(連任)은 금지되었다. 기원전 180년 호민관 루키우스 빌리우스의 발의로 통과된 '빌리우스 연령 법'(lex Villia annalis)과 기원전 81년 독재관 코르넬리우스 술라의 발의로 통과된 '코르넬리우스 법'(lex Cornelia)에 따라 관직의 순서(cursus honorum)와 최저 연령은 다음과 같이 정해졌다. 고위 관리가 되려는 사람은 먼저 군복무를 마친 뒤 재정관에서 출발하여 조영관, 호민관, 법정관을 거쳐 집정관이 되었으며, 최저 연령은 재무관은 31세, 조영관은 37세, 법정관은 40세, 집정관은 43세였다. 그러나 비상시에는 이런 규정이 무시되었는데, 예컨대 소(小)스키피오는 제3차 포이니 전쟁 때 37세로 집정관이 되었다. 제정 시대에는 황제가 관직을 수여하게 됨에 따라 이러한 규정도 바뀌어 25세에 재정관이 될 수 있었다.

### 1. 집정관(consul)

로마 공화정의 최고 관리로, 군 통수권을 행사했다. 기원전 509년 왕정이 폐지되면서 동등한 권한을 가진 2명의 집정관이 왕의 명령권(imperium), 즉 통수권과 사법권을 물려받았다. 그들은 매년 켄투리아 민회에서 2명씩 선출되었는데, 기원전 4세기 중엽부터는 2명 중 1명은 평민 출신이어야 했다. 감찰관 같은 새로운 관직이 생기면서 집정관의 권한은 점점 축소되었으나 원로원을 소집하여 회의를 주재할 권한과 통수권은 그대로 유지되었다. 나중에 집정관은 임기가 끝난 뒤에도 전직 집정관(proconsul)으로서 통수권을 행사하거나 속주를 통치할 수 있었다. 로마의 달력에서는 마땅한 기원(紀元)이 없어 '아무개 아무개가 집정관이던 해'라는 식으로 연대를 표시했다. 제정 시대에는 집정관직이 유명무실한 명예직이 되면서 임기도 두 달 또는 넉 달로 줄어들었고, 1월 1일에 취임한 집정관만이 그해에 자기 이름을 주었다.

2. 독재관(dictator)

독재관은 선출되지 않고 비상시에 한하여 최고 6개월 임기로 원로원의 발의에 따라 집정관이 임명했다. 임무를 완수하고 나면 그 전에라도 직책에서 물러났다. 독재관은 혼자서 통수권과 사법권을 행사했으며, 아무도 여기에 거부권을 행사할 수 없었다. '보병 대장'(magister populi)이라고도 불리는 독재관은 임명되자마자 '기병 대장'(magister equitum)을 조수로 임명하여 필요할 때 자신의 권한을 대행하게 했다. 다른 관리들은 독재관에 종속되어 업무를 수행했다. 기원전 3세기에는 독재관직의 의미가 퇴색되었다. 그러나 기원전 82년 술라는 '공화정을 회복하기 위해', 즉 무기한으로 독재관에 임명되었다. 율리우스 카이사르도 기원전 49년에 기원전 48년도 선거를 관리한다는 특수 목적으로 독재관에 임명되었다가 기원전 48년 다시금 독재관으로 임명되고, 기원전 46년에는 10년 임기로, 마지막으로 기원전 44년에는 종신 집정관으로 임명되었다. 이런 집정관직은 초기의 집정관과는 의도가 다른 것이다. 기원전 44년 카이사르가 암살당하고 집정관직은 폐지되었으며, 그후로는 부활되지 않았다.

### 3. 감찰관(censor)

기원전 443년경부터 5년마다 전직 집정관들 가운데 2명의 감찰관이 켄투리아 민회에서 선출되었다. 그들은 18개월 동안 임무를 수행한 뒤 정화의식으로 임무 수행을 마감했다. 그들은 과세와 징병을 위해 인구조사(census)를 하고 시민들의 재산 정도를 재심사했으며 재산 규정에 어긋나거나 도덕적으로 결함이 있는 원로원 의원들을 제명하고 보충하는 일도 했다. 또한 그들은 공공사업과 징세청부, 국유지 임대를 위한 계약을 체결하기도 했다. 공화정 초기와 중기에 절정에 달했던 그들의 권위는 술라가 원로원의 권한을 강화하면서 축소되었다. 제정 시대에는 원로원을 통제하기 위해 황제들이 감찰관의 권한을 행사했다.

4. 법정관(praetor)

법정관은 로마 공화정에서 집정관 다음으로 높은 관리이다. 두 집정관의 업무 부담을 덜어주기 위하여 기원전 367년부터 매년 켄투리아 민회에서 선출된 프라이토르 우르바누스(praetor urbanus '도시의 법정관'이라는 뜻)가 로마 시민들 사이의 재판을 관장했다. 기원전 242년에는 프라이토르 페레그리누스(praetor peregrinus '외국의 법정관'이라는 뜻)가 선출되어 외국인이 관련된 재판을 관장했다. 로마의 영토가 확장됨에 따라 기원전 227년에는 시킬리아와 사르디니아를 통치하기 위하여 2명이 증원되었고, 기원전 197년에는 히스파니아를 통치하기 위하여 또 2명이 증원되어 모두 6명이 되었다. 이를 또 술라가 8명으로, 마지막으로 카이사르가 16명으로 늘렸다. 법정관은 집정관과 마찬가지로 명령권(imperium)이 있었고, 대개 속주의 총독으로 근무했으며, 배심단의 단장 자격으로 특별 법정을 주관했으며, 경우에 따라서는 독자적인 군사 작전도 수행했다. 법정관직은 집정관이 되고 이어서 원로원에 들어가기 위한 발판 노릇을 했다. 전직 법정관(propraetor)도 전직 집정관과 마찬가지로 속주의 총독이 될 수 있었다.

5. 조영관(造營官 aedilis)

조영관은 일종의 경찰 업무를 맡아보는 관리로, 평민 집회에서 2명씩 선출되었다. 관직 순서(cursus honorum)에서 조영관직은 필수 과정은 아니었지만 적어도 조영관을 지낸 사람이라야 원로원에 진출할 수 있었다. 조영관의 라틴어 aedilis(복수형 aediles)는 평민들이 즐겨 모이는 곳인 케레스 여신의 신전(aedes Cereris)에 보관되어 있던 평민계급의 기록을 그들이 관장했던 데서 유래한 것으로 추정된다. 그들의 업무는 도로, 신전, 시장, 급수, 급량(給糧), 공공경기를 감독하는 일이었다. 조영관들은 평민 중에서 선출되었으나 기원전 367년부터는 귀족 중에서도 2명이 추가로 선출되었는데, 평민 출신 조영관들이 아이딜레스 플레베이(aediles plebei)라고 일컬어진 데 반해 이들은 쿠룰레스 아이딜레스(curules aediles 단수형 curulis aedilis)라고 한다. 쿠룰리스는 '고관이 앉는 상아를 박은 안락의자'라는 뜻의 sella curulis라는 말에서 유래한 것이다.

6. 재정관(quaestor)

재정관은 공화정 초기에는 집정관이 임명하는 2명의 관리로, 법무 행정에서 집정관들을 보좌했으나 기원전 447년부터는 해마다 트리부스 민회에서 선출되었다. 재정관은 주로 귀중한 문서를 관장하고, 조세와 벌금을 징수하고 전리품을 매각함으로써 재정을 맡아보았다. 기원전 421년에는 4명으로 늘어났으며 그중 2명은 국고(國庫)를 책임지고 나머지 2명은 집정관과 함께 출전하여 집정관의 업무 수행을 보좌했다. 로마의 영토가 확장됨으로써 속주에도 재정관이 필요해지자 술라는 그들의 수를 20명으로 늘렸다. 술라는 또 재정관직을 관직의 순서에 필수 과정으로 포함시키며 재정관의 최저 연령을 30세로 정하고 재정관을 지낸 사람은 자동으로 원로원에 진출하게 했다.

### 7. 호민관(tribunus plebis)

호민관은 평민의 이익을 대변하는 관리들로, 기원전 494년부터 매년 평민 집회에서 선출되었으며 평민들의 집회를 소집할 수 있었다. 기원전 450년에는 그 수가 10명으로 늘어났다. 그들은 신성불가침했고(sacrosanctus) 반드시 평민 출신이어야 했다. 귀족은 평민 가정에 입양된 후에야 호민관이 될 수 있었다. 그들의 임무는 독재관을 제외한 다른 관리들의 조처와 '원로원 결의'에 맞서 평민의 생명과 재산을 보호하기 위하여 거부권을 행사하는 것이었다. 기원전 287년부터는 그들에게 법안을 발의하고 원로원을 소집할 수 있는 권한이 주어졌다. 그라쿠스 형제 때부터는 그들의 거부권이 축소되었다. 술라는 일단 호민관이 된 자는 더 이상 고위 관직에 취임하지 못하게 하고 그들의 입법권과 사법권을 제한했다. 그러나 기원전 70년대에 이러한 특권들이 부활하여 카이사르가 갈리아 총독으로 가 있는 동안 호민관들은 로마에서 그의 이익을 보호해주는 역할을 했다. 제정 시대에는 황제가 호민관의 권한을 행사한 까닭에 실제 호민관들은 유명무실한 존재가 되었다.

### Ⅲ. 사제들

로마의 왕정이 공화정으로 바뀌면서 기원전 509년 왕이 행사하던 명령권, 즉 통수권과 사법권은 집정관들이 맡고, 왕이 주관하던 종교의식은 사제들이 맡았다. 세속적인 관리들이 맡던 사제직은 기원전 300년까지는 귀족들의 몫이었다. 그 뒤 4명의 평민 출신 사제(pontifex)와 5명의 평민 출신 복점관(卜占官 augur)이 추가되어 사제는 모두 8명이 되고 복점관은 9명이 되었다. 또 원로원의 명을 받아 시뷜라(sibylla)의 예언서에 조언을 구하는 특별 사제들도 있었는데, 그 수는 2명에서 기원전 367년에는 10명으로, 술라 시대에는 15명으로 늘어났다. 그 밖에 귀족 중에서 선출되는 페티알레스(fetiales)라는 사제들도 있었는데, 이들은 외국과 조약을 체결하거나 선전포고를 할 때 전통적인 의식을 주관했으며 종신직이었다.

기원전 3세기까지 사제들과 복점관들은 각각 자신들의 조합에서 선출되었으나, 나중에는 35개 부족 가운데 제비에 뽑힌 17개 부족에 의해 선출되었다. 사제들에는 플라멘(flamen)도 포함되는데, 이들은 제우스의 플라멘(flamen Dialis), 마르스의 플라멘(flamen Martialis), 퀴리누스(로물루스의 다른 이름)의 플라멘(flamen Quirinalis) 같은 주요 플라멘을 위시하여 모두 15명으로 귀족 중에서 임명되었다. 대사제(pontifex maximus)는 사제 조합의 수장으로서 국가 종교를 통할할 뿐 아니라 태양력에 맞추기 위하여 로마의 태음년(太陰年)에 윤달을 삽입하는 일을 맡아보았다. 한 해가 시작되면 대사제는 그해의 각종 행사를 적어 자신의 관저 밖에 게시했다. 복점관은 종신직으로 처음에는 3명이었으나 나중에는 9명으로, 술라 시대에는 15명으로 늘어났다. 복점관만이 전조(auspici um)를 읽을 자격이 있었는데, 전조를 읽는 것은 미래사를 밝히려는 것이 아니라 어떤 계획을 신들이 승인하느냐 여부를 알기 위해서였다. 전조는 꿈, 우연히 들은 말, 천둥 번개 같은 기상 현상, 제물로 바친 가축의 내장 생김새, 독수리 같은 맹금류의 날아가는 방향이나 울음소리 등에서 읽었는데, 새들의 경우 그리스인들은 오른쪽을 길한 방향으로, 왼쪽을 불길한 방향으로 여겼던 것과 달리 로마인들은 대개 왼쪽을 길한 방향으로, 오른쪽을 불길한 방향으로 여겼다. 키케로는 복점관이었음에도 자신의 저서『예언에 관하여』에서 예언의 가능성을 부인하고 있다.

### Ⅳ. 기사계급(ordo equester)

참고로, 기사계급은 로마 육군의 기병대를 구성했던 부유한 시민들로 말[馬]은 공금으로 지급받았다. 기사가 되려면 40만 세스테르티우스(sestertius)의 재산이 있어야 했다. 그들은 경우에 따라 원로원의 하위 그룹으로 진출할 수도 있었다. 그러나 기원전 218년 호민관 퀸투스 클라우디우스(Quintus Claudius)의 발의로 통과된 클라우디우스 법(lex Claudia)에 따라 원로원 의원들은 상행위를 할 수 없게 되자, 많은 기사들이 속주에서 공공사업을 위한 계약을 체결하고 조세 징수 업무를 맡는 등 이권 사업에 뛰어들어 재력가가 되었다. 기원전 1세기 초 이탈리아인들에게도 로마 시민권이 주어지면서 기사계급의 수는 급속히 늘어났다. 그들은 원로원에 버금가는 세력 집단이 되어 행정의 요직에 진출했는데, 특히 키케로가 활동하던 시대에 그들의 세력은 절정에 이르렀다. 키케로는 기사계급에 속하면서도 원로원 상층부의 입장에서 원로원과 기사계급을 결합시켜 '계급 간의 화목'(concordia ordinum)을 도모하려고 했다.

옮긴이 천병희(1939~2022)

서울대학교 독어독문학과를 졸업하고 같은 대학원에서 문학박사 학위를 받았다. 독일 하이델베르크대학교에서 5년 동안 독문학과 고전문학을 수학했으며 북바덴 주정부가 시행하는 희랍어검정시험(Graecum) 및 라틴어검정시험(Großes Latinum)에 합격했다. 단국대학교 인문학부 명예 교수로, 그리스 문학과 라틴 문학을 원전에서 우리말로 옮기는 작업에 매진했다. 대표적인 원전 번역으로는 호메로스의 『일리아스』와 『오뒷세이아』, 헤시오도스의 『신들의 계보』, 베르길리우스의 『아이네이스』, 오비디우스의 『변신이야기』와 『로마의 축제들』, 『아이스퀼로스 비극 전집』, 『소포클레스 비극 전집』, 『에우리피데스 비극 전집』, 『아리스토파네스 희극 전집』, 헤로도토스의 『역사』, 투퀴디데스의 『펠로폰네소스전쟁사』, 크세노폰의 『페르시아 원정기』, 카이사르의 『갈리아 원정기』, 타키투스의 『게르마니아』, 아리스토텔레스의 『수사학/시학』 『정치학』, 플라톤 전집, 아우렐리우스의 『명상록』 등 다수가 있으며 주요 저서로는 『그리스 비극의 이해』 등이 있다.